在这善变的世界里

我想和你

看一看永远

余言——著

百花洲文艺出版社
BAIHUAZHOU LITERATURE AND ART PRESS

图书在版编目（CIP）数据

在这善变的世界里，我想和你看一看永远 / 余言著. --
南昌：百花洲文艺出版社，2017.5
ISBN 978-7-5500-2142-6

Ⅰ. ①在… Ⅱ. ①余… Ⅲ. ①短篇小说－小说集－中
国－当代 Ⅳ. ①I247.7

中国版本图书馆CIP数据核字(2017)第044550号

出 版 者	百花洲文艺出版社
社　　址	江西省南昌市红谷滩世贸路898号博能中心A座20楼　邮编：330038
电　　话	0791-86895108（发行热线）　0791-86894790（编辑热线）
网　　址	http://www.bhzwy.com
E－mail	bhzwy0791@163.com

书　　名	在这善变的世界里，我想和你看一看永远
作　　者	余　言
出 版 人	姚雪雪
出 品 人	一　航
责任编辑	周振明　邹　婧
策划编辑	康天毅
封面设计	xiao.p
封面插画	kianey羊
经　　销	全国新华书店
印　　刷	山东临沂新华印刷物流集团有限责任公司
开　　本	1/32　880mm×1230mm
印　　张	9
字　　数	192千字
版　　次	2017年6月第1版
印　　次	2017年6月第1次印刷
书　　号	ISBN 978-7-5500-2142-6
定　　价	36.80元

赣版权登字：05-2017-74

你要相信

这个世界上总有一个对的人

在等你

后记　相信爱情才配拥有爱情

268

12　爱情里没有誓言

251

11　你这么好，值得我等你到老

241

10　失踪一百八十八天

223

09　谢谢你曾经陪伴我

207

08　六指理发师

191

07　我还爱着你，只是太累了

171

目 录

CONTENTS

在这善变的
世界里，
我想和你看一看永远

前言　最珍贵的礼物是永远

i

01　且以深情共余生

1

02　小气鬼

53

03　姐姐，今夜我不关心人类，我只想你

67

04　我不喜欢这城市，我只喜欢你

93

05　晶晶姑娘，我回来了

125

06　我们似病人

153

在这善变的世界里，我想和你看一看永远

前　言

最 珍 贵 的 礼 物 是 永 远

看《重庆森林》的时候，印象最深刻的台词是金城武说的：不知道从什么时候开始，在什么东西上面都有个日期，秋刀鱼会过期，肉罐头会过期，连保鲜纸都会过期，我开始怀疑，在这个世界上，还有什么东西是不会过期的？

这段台词引发了我很长一段时间的思考："在这个世界上，究竟有没有不会过期的东西？"

那时的我正年少，最先想到的是爱情，可恰恰《重庆森林》讲的是会过期的爱情。那时的我对爱情的理解充满了浪漫的至死不渝的幻想，比如"山无棱，天地合，乃敢与君绝""君当作磐石，妾当作蒲苇"，觉得这样的爱情会是永恒的。所以，我坚定地认为《重庆森林》里会过期的爱情，不是真正的爱情。

后来我初恋了，天真地以为一旦执子之手就会白头偕老，但这段感情只持续了短短一年。我无法否认这段经历它不是爱情，再后来，见多了身边的人轰轰烈烈地开始一段恋情最终又黯然伤神地分开，我终于不得不承认在这个世界上"爱情会过期"。

但我还是不承认"什么都会过期"。

比如——山。一座山够恒久了吧，千百年一直屹立在那里，我以为这大概是地球上最永恒存在的东西。

2011 年，我在长沙买了第一套房，看中这个楼盘是因为后面有一座山，山上树木茂盛，郁郁葱葱，住在高层上抬眼就能看见风景，推开窗就可以听到鸟鸣，闻到清新空气。开发商将临山的房子作为山景房营销，价钱也提高了一些。

我很喜欢，购买之前向置业顾确认："这座山会一直在吧？"

她用白痴一样的眼神看着我说："这是一座山哎，当然在。"

当我住进去后，却眼睁睁地看着那座山在半年之内被挖平，两年之内变成了一栋栋林立的楼盘。那座山永远消失了，像是从未存在过一样。

我不得不承认，没有什么东西可以永远。我们曾经朴素地相信会永远存在的东西，都已经不在了。

这个世界如此善变，变化成了社会的主题，大家都在喊着"创新、改变"，都渴望改变这个世界，脚步匆匆，怕自己一旦跟不上节奏，就被时代抛弃了。

在这样快节奏的时代里，两个陌生人可以在短短的一天内完成相识、牵手、拥抱、接吻、上床，乃至分手。婚姻则更像一宗商品交易，女方秀出自己的姿色，男方亮出自己的财富，双方各取所需就能一拍即合。短短的一次相亲，便可以决定一生的姻缘。

我怀念过去那个慢一些的年代，写一封信要用纸和笔一字字地写；寄一封信要放进邮筒，经过自行车、汽车、火车、轮船、飞机，穿山越海才能抵达对方手中；我们想念远方的人时，要走很远的路，才能见到对方。而现在我们随时就可以发电邮，通视频，却再也找不到当初那种淳朴的心动的感觉了。

不知道从什么时候开始，就连长久都成了一种奢侈。既然双方只是短暂的相互陪伴，那么又何必交付太多？以至于有一段时间，连我都变成了一个不相信爱情，甚至感情的人。你付之以虚情，我还之以假意，所谓的真诚，大多是套路。

闲暇的时候我会去各地旅行。

2011年途径上海的时候，我在朋友圈晒了下自己的行程，意外地接到了一个朋友的电话。初三那年他遭逢家中变故，辍学离家，自此下落不明，有时候听说他在郑州，有时候听说他在深圳，但没有人和他保持确切的联系。十多年过去了，我再次听到他的消息不由得有些惊讶。

他说："难得你来上海，我和夫人一定要好好招待你。"

他发了一家外滩餐厅的地址给我，我如约前去，他远远地迎向我，西装革履风度翩翩，一时间我有些没认出他来。我有很多初中、高中毕业或辍学的同学，大多打着一份普通的工，过着最普通的生活，而他显然不是混得普通的那种人，举手投足间气度不凡。

他引我入座的时候，他怀着身孕的夫人起身和我握手，笑盈盈地说："余言，你好。"

那是一张美丽素净的脸，笑容恬淡而幸福，眉目间隐约有些熟悉，我微微一愣，总算认了出来。

她是我们少年记忆中最美的女生，而他是那个遥望着她的少年，他初中就辍学了，她则一直读到大学毕业。两个貌似有着不同的人生轨迹，不会再有任何交集的人，谁曾想到历经辗转，他们最后居然在一起了。

坐在临窗的位置上，一抬头就能看见繁华的霓虹和不远处高耸的东方明珠，在这座浮华都市，我听到了一个最温情的故事，一个在漫长的岁月中坚定地爱一个人并最终牵手的故事。

听完那个故事之后，我的内心涌动着久违的感动，于是动笔写下了《你这么好，值得我等你到老》。

在此后多年的旅途中，我又去过很多地方：西藏冰天雪地的山路，清澈的青海湖，天地苍茫的桑科草原，虔诚诵经声回荡的拉扑楞寺，荒无人迹的塔克拉玛干沙漠，温情怡人的大理……这一路上我遇见很多人，喝过很多酒，听过很多故事，原来在尘世中的每一个角落，都有着最动人的美好：

那些发誓一辈子只爱一个人的人，终于有情人终成眷属；

那个被衰老剥夺记忆的老人，依然记得所爱的每一个人的名字；

那些曾在年少时错过的爱情，念念不忘，终有回响。

这个世上也许真的没有永远，但有些人在尝试永远——没有放弃对永远的渴望和追求。后来我才蓦然醒悟，为什么一定要"永远"呢，愿意相信永远，追寻永远的过程本身才更值得歌颂。

很多人都曾被《大话西游》中的这段台词感动："曾经有一份真挚的爱情摆在我的面前，我没有珍惜，等到我失去的时候才后悔莫及，人世间最痛苦的事莫过于此。如果上天能够给我一个再来一次的机会，我会对那个女孩子说三个字：'我爱你。'如果非要在这份爱上加一个期限，我希望是——一万年。"

这段台词感动我的并非是"我爱你"，恰恰是那句"一万年"。

"我爱你"因为有了"一万年"，才显得那么惊心动魄。

这个世界上最动人的告白不是"我爱你"，而是"我永远爱你"。"永远"意味着承诺和期许，没有人知道永远到底有多远，但他们愿意为彼此走向"永远"而努力和付出。

在我经历的那些故事中，那些鲜活的人和事，一次又一次温暖着我，促使着我把它们诉诸于笔端。

这十二个故事，来自江湖，来自生活，也来自感悟，送给你们。

　　送给不相信爱情的你，也许它会让你感受到久违的爱情；

　　送给相信爱情的你，也许它会让你们更爱彼此。

　　在这善变的世界里，就让我和你看一看永远。

且 以 深 情
共 余 生

那张照片上的星空幽邃深蓝，
星辰如钻石般闪耀，
而洁白的雪落满了山峰，
星与雪交相辉映。

虽说已经是夏末秋初，天气依然炎热得厉害。

路小薇环顾了一下律师事务所，中午时分的律所远没有上午时那么多人，近乎空的。律所的三个合伙人，即当家大律师，中午往往都在应酬，而其他手上多多少少有些案子的律师，大多数中午也都不在律所。

这个时候留在律所的，大部分是一些无关紧要的人。路小薇实际上就是一个不折不扣的闲人。她刚刚背井离乡，从外地来到长沙，幸好有一张名校毕业的法学文凭和一份还说得过去的履历，才能在一个陌生的地方找到一份工作，进入一家有名的律所。但她只是一名小小的律师助理，平常只能干一些打打杂的工作，无法独立接案子。

路小薇决定在办公桌上趴着休息一下，一上午她都在为张律师准备一个离婚案的相关材料，这样的案件细节琐碎，比较耗费精力，她忙碌了一上午，觉得有些累了。每一次处理类似的案件，她都会在内心感慨，为什么两个人在一起的时候，可以好得恨不得立刻结婚，仿佛是世上最甜蜜的一对，任谁也无法分开的人；但到离婚的时候，每个人都恨不得立刻离开对方，不想再多看一眼。但转念一想，自己又何尝不是，她低低地叹了一口气。

更让她觉得累的，是一个人在陌生的地方从零开始的艰难。她现在还住在酒店里，房子还没有租到，约了中介下班之后去看房。一家家地寻找地段合适、价格合适的房子，她走得脚都痛了，却没有心仪的。以后这些，她都必须要独自承担了。

深深的疲惫仿佛要从心底深处涌出来，路小薇竟抑制不住地想要落泪——颜彬，我终于离开你了，开始一段新的生活。无论多么艰难，我相信以后的日子，都不可能会更糟糕了，离开你以后的日子，艰难虽有，但未来只会越来越好。

她闭上眼睛想要入睡，泪水却无声无息止不住地流了下来，她任由泪水滑落，只觉得哭出来会好受许多。衣服被洇湿了，办公桌上泪水一滴滴地汇聚成了一摊。她渐渐止住了泪水，眼眶里依旧一阵温热。

"路律师，路律师……"耳旁有人在唤她，她并不想抬头，免得让人察觉。她听出来唤她的人是前台小向，她刚来律师事务所，并没有交什么朋友。前台的小向热情开朗，与她打过几次交道，也就无形中走得近一些。中午午休的时间，小向没有事情绝对不会打扰自己。

路小薇装作熟睡被叫醒的样子，眼睛在衣袖上蹭了两下，不着痕迹地擦干泪痕，揉着惺忪的睡眼问："什么事呀？"

路小薇的一系列伪装很成功，小向完全没有注意到她的不正常，说："前台来了一对夫妻准备协议离婚，他们想要找人咨询。其他律师都不在，你来接待下吧。"

"谢谢。"路小薇明白，这是小向在关照她，才把客户往她这个新进律所的人这里引。

她进卫生间略微整理了一下衣服和妆容，跟随小向来到了会客室。

"蒋先生，宋女士，这是我们律所的路律师。"小向指着路小薇对客户介绍说。

被称作宋女士的人上下打量了路小薇一眼说："这么年轻？"

听那句话的语气显然不是一句夸奖的话，而是充满了疑惑和不信任。

路小薇微微一笑，一旁的小向久经场面，立刻说道："路律师是国内有名的北大法学系硕士，二位大可相信她的能力。"

宋女士没有再提出异议，小向端来了两杯茶水，放下之后退出了会议室。

路小薇落座，看清了对面的两个人。

男人表情淡然，视线落在了窗外；女人长相平凡，情绪激动，脸色涨红。

"二位，有什么事我可以帮助你们？"路小薇问道。

女人"啪"的一声将一张纸拍到了路小薇的面前，路小薇拿起来认真阅读，页首居中的黑体字醒目地写着"解除同居关系协议书"，甲方是蒋励，乙方是宋素。

内容的第一行写的是："因男方多次出轨，经双方协商，同意解除同居关系。"路小薇看了一眼安坐着的男人，他淡定温和的模样倒真是迷惑人，她在心里暗暗骂了一句"渣男"。

再往下则是密密麻麻的财产分配条款，男方的房子、车子、公司的股票都归到女方的名下，甚至男方以后收入的80%也要归女方所有，总而言之，男方净身出户。路小薇再次抬头看了男方一眼，他依旧是那种木木的淡淡的模样，她心里不禁为他感到同情。只是同居关系还不是婚姻关系，就要付出这样大的代价，这个男人也未免太好说话了。白纸黑字达成的协议，看来双方已经没有任何异议，依然还来找律师恐怕也只有一件事，就是如何让协议变得具有法律效力。路小薇问："你们有什么需要咨询的？"

出乎意料的是，开口的并不是急于抢夺财产的女人，而是那个男人："是这样的，我们带着这份协议想要去公证处公证，但是公证处拒绝公证，因为我们不是婚姻关系，所以这份协议不具有法律效力。"

路小薇点了点头，一切在自己的意料之中，她说："确实如此，由于你们二位没有结婚，只是同居关系，所以你们两个人的同居关系是不受法律保护的，因此这份协议也就没有法律效力。"

"我现在就是要问你怎么要让它有法律效力！"宋素不耐烦地吼道。

莫名被吼了一通，路小薇本身的情绪也不好，但她忍下不快仍是态度良好地说道："蒋先生的财产仍是蒋先生所有，他可以自行决定。如果想要达到协议所要求的效果，你所要求的房子、车子和股票需要做产权变更，也就是蒋先生将名下的财产过户给你就可以了。"

宋素拿着一双眼睛看着蒋励，咄咄地逼着他表态。蒋励连一丝犹豫都没有，干脆利落地说："好。我同意过户。"

"哪一天？"宋素进一步逼问。

蒋励叹了一口气："明天。"

"好。下一条。"宋素见他同意，立刻指着协议的最后一条，环视路小薇和蒋励二人，态度颇为强势。

路小薇微微蹙眉，她入行几年，耳闻目睹了不少奇奇怪怪的离婚案件，女方连男方今后的财产也想要分割，生平仅见，更何况这个女方并非是法律意义上的妻子，只是一个同居女友。不过她还是从自己专业的角度表达意见："这个要求在法律意义上比较难以实现，因为男方实际收入很难核查……"

"核查你就不用管了，我自有办法。"宋素打断了她，"你就告诉我，怎么可以让它有法律意义吧。"

"没有办法形成法律意义的条文，只能当作是蒋先生对你的承诺，他若愿意兑现承诺那么就有意义，如果他不愿意兑现承诺，那就是一纸空文。"

"我愿意兑现承诺。"路小薇的话音刚落，就听到蒋励斩钉截铁地说。

路小薇吃了一惊，这样的条件他居然也敢答应，虽说她对他的第一印象并不好，此时却不由得多看了他两眼，觉得他倒还是有魄力的男人。

然而，宋素却冷笑一声："我不相信你！我要法律意义上的认可！"

蒋励无奈地笑了，路小薇也沉默了。事已至此，完全陷入了僵局。

沉默了半晌，蒋励开口问道："路律师，我应该支付多少咨询费？"

路小薇不好意思地说道："我们的咨询费是一小时四百元，你们只有半个小时，两百元就好了。"

蒋励打开钱包准备付费，宋素却一把抢过他的钱包，说道：

"付什么费啊！就这水平，连咨询的问题都无法解决还好意思收费，没有嫌她浪费我们时间就不错了！"

路小薇被无理取闹地呛了一番，脸上一阵红一阵白，心里的火气"噌噌噌"地向上冒，她想发作但又怕大中午的吵到同事，惹人看笑话，无处发作的火气憋在心里，连日来强自压抑的情绪在这一刻汹涌而出，她眼眶一红，竟不争气地哭了。

宋素不为所动，阴阳怪气地说："最烦你们这种'圣母''白莲花'动不动就哭，扮娇弱在男人那里博同情！"说罢她拉着蒋励扬长而去。

一下午路小薇的心情都十分低落，工作也心不在焉。

临近下班的时候，小向在 QQ 上发消息说："小薇，我今天给你引介了一个客户，晚上请我吃饭！我要吃公司楼下新开的鱼粉店的鱼粉。"

"我都没赚到咨询费，怎么请你吃饭啊？"

"啊？为什么啊？"小向在律所待了几年了，这样的事还从没遇见过，立刻激起了她熊熊的八卦之火。

路小薇在 QQ 上大致讲了一下情况，听完之后小向发挥八卦本色说道："这个女的也太蛮横霸道了吧，我要是她男人也受不了她。"

为了安慰路小薇受伤的心灵，小向决定请路小薇吃鱼粉店里售价最贵的二十八元一碗的鱼头粉。

下班之后，路小薇和小向肩并着肩下楼，从一楼大厅经过时却听见传来一声"路律师"的呼喊。路小薇回头一看，在大厅的一侧站着蒋励，修身的卡其色衬衣配上深色休闲裤衬得他腿长腰细，几天没剃略显邋遢的胡须，让他多了几分颓废忧郁的气质。

蒋励走上前来，抱歉地笑着说："今天的事情非常不好意思，我想请路律师吃个饭赔罪，不知路律师肯不肯赏光？"

路小薇微微觉得惊讶，这个"渣男"看起来还是挺有礼貌和修养的，居然专程前来请吃饭道歉。

她正要开口拒绝说"已经有约了"，小向却抢先开口了："快去吧，哈哈，可以帮我节省今天的一碗鱼粉。"小向向他们挥挥手，潇洒地丢下他们两个人走了。路小薇在心里默念了一百遍"猪一样的队友"，小向竟然就这样把她卖了，真的是太不靠谱了，现在她想拒绝都不行了。

她随着蒋励上车，他开的是一辆帅气的红色 Jeep 牧马人，这种硬派越野车在城市里很少见。一个人的所作所为、所穿所用都可以体现出一个人的性格特点，在城市里开这种车的人，想必是个不安于朝九晚五日复一日生活的人，有着一颗不安分、狂野内心。

路小薇注意到后挡风玻璃上贴着一张地图，上面画着行车线路图。线路显示从长沙出发向北直到北京，然后转而向西，经西安、兰州、青海，直达西藏，然后再从西藏经四川、云南回长沙，几乎绕了中国一个圈。这个车贴很多 SUV 车型的车子都会贴，但那个路线真正走过的人不多。

车子在车流中穿梭，两个尚还算陌生的人一时之间无话，气氛陷入了短暂的尴尬中。

路小薇有限的生命中接触到的男生，大多数都喜欢在女生面前高谈阔论以显示自己的不凡，但面前的这个男生显然是个不善于言谈的人。路小薇绞尽脑汁地找话题："你车后面挡风玻璃上贴的地图，都是你自驾去过的吗？"

她的心里其实早就已经知道答案，他一定会回答："那个啊，那只是个车贴，我看着好看贴在车上的。"

她默默地叹了口气，明知故问没话找话地聊天真的好无趣。

"哦，那个啊，"像是触到了他的话题开关一样，蒋励明显很有兴致，"是啊，应该是三年前的事情了。那一年我用了半年的时间一个人自驾去西藏，这个车贴上画的路线就是我全程行走的路线。"

"原来是真的啊……"路小薇小声地嘀咕，却被蒋励听到了，他开怀大笑起来，脸上的笑容难得地舒展开来。

"如假包换。"蒋励忽然有些意气风发。

"我也去过西藏。这些年大家一窝蜂地去西藏，我也不能免俗地做了个跟风的人，但是坐飞机过去的。"

话匣子一打开，两个人之间的沟通再无隔阂，感觉不到时间的流逝，不知不觉就到了市中心。

乘坐电梯抵达顶层，却赫然发现竟然到了毗邻湘江的大厦的顶层观光餐厅。站在门前，路小薇忽然停住了脚步，竟然有些发怯，确认道："是这里？"

"是呀。"蒋励点头，"不喜欢吗？"

"不……不是。"路小薇随之走了进去。

墙壁是透明的玻璃幕墙，坐在那里吃饭，脚下是奔腾的江水和迤逦的沿江风光带，远处是夜色中连绵起伏的岳麓山。

这样的夜晚和景致令人沉醉。

饭菜上齐之后，蒋励端起了酒杯正色道："今天下午的事，我代宋素向你道歉，对不起，让你受委屈了。"

一瞬间无数的心事在路小薇心中起起伏伏，她抿了一口酒："没关系，我也没受什么委屈。"宋素的确是伤害了她，但不像蒋励所以为的伤害得那么深，以至于她都哭了。

蒋励低下头专心地吃饭，用心将牛排切成一块一块，然后再叉起来吃。

路小薇看着江边的风景，江岸边不少情侣或在散步，或凭栏眺望风景。五年前，他们还是大二的学生，一起在江边漫步，他意气风发地指着身后的顶层餐厅说："小薇，等我将来有钱了，我要在这里陪你看风景。"

她陪他一同奋斗，如今他终于有钱了，陪在他身边的人却不是她。而自己伤痕累累地回到了最初的城市，这座满是他们记忆的城市，但陪伴她的却不是他，而是一个素昧平生的男人。

她怔怔地看着窗外的风景，昏暗的灯光将她的面庞镀上一层柔和的色彩，蒋励不经意地抬头看她，目光定格在了这个谜一样有故事的女生身上。

路小薇察觉到被注视的目光，问："看什么看？不知道长时间直视女生是很不礼貌的行为吗？"

蒋励歉然一笑："对不起。只是我忽然明白了，你下午哭其实并不单单因为宋素呛你，而是你心里有心事。"

被人看穿了！路小薇有些恼羞成怒，似乎心底隐藏的秘密骤然被放在光天化日之下被人围观一样，慌不择言："蒋先生可真是懂女生的心思，难怪可以'多次出轨'。"

蒋励毕竟有些涵养，没有当场发作，只是把目光移到了窗外，视线落在极远处。气氛霎时降至冰点，路小薇随即醒悟过来自己的话过分了，一时间有些坐立不安。路小薇苦思脱身的借口，忽然想起了晚上还约了中介看房，原定的时间是六点，结果和蒋励吃饭现在都已经八点了，她急忙说："谢谢你的款待……那个……我还约了中介看房，要先走了。"不等蒋励回应，她急急忙忙要走。

"等一下。"蒋励打开钱包数钱，却又似乎觉得不妥，合上了钱包，"可以把你的名片留一张给我吗？后面可能还会有事要麻烦你。"

给客户留名片应该是她主动做的事，现在蒋励开口，她自然奉上。

路小薇拿起包快步离开了，刚走进电梯，微信里面多了一个蒋励添加好友的请求，她略作犹豫通过了好友验证。

"嘀"的一声，一个消息发了过来。

打开是两个红包，金额共四百元。留言是："这是今天咨询的费用，你应得的。只是在非工作场合拿现金给你觉得不合适，所以发个微信红包。请笑纳！谢谢！"

这个男人倒真是一个做事周到的人，路小薇想。走出电梯，外面已经下雨了，长沙的夏天，天气就是这么变幻莫测，永远不知道什么时候会下雨。站在路边，她一边伸手拦车，一边给中介打电话，响了很多声电话才迟迟被接起，声音是职业化的礼貌："你好，请问你找哪位？"

"是我，我是路小薇，我约了你今天下午看大塘公寓的房子。挺不好意思的，我晚上有事耽搁了会儿，现在过去看房还来得及吗？"

"哦。"知道是她之后，电话另一端立刻换成了尖酸刻薄的语气，"是你啊，晚上到了约定的时间你没来，我们带了别的客户去看了，已经租出去了。"

路小薇急忙追问道："那……那个小区还有其他的房子吗？"

"没有了！"电话"啪"的一声挂断了。

路小薇站在马路上，瓢泼大雨打湿了她的衣服，一辆辆车风驰电掣般从她面前驶过，没有一辆车停下来愿意载她一程。她带着一身的疲惫和伤痕回到最初出发的城市，想在这个城市里疗伤，却发现这个城市连一个容身之所都不愿给她。而一条马路之隔的，就是她曾经幸福漫步的江畔。

"颜彬，颜彬……"那个在心里辗转反侧的名字，她声嘶力竭地喊了出来，用尽所有的力气宣泄所有的不甘、伤心和愤怒。

颜彬，我回来了，回到这个满是我们记忆的城市。现在的你很好，而我很不好。

这是除了我跟随你去的深圳之外，唯一熟悉的城市，我想在这座城市里重新开始一段新的生活，但与你有关的记忆在城市的每个角落里。

颜彬，我想你。

颜彬，我会一点一点地忘记你……

泪水和雨水在脸上混合，世界在眼前一片模糊，她唯一能感受到的是世界给予她的冰冷。

忽然，一辆车停在了她的面前，熟悉的人从车窗里面探出头来："路律师，去哪里？需要我送你吗？"

是蒋励。

路小薇本能地想要拒绝，她一向不习惯于麻烦别人，更何况眼前的这个男人她刚刚还口不择言得罪了他。蒋励却已经下车，为她打开了副驾驶一边的车门，不容她拒绝。路小薇道了一声"谢谢"，上了车。

蒋励结账离开，驾车从地下车库出来，刚好看见路小薇站在路边拦车，也看见了她泪流满面、失声大喊的情景，看见无助的她，他一时起了恻隐之心，想要送她一程。

"去哪里？"蒋励绝口不提刚刚所看到的一切，只是开口问。

路小薇深吸了一口气，平复了一下情绪："华府酒店。"

蒋励的眸中闪过一丝讶然的神色："你怎么住在酒店啊？是刚来长沙吗？"

"是啊。"路小薇情绪低落地回应。

"怪不得你刚刚说约了中介呢，怎么直接回酒店了，不去看房了吗？"

说起来她没租成房子，还要怪蒋励，他晚上突然出现约她吃饭打乱了她原定的计划。提到这茬，路小薇没好气地说："原本约了六点见，由于我没去，房子已经租给别人了。"

蒋励感觉到她话中埋怨的情绪，笑了笑道："你是想要租你们律所附近的房子吗？"

"是啊。我打算租大塘公寓的。"

"大塘公寓啊……"蒋励略作思索，拿起手机拨打电话。大雨滂沱，车内安静得只听得见雨刷在挡风玻璃上来回摆动的声响和他戴着耳机讲电话的声音。车子在雨幕中穿梭，像是要冲出茫茫的黑暗一样。

电话终于讲完了，蒋励回过头来冲路小薇淡淡一笑："好啦，问题已经解决了。我有个朋友是地产界的，大塘公寓的物业公司会自持一些物业对外租售，刚刚他们答应租一间公寓给我，现在可以去找他们拿钥匙，今晚就可以入住哦。"

路小薇愣住了，困扰了她这么久的问题竟被他轻而易举地解决了。

"谢谢……对不起。"路小薇有点语无伦次，为他的帮忙道谢，也为自己在餐厅所讲的伤人的话道歉。

手机铃声忽然响起，蒋励看着来电显示上"亲爱的宋素"，久久没接，电话铃声断了，但紧接着第二次来电又到了，那架势像是蒋励如果不接电话，她会不停地打，直到他手机没电关机为止。

蒋励叹了一口气接了起来，还没开口，电话里就传来了宋素尖锐刺耳的声音："都这么晚了还不回来，是不是还在和那个贱三在一起呢？"

"我在外面还有一些事要处理，而且……我们不是已经说好了，从今天起我搬出去住吗？"

"别以为我不知道你打的什么如意算盘，你想和贱三在一起，我不会让你们好过的！"宋素挂断了电话。

　　蒋励满脸无奈地对路小薇笑了笑。

　　路小薇有许多的问题弄不明白，她忽然对眼前的这个男人充满了好奇，虽说和他接触得不久，但她已经觉得这个男人并不像她想象的那样"渣"，而那个"小三"又是什么样的人，居然可以令蒋励放弃宋素这等姿色的女人，并甘愿为她放弃所有？

　　到了酒店取了行李，办了退房手续，蒋励带她去了大塘公寓。取了钥匙后，蒋励带她进了房间，一间精装修的单身公寓，家电、家具齐全，拎包即可入住，比路小薇预想的好太多。终于有一个地方可以安身，在彷徨的时候可以栖息，她沉重的心境顿时轻松了许多。

　　她瞅了一眼蒋励，他正在查看房间，单身女孩的警惕性爬上了心头——毕竟他可是个多次出轨的"大色狼"，他要是在房间里面逗留不走，图谋不轨……她不敢再想下去，暗暗地看了一眼鞋跟，够高够尖，只要做好准备，击中要害，就可以制服他。

　　蒋励环视了房间一周，向正在门口发呆的路小薇说："路律师，我刚刚帮你打开了水阀和气阀，家电、家具我也都检查了下，没有大碍，你可以放心入住了。我也该走了，再见。"话音方落，他干脆利落地转身往外走。

　　路小薇为自己龌龊的想法感到羞愧，忙出声道："哎……等一下。"

　　蒋励茫然地回头，路小薇歪着脑袋问："你为什么愿意帮我？"

　　走廊里的声控灯忽然暗了下来，夜色中只有蒋励的双眸清亮如水，浮浮沉沉如一片海，他说："因为……你和我都是有伤的人。"

因为我们都是有伤的人，所以才更需要相互帮助。

第二天，路小薇刚到律所，前台的小向看见她，笑意盈盈，露出一副八卦的表情："小薇，昨天的约会怎么样？"

路小薇翻了一个大大的白眼给她："呸呸呸，瞎说什么呢！昨天是客户请我吃饭，怎么就成约会了？再说了，人家有女朋友！"

小向看热闹的不嫌事大："不是和女朋友分手了吗？昨天找你不就是要解除同居关系吗？"

"喂，有你这样的朋友吗，把人往火坑里推。协议上可是清楚地写着'因男方多次出轨'，人家就算分手了还有个出轨对象在那里，更何况就算他真的成了单身，这样'多次出轨'的男人给你你要吗？"路小薇毫不客气地数落了小向一通。

小向依然笑嘻嘻的："我这不是和你开玩笑嘛，看你认真的，你们这些做律师的最无趣了，凡事都要较真。"

两个人说笑一番之后，路小薇回到了工位上，冲了一杯咖啡，准备开始一天的工作，脑海中却不知不觉地回响起小向的玩笑话。她已经受过一次伤，她永远都记得那个女人从她身边抢走颜彬的时候，脸上带着因胜利而无比嚣张的冷笑，而她唯一能够依靠和仰仗的颜彬，只是无动于衷地看着她。

所以，她痛恨"小三"，更痛恨出轨的男人，早在那一刻，她就对爱情心灰意冷，更打定主意要对有出轨史的男人敬而远之。至于找工作，她也是有意放弃已经有工作经验的商业律师职位，而选择活累钱少的离婚律师，说白了无非是想替那些因为"小三"而离婚的女人出口气。

蒋励固然不错，也只能不错到让她不讨厌而已。对于爱情她已经绝望，一个人孤独地度过这一生其实也不错，所有的喜怒哀乐都由自己决定，不用再受另一个人的影响，不用看另一个人的脸色，自己爱高兴就高兴，不高兴也不会碍着旁人。

就这样吧，也挺好。

她正发着呆，小向神神秘秘地跑了过来："小薇，那个蒋励又来找你了。"

路小薇有点疑惑，业务上的事昨天已经咨询完毕，他还来找她有什么事？不过她还是起身到会客室，推开门看见蒋励正背门而立，看着窗外。听到声音他转过身来，一夜未见，蒋励憔悴了许多，眼神里是深深的倦怠。炎热的夏天，他竟穿着一件长袖衬衫，领口和袖口的扣子都扣住了，浑身上下裹得严严实实，但脖子那里仍有一道细微的抓痕被路小薇捕捉在眼底，她心下明了，这一定是昨晚被宋素抓的。

蒋励既然掩饰，她自然也不会故意挑破，而是客气地问道："蒋先生，有什么需要我帮助的吗？"

"我委托你担任我的应诉律师。"蒋励郑重其事地说，路小薇倒是吓了一跳。

"她……起诉你了？"路小薇问。

蒋励重重地点了点头。

路小薇有些哭笑不得，他们两人之间不是法律意义上的婚姻关系，宋素起诉分割财产以及男方今后的收入，已经是匪夷所思，她告诉宋素不可能，宋素觉得她水平不行，就去找了另外的律师，这个律师为了赚钱倒也真敢接，还起诉了，事已至此，他只能应诉。

路小薇苦笑了一声，她在犹豫到底要不要接这个案子。这是她来律所接的第一个案子，官司的难度不大，她一定可以打赢，但这有违她做离婚律师的初衷——她本是要代表女方去申讨男方，为女方争取合法权益的，现在却要为出轨的男方担任应诉律师？

从感情上，她同情宋素，觉得她被伤害了，有权索赔；但是从理智上，她又知道她的要求是过分的。

良久，路小薇点了点头："好吧，我答应担任你的辩护律师。"

签完了委托协议之后，蒋励松了一口气，路小薇充分地展现了职业素养："蒋励，现在我已经是你的辩护律师了，我想听一下你的要求。女方所提出的分割财产以及拿走你未来收入的80%的要求，我都可以统统驳倒，这个官司我们一定会赢。"

蒋励窝在沙发里，摆了摆手："不用，我们不用赢这个官司，也不需要辩诉。她的要求也不要反对，我全盘接受，这个官司……让她赢。"

路小薇瞪大了眼睛，她从事律师行业这么多年，第一次听说这样的怪事。

"既然如此，你为什么还要找我做你的律师？"

"这不是根据法律需要吗？应诉必须要有律师啊。"

"这种毫无技术含量的事你找谁都可以，为什么偏偏找我？"她现在好生后悔刚刚没有问清楚缘由就签了那份协议。

蒋励长露出一抹带有玩笑意味的微笑："这不是因为和你

熟吗？"

路小薇气结，一口老血几乎要吐出来。她连连感慨自己上了贼船，多年英名要就此毁于一旦。她低着头想了一会儿，对蒋励说："不管怎样，既然我答应担任你的律师，就要对得起自己的职业操守，我会认真地行使调查权和准备应诉资料，希望你可以配合。"

蒋励尚在踌躇，忽然手机铃声响起。他拿起电话接了起来，路小薇离得比较近，依稀听见话筒里传来一个娇弱的女声说："我想你了，我想现在就见到你……"

"好，我马上就去。"蒋励毫不迟疑，一边讲着电话，一边向外走去，步履匆匆。

路小薇看着他离去的背影，耳旁回荡着那句暧昧而甜蜜的话，想来这就是宋素口中所说的那个"小三"吧。果然，还是新欢招人爱，他这就马不停蹄地赶过去了。

看来真的是不折不扣的出轨"渣男"啊！这是她最痛恨的人！之前只见到宋素蛮横无理的一面，路小薇一时心软，竟然同情起他来，待到今天才清楚地意识到他是一个出轨男，而她居然还接受了委托，担任这个男人的律师。路小薇心中不由得一阵懊恼和后悔。还好，她并不是为这个男人而战，为他争取利益。也许是心中有愧，所以蒋励才会提出那样奇怪的要求，只求败诉。前一刻她还是很抗拒这个要求的，觉得有违自己的职业操守，而现在呢，她觉得心安理得了许多。

从那天起，蒋励倒是消失了一般，直到开庭他才再次出现。相比上次见面时的样子，他更加憔悴了。

那天在法庭上，宋素咄咄逼人，以受害者的身份指责蒋励出轨，要求分割蒋励的财产并得到赔偿。通过宋素的指控，路小薇知道了"小三"原来是蒋励的初恋女友。

法庭上法官哭笑不得，说白了这个案件不过是男生和现女友以及前女友纠缠不清，但拿这种事到法庭上打官司生平仅见。

法官听完了原告的起诉，询问被告方作何辩解。

路小薇还没讲话，蒋励已经说道："我并没有任何反对意见。"

法官进一步用探询的眼神看向律师路小薇，她也只能无奈地回以苦笑。

形势虽说一边倒，但是宋素的诉求在法律里面缺乏相应的条款支持，因此并非那么容易判决，法官只好宣布休庭，改日再行开庭审判。

散场之后，蒋励和路小薇并肩从法院走了出来，蒋励颇有些不好意思，对路小薇说道："对不起，那天有事就走了，这段时间让你一个人费心了。"

一般客户委托律师代理之后，会配合律师的询问和调查，帮助律师了解情况，蒋励却直接消失了，以至于路小薇毫无准备来参加开庭。她的心中本来还有些介意，但这会儿蒋励主动道歉，她心中的不快就散去了。

"没关系，现在让我了解下情况也还来得及，这样我心里好有个底，下次开庭也有个准备。"路小薇似笑非笑地看着蒋励。

蒋励略作犹豫："你想了解哪些情况？"

"涉案相关的情况。比如，你和宋素是如何认识的？"路小薇随着蒋励上车，打开了录音笔。

车子停在路边，蒋励把手搭在方向盘上，悠然出神，像是在记忆的深处回溯。

"我和宋素其实是在三年前的旅途中认识的。那时我沿着青藏公路进藏，在青海湖附近看见她在路边拦车，鬼使神差地停下了车。那个时候网络上各种宣扬几百元钱去西藏的帖子很火，她脑袋一热，就踏上了穷游的旅程，一路上搭顺风车向着西藏前进。她本来希望找个司机可以带她一段，但一问之下知道我是去西藏，立刻央求我可以让她一路搭顺风车到西藏。言谈间知道我们都是来自长沙，因此觉得异常亲切，所以我就答应了她，然后我们就这么认识了。"

"后来呢？"路小薇继续追问。

蒋励微微一笑："后来啊，后来就在一起了啊。"

在这背后肯定有着很多不为人知的事，但是他轻描淡写地一带而过，显然是不想多讲。路小薇换了一个问题："那么你可以告诉我，宋素口中的'小三'是谁吗？"

"她不是'小三'。"蒋励辩解道。

路小薇心知肚明地笑了笑，男人们总是这样，从来不会承认自己出轨。

"我想见见她。"路小薇直视着蒋励说。

"不行！"几乎是下意识地，蒋励立刻开口拒绝了。

"律师有权了解委托人所委托的案件，如果你拒绝配合，那么我也有权拒绝继续担任你的代理律师。"路小薇语气前所未有的强硬，咄咄逼人地看着蒋励。从接触蒋励的第一天起，她就对蒋励、宋素，以及"小三"之间的事充满了疑惑，觉得这些事情不像看起来的那么简单。她也对那个引出这一切事情的始作俑者、宋素口中的"小三"非常好奇，好奇她是怎样的一个女人，可以吸引蒋励并愿意为她付出所有。

蒋励和路小薇对视，谁也不肯相让，僵持了片刻之后，蒋励终于转过了头，放低了语气："好吧，我带你去见见她。但有一个前提，希望你为我保密。"

"好。"路小薇点头。

蒋励发动汽车，向着城区内开去。

路小薇以为他会带她去高级公寓之类的地方，结果却是去了医院。

医院的走廊里弥漫着消毒水的味道，肿瘤病房非常安静，蒋励的脚步停在紧急看护病房外，隔着一面玻璃，路小薇顺着他的目光看过去，病床上安静地躺着一个浑身插满管子、双目紧闭、脸色苍白的女子。

在路小薇的印象中，"小三"都是妖艳、美丽、健康的女人，怎么可能会是一个病人？事情的真相呼之欲出，她看向了蒋励，等待着他的解答，然而她看到的是蒋励悲伤的脸。

"有一点宋素说得很对，她是我的初恋，但不是'小三'。"蒋励终于开口说话了，"她叫漫漫，是一个孤儿，从小到大独立自强。我和她在大学的时候相识、相恋，毕业两年之后，我们和平分手了，因为我们越成熟，就越清楚地意识到我们性格不合。我们分手的时候，没有争吵，没有指责，只有平静的祝福。我们在一起相处多年，内心里早已把对方视作亲人。分手的时候，我向她许下了一个承诺——无论今后何时何地，只要你需要我的帮助，我一定会跨越千山万水为你赶来……"

在他娓娓的叙述中，路小薇的脑海中如电影般一幕幕出现了当初的场景。

漫漫只是向他笑一笑，就挥挥手潇洒地走了。她一个人工作、生活和旅行。在遇见蒋励之前，她一直一个人独立生活，和他在一起的那几年，一开始她很享受久违的被照顾的感觉，但在一起久了，她觉得自己仿佛被束缚了一般，像一只自由自在的鸟儿被一根无形的绳子牵着，那根绳子就是蒋励的牵挂和爱。经历五年时间，她终于想明白了一件事——她是一个独身主义者，只适合一个人生活。因此，她做出了和蒋励分手的决定。幸运的是，蒋励懂她，也理解她，两人平静地结束了这段感情。

在分手时蒋励对她所说的话，她听到了耳朵，也记在了心里。他们两个人相知相爱多年，就算分手没有了恋人的关系，但依然会是对方在这世上的亲人。但她打定主意绝不会再去麻烦他，无论她一个人遇到什么样的困难。因为他会有新的生活，既然已经分手，她就不该以任何形式去打扰他。

在此后的生活中，她一个人，生活遵循自己的意愿，想要喝咖啡的时候就去喝咖啡，随时可以来一场说走就走的旅行。当然，也不是没有经历过困难的时刻，比如经济拮据的时候……

但大多困难，只需要坚持一下，熬一熬就过去了。

直到有一天，她在办公室忽然晕倒，被同事送到了医院，检查结果出来的时候，医生喊她通知家属。

她面不改色地看着医生："我没有家属，有什么情况你直接告诉我吧。"

医生再三确认之后告诉她，她得了乳腺癌。在中国女性死亡率最高的癌症中，乳腺癌位列第六。目前癌细胞已经转移，治疗只能延长生命。

"也就是说，难以根治了吗？"她问道。

医生默默地点头。

很多病人在得知自己得了癌症之后都会情绪崩溃，漫漫只是平淡地感慨了一句："还是来了啊。"

她的妈妈死于胰腺癌，乳腺癌具有家族遗传性，她不止一次地设想过如果有一天她也得了这样的病该怎么办。当"如果"变为事实，她决定坦然面对。

她选择放弃治疗。

任何一个人得了癌症，他的家人都会面临两个选择——救还是不救？

救，可能会耗光一个家庭所有的积蓄，最终可能还无法挽回病人的生命，留给一个家庭无尽的痛苦。

不救，良心上过不去，也会面临他人的指责。

她只身一个人，自己的命自己决定。

她小时候，因为妈妈得了癌症，一家人举债救治，家里窘困至极，治疗费用源源不断，美丽的妈妈也在病痛和化疗的折磨下形销骨立。但最后妈妈还是去世了，留下了一个千疮百孔、负债累累的家，爸爸不堪生活的重负，离家出走，从此再无音信。

还好，她现在一个人，不会给任何人造成任何负担。她不想让治疗摧残自己的美丽，生命所剩的时间有限，她要用来做很多还来不及做的事。

她辞掉了工作，决定去好好看看世界。

她去了很多的地方，在威尼斯坐着小船穿梭在河道上，在布拉格的广场上喂鸽子，在阿尔卑斯山看日出。在地中海夜晚的海风中，她看着眼前那片浩瀚的大海，天地广袤，只有她一个人，真孤独啊。

第一次她感到深深的孤独，哪怕自己死去，也会悄无声息，没有任何人知道，像从未到这世界上来过一样。

分手多年，从蒋励的生活彻底离开之后，她终于拿起电话打给了蒋励，他是她在世上唯一的亲人。

"蒋励，还记得你在分手时对我许下的诺言吗？"她听到电话另一端的欢声笑语，似乎是一群人在狂欢。

时隔多年，蒋励再次接到了她的电话，他立刻走到门外，声音竭力保持平静。刚听到久违的声音时，他有一瞬间的惊喜，但旋即担忧起来。他许下的诺言他不曾忘记，她一定是有解决不了的困难才找他。

蒋励看过一个这样的故事：有两个人是很好的朋友，一天深夜仆人叫醒了主人，告诉主人他的好朋友来访。主人当即穿上了盔甲，一只手钱袋，一只手拿着剑，对他的朋友说："朋友，你深夜来访，必定是遇到了困难。如果你需要钱，这是我全部的钱；如果你被仇人追杀，这是我的剑，我将为你拼命。"

当他接起电话的那一刹那，他已经做好了准备，他愿献出所有能给予的全部，钱或者命。

然而，她并不要他的钱，也不需要他为她拼命。

她说："蒋励，我很孤单，你是我在世上最后一位亲人，你可以陪我走完生命中最后的一段路程吗？"

蒋励愣住了，这是最没有难度的要求，他却痛彻心扉。他明白那句话意味着什么，他宁愿她开口所要求的是他所有的钱甚至命。

"你在哪里？"蒋励手指发白地握紧了电话。

"一个很远的地方。等我回国的时候我再打电话给你。"

"你在哪里？"蒋励重复地问。

她叹了一口气："地中海。"

"地中海哪里？"蒋励再问。

"希腊莱夫卡扎市埃格雷姆尼海滩。"这是一个离中国很远的地方，告诉他也无妨，他不可能赶过去。

蒋励挂断了电话，快步向着门外走去。宋素见他在包厢外接电话久未回来，出来喊他，看见蒋励离去的身影，宋素问道："你去哪儿？"

"见一个朋友。"蒋励心急如焚地随口答道，拦了一辆车直奔机场。

宋素只身一人进了包厢，她的闺蜜追问："你们家蒋励呢？"

"接了一个电话见朋友去了。"

"那你可要当心点，接到一个异性的电话就火急火燎地走了，该不会有'小三'了吧。"

宋素波澜不惊地笑着："怎么会？我们家蒋励才不是这种人呢。"但她还是不由得起了疑心。

第一天打蒋励的电话不通，第二天不通……宋素由最开始的担心转变为猜忌，最后只剩下愤怒——和新欢在一起很快活啊，乐不思蜀得都忘了她了。

直到七天之后，蒋励才从国外返回。他带回了漫漫，强行将她送到医院去治疗，祈求最后奇迹出现。

当他满身疲惫地站在宋素面前，想向她解释时，迎接他的却是宋素狂风暴雨的打骂。

和宋素相处以来，她对他身边出现的任何女人都仔细提防，哪怕他下班晚回家一会儿，她也会仔细盘问。

宋素很敏感，在感情里不能容忍男人有一丝不忠的行为，她从骨子里不相信男人。她觉得在漫长的人类进化中，男人的进化动力和万年以前的原始人类依然没有什么两样——天然地想要拥有更多的女人以更好地繁殖后代。即便人类社会为了维护社会秩序制定了伦理、道德、法律来保证一夫一妻，但也只是制止了男人不多妻，却不能制止他们不出轨。她不相信有不偷腥的男人，就如同不相信有不偷腥的猫。

这是他们两个人生活中的主要矛盾点，刚开始相处的时候，他们常常为此争吵，吵到最后泪流满面，宋素抱着他说："我只是太爱你了，所以才生怕别人把你抢走。"所以最后的结果是蒋励不停地妥协退让，连正常的社交活动都几乎断绝了。他们以这样的方式和平相处了一段时间，直到这一次蒋励消失了七天，宋素再度爆发了。

这一次的爆发比任何一次都严重，她打他，摔碎触手可及的一切东西，像一个完全丧失理智的疯女人。

蒋励原本打算开口解释，却被硬生生地堵在了心里，宋素的反应让他在那一刻做了决定——不告诉她真相。

即便他向她坦白这一切，宋素也不会相信，她的逻辑肯定是"如果你不是还爱着她，又怎会为她做这一切"。而漫漫将会面临她的斥责，漫漫所剩的生命不多了，他只想让她平静地度过生命中最后的时光，不被任何人打扰。那一刻他的内心坚定得就像一个革命战士。

蒋励任由宋素捶打着他，不作过多的辩解，只是重复地说："我没有出轨。"直到她筋疲力尽，这场争吵才结束。

但这其实只是刚刚开始——宋素恢复精力之后像个侦探一样，搜查他生活中的一切细节。

很快，她在他手机的通话记录上查到了"漫漫"这个名字，向他的朋友询问"漫漫"是谁，得知是蒋励的前女友之后，她更加笃定自己的判断。

宋素准备打电话过去把她大骂一通，蒋励拼命地阻拦住了。

"不要打电话给她，我不想让她再受到任何伤害。"蒋励从她的手上夺下电话，语带哀求。

宋素闻言，狠狠地抽了蒋励一巴掌："果然是真爱啊，竟然当着我的面这么护着她！你怕她受到伤害，那么我呢，我受到的伤害呢？"

"对不起。"蒋励低着头，良久才说道，"只要你不打电话给她，什么条件我都答应你。"

宋素不再歇斯底里，冷静地思考了片刻："我要和你分手，同时，我要求你所有的财产归我，包括你未来收入的80%。"

"可以。"蒋励毫不犹豫地说。相处这么久，他早知道宋素是个看重物质的人，她不相信感情，拥有的人可以失去，但拥有的钱、拥有的物质不会。

"我不相信你的口头承诺，我需要法律的认可。"宋素冷眼斜睨着蒋励，"走吧，我们去找律师吧。"

原来如此。

原来如此！

路小薇错怪了蒋励，他并非是出轨的"渣男"，而是一个有情有义的男子。

病床上闭目沉睡的漫漫，安详得如同睡美人。这样一个人，让人忍不住心痛。

漫漫忽然醒了，看见站在房间外的蒋励，她露出微笑，蒋励也微笑着回应。

看着眼前的这一幕，路小薇的心中仿佛有一股暖流在涌动。

蒋励和路小薇走进病房，漫漫略带好奇地看着路小薇，她摘掉了氧气罩，说："我想你一定是蒋励的女朋友吧？对不起，我给你们添麻烦了，希望没有给你们造成困扰。"

她第一句话说出口的时候，路小薇本来还想立刻否认，但听到后面的话，路小薇明白她心里的不安，怕影响蒋励和他女朋友的生活。为了让她安心，路小薇决定假装下去："没有呢，你是蒋励的亲人，也就是我的亲人，让我来照顾你、陪伴你吧。"

漫漫转过头看向蒋励，开玩笑地说："你看，当初我们分手是多么正确的选择，离开我以后，你才能找到这么好这么适合你的女朋友。"

路小薇脸色微红，有些尴尬，蒋励的神色也有些不自然。漫漫并没有注意到这些，而是自顾自地说着，语气中是无尽的惆怅和遗憾："真想参加你们的婚礼啊……"

路小薇正想着该如何安慰她呢，漫漫却已经自我安慰了："不过，能见到你俩在一起也已经不错了。"

"送给你。"漫漫拿了一个小小的玻璃瓶送给路小薇，瓶中一团幽蓝的光宛如星空，"这是我自己做的星空瓶，夜晚的时候会发光。最重要的是，我在北极的时候遇见了极光，我把极光也装进了星空瓶中。"

路小薇接过瓶子好奇地看着："极光也可以装进瓶子里吗？"

"当然可以呀。"漫漫笑道，"极光是我对你们最好的祝福，希望你们幸福。"

漫漫要求蒋励关上灯光和窗帘，星空瓶中的荧光亮起，晶莹闪烁，宛若浩瀚的星空。

她们两个人像是久未见面的朋友，很快就聊到了一起去，倒是蒋励坐在一旁一句话也插不上，像一个多余的人。

从病房告辞出来之后，路小薇有些不舍。她亲眼见到蒋励和漫漫之间单纯而不带任何杂质的友情，也看到了一个将死之人是何等的乐观和热爱生活。和漫漫在一起的时候，她可以令你忘记她是个病人。然而离开之后，路小薇渐渐意识到漫漫很快就要离开这个世界了，心情不知不觉地沉重起来，眼泪无声无息地从脸上滑落。

　　第二次开庭。

　　在法庭上，宋素再次要求分割蒋励的财产。

　　知道真相之前，路小薇觉得蒋励毕竟有错在先，宋素提出的要求虽说过分，但蒋励答应了，想必是自知理亏。

　　如今路小薇已经知道了真相，觉得宋素要求有些过分，站起来反击道："你凭什么要求我的当事人分割全部的财产给你？"

　　宋素声音提高了八度："凭他出轨！凭他欠我一条命！"

　　路小薇还想再争，蒋励却示意她坐下。路小薇忍气吞声地落座，蒋励站了起来，向法官陈述："我对原告提出的索赔无异议。"

　　原告和被告一个愿打一个愿挨，但是没有准确的法律条文可依，只得暂时休庭。经过讨论之后，法官开庭宣判："被告对原告造成极大的精神伤害，被告需以下财产赔偿原告：位于五一大道 528 号一百二十平方米的房屋一套、牧马人汽车一辆、现金存款二百万……原告索赔被告未来收入的 80% 的诉求，予以驳回。"

　　路小薇气结，这种官司能打输绝对是她职业生涯的耻辱，谁让她摊上一个主动要送给人宰的主呢。

　　宋素的反应更是出乎意料，她当庭表示不服，将会继续上诉。

　　蒋励反倒是一脸轻松毫不在意的模样，路小薇觉得这个人简直是无法理喻，气呼呼地说："你都成穷光蛋了，怎么还一副挺高兴的样子？"

"终于结束了，我和她分手了，财产的分割也已经尘埃落定，一切都结束了，不挺好的吗？"蒋励淡淡地道。终于彻底结束了这段关系，这段他早就觉得不合适的关系，这段依靠一个人的委曲求全来维系的关系，这段与爱无关的关系。

"喂，她为什么说你欠她一命啊？"身为律师，她准确地抓住了这个关键点。

他和宋素之间的故事他一直不愿意多讲，一定是隐瞒了什么。

不知道为什么，和路小薇相处得越久，蒋励越来越愿意将心中的秘密与她分享，也许，他只是尽一个委托人的职责配合律师的调查，也许……他愿意向她敞开心扉。这一次，蒋励犹豫的时间很短，他决定继续讲上一次略过去的故事。

蒋励开着车走在一望无际而又空旷的马路上，一边是连绵起伏不断的山峦，一边是清澈蔚蓝的青海湖。

他驾车自由地行驶在这山与湖之间，天高云阔，心情前所未有地舒畅。马路的前方有一个小黑点，随着车子的逐渐驶近，他越来越清晰地看到那是一个女生，站在马路边挥舞着手臂拦车。

她背着一个登山包，穿着色彩艳丽的长裙和帆布鞋，头上带着一顶遮阳帽，脖子上挂着相机，标准的文艺女青年的打扮。

蒋励知道这是想搭顺风车的人，这条马路上车比较少，等下一辆车经过不知要等到什么时候。蒋励缓缓地停下了车，一张白皙泛红的面庞趴在车窗旁，神色还有一丝丝紧张和羞怯，那就是宋素，这是他和她的第一次见面。

"帅哥，我可以搭下你的顺风车吗？"她问。

"你要去哪里？"蒋励问，他想看看到底顺不顺路。

"德令哈吧。"

沿着这条路向西走，下一个小城就是德令哈，蒋励沿着青藏公路进藏，会经过那个地方。

"上来吧。"蒋励打开了车门。宋素把包放在后座，坐到了副驾上。

"你呢，你要去哪里？"能够独自出门在外旅行的女生，多少还是懂些人际交往，宋素自来熟地与他攀谈起来。

"西藏。"

"西藏？"宋素惊喜地重复了一声，"我也刚好要去西藏哎。听你的口音，看你的车牌是长沙人，看在我们俩是老乡的分上，你能把我捎到西藏吗？"

"你也是长沙人？"这下轮到蒋励惊讶了。

"嗯咯。"宋素用长沙话调皮地回答道。

两个来自同一个地方，踏上不同的旅程，目的地却一样的人，在茫茫的旷野中相逢了。

"这么有缘！"蒋励感慨了一句。毫无疑问，他们两个人决定一起进藏。

路途是漫长的，两个人长时间坐在车里，入目是一片广袤和荒凉，很多时候，只有他们一辆车穿行在茫茫的天地间。封闭的车厢里只有他们两个人，能说话的也只有彼此，十几天的路程走下来，他们已经成了彼此最熟悉的人。

比如宋素，她才刚刚大学毕业，是个穷学生，她看见网上各种穷游的帖子很火，就带着一千元钱上路了，一路上都是搭着顺风车。

蒋励咋舌："你真勇敢。"

宋素的目光一黯，换上了自嘲的神色："谁让我们是穷人呢，谁不想舒舒服服、安安心心地出门旅行呢。那些高喊着'穷游好文艺'的口号出门旅游的人，不过是为自己的穷找一块遮羞布。穷游意味着一路风餐露宿，一路上吃不饱穿不暖，搭不到车要走路，搭到车了呢又要担心会不会碰到坏人。如果可以，其实我们也很想像你们这些有钱人一样，开着牧马人一路自驾，想去看哪里的风景就去看哪里的风景，一路随心所欲，这样才是享受旅行。"

蒋励听完这番话之后，不由得多看了宋素两眼，这个刚刚大学毕业的女生有着远不同于同龄人的世界观，讲起话一点都不矫情，不但有观点……而且还挺酷。对于有思想的女生，他向来赞赏有加。

当他们终于到达拉萨的时候，顺风车之旅也该结束了。蒋励要继续西进去尼泊尔，而宋素在出发之前也想过，拉萨以西日渐荒凉，想要穷游到尼泊尔根本不可能，她原计划是在拉萨玩个十几天，然后直接买张火车票回长沙。但是原本应该分道扬镳的两个人，却都舍不得分开。分开意味着又要独自旅行，难得遇到一个投缘的驴友，一起走完剩下的旅程才是乐事。

和蒋励在一起的这段时间，是宋素出游以来过的最舒适的日子。出行的时候她可以坐最拉风的硬派越野牧马人，一路翻山越岭不在话下，不用走路也不用再低声下气地拦顺风车；至于住宿，不用再住廉价的八人间，沿途都是住条件比较好的客栈或者酒店；吃呢，顿顿有肉。所以，当蒋励邀请她继续一起去往尼泊尔时，她立刻欢欣地答应了。

一路向西。

人烟稀少，山峦渐多，柏油马路也渐渐被碎石山路所取代，目之所及，只有无尽的莽莽群山，山峰上裸露的岩石荒凉而又亘古，偶见的玛尼堆和经幡默默地矗立着。在这里能够对抗时间与荒凉的，是信仰。

那天下午，到达冈仁波齐山，驱车在山路上盘旋，山路的一侧就是悬崖，坐在车上的宋素都不敢向外看，感觉随时都可能会跌落下去摔个粉身碎骨。

西藏的天气说变就变，尤其是冈仁波齐，山腰以上天气变幻莫测，明明之前还晴空万里，转瞬间开始飘起了鹅毛大雪。

雪铺天盖地，视线不清，这样走在山路上太危险了，蒋励慢慢地将车开到一个平坦的地方，停在那里，打算等雪停后再走。

大雪茫茫的一片，他们两个人被困在了车里。向后看去，蜿蜒的山路上陆陆续续停着几辆车。冈仁波齐是圣山，来这里的游客向来不少。风雪太大，大家都只好找个位置停好车躲在里面。

蒋励和宋素枯坐在车里，汽油所剩不多，在没有找到下一个加油站之前，必须节省使用，因此两个人连暖气都不敢开。时值夏天，两个人不过带了一件冲锋衣，根本不足以御寒，冻得瑟瑟发抖。

"你说我们会不会死在这里？"宋素抱着肩膀哆嗦着问。

"瞎想什么呢？"蒋励说，"怎么会！"

"可是……我现在已经快要被冻死了啊！"

蒋励脱下自己的外套，递给宋素，然而宋素并没有伸手接，她看着只剩一件短袖的蒋励，说："你穿上吧，给了我你也会被冻死的。"

蒋励拗不过，只好再次穿上衣服。

空气越来越冷了，宋素和蒋励都已经冻得面色发白了。

"蒋励，你可以抱着我吗？"宋素忽然说。

蒋励跨到副驾驶座位上，抱住了宋素，唯一能够想到的办法，就是相互拥抱取暖了。随着冻僵的身体体温的慢慢回升，两个人共同进入了梦乡。

蒋励醒来的时候发现一双眼睛正脉脉地注视着她。宋素比他先醒来，两个人拥抱在一起，四目相对，天地间一片静寂，似乎可以听见彼此的心跳声，车内浮动着一股暧昧的气息。

蒋励的脸渐渐红了，他慌忙松开了手，胡乱找着借口说："我下去看看雪停了没有。"他打开车门，几乎是连滚带爬地下了车。雪太深了，一脚下去，没了半个小腿。

蒋励稳住身形，看向四周。不知何时，雪已经停了，天空中星光璀璨，像被水洗过一样幽蓝，一颗颗星星如同钻石一样缀在天幕上，熠熠生辉。山峰银装素裹，一片纯白，星雪交相辉映。他从未见过如此奇瑰迷人的夜晚，以致都忘记了惊叹。

宋素见蒋励出去没有任何声响，便下车去看，一时也愣住了。两个人并肩静静地看着眼前美丽的风景，久久不语。

长途跋涉，历经辛苦，孜孜以求的，不就是可以遇见这震撼心灵的风景吗？

在他们前方一百多米的地方也停着一辆车，那车被雪盖住了，几乎和周围的风景融为一体，偶尔可以看见人影和点点的红光闪烁，那是有人在那里拍摄眼前的星空。

蒋励和宋素回过神，在雪地里撒起欢来。两个人手拉着手，一边唱歌一边跳舞。

两人不知不觉走到了山路边，那里被积雪覆盖，看似是一片平地，蒋励的一只脚踩上去，积雪坍塌，立刻失足滑了下去。宋素大叫一声，紧紧地抓住了他的手。积雪滚落下去，深不见底。

惊变突起，宋素两只手紧紧地抓住了蒋励的一个胳膊，但她毕竟是女生，根本没有力气将蒋励拉上来。山崖上积雪湿滑，他也根本无法找到借力点。

宋素只能死死地抓住蒋励，她根本不知道能坚持多久，大声而又无助地呼喊着："救命啊，救命——"即便她喊得声嘶力竭，在莽莽群山中声音也是如此小，一阵山风吹来，余音都不剩。而深夜寂寂，即便这条山路上有人，也都是和他们一样困在大雪中的游客，此刻都车门紧闭在梦乡中安眠，根本不可能听见她的呼救。

蒋励和宋素四目相对，那一瞬间他们都读懂了对方目光中的含意。

蒋励：宋素，我很害怕，世界很美，我还不想死。

宋素：蒋励，我绝不会放手，我一定要救你。

在这一刻，他们心意相通，灵魂无比地接近。

宋素的手已经完全麻木了，她想握紧却发现手指因为脱力不受控制。千钧一发之际，他们听到了脚步声，是那个拍照的人听到了宋素的呼喊，不管不顾地跑了过来。

"坚持住！"是一个女生的声音，她戴着帽子，围着围巾，在夜色里根本看不清面孔。她冲过来抓住了蒋励的胳膊，在两个女生的合力下，蒋励被拉了上来。

蒋励和宋素已经虚脱了，两个人躺在雪地上大口大口地喘着气，有一种劫后余生的感觉。

"糟糕，我的相机！"那个女生见他们两个人都已平安无事，忽然想起来自己跑得太急，带倒了架在三脚架上的相机。她踩着深深的积雪，往回走去。

休息了片刻，蒋励终于恢复了精神，看向女生消失的背影："怎么就走了，都还没来得及道谢呢。"

"那么，你就没有想过谢我吗？"宋素侧过身子，眼睛里亮亮的。

"想过啊。"蒋励迎着他的目光，温柔的笑意从唇角泛起，"只是救命之恩太深了，我想来想去都无以为报。"

"那就……"从偶然的相逢，一路的相伴，再到今晚的星与雪、生与死，仿佛所经历的一切都是为了这一刻而准备，"以身相许。"

故事讲完了。

蒋励感慨了一句："真的挺遗憾的，没来得及谢谢那个相救的姑娘。第二天早晨，雪化了之后，我开车向前赶，她已经走了。我没来得及问她的名字，也不知道她长什么样。"

路小薇若有所思地说："在旅途中互相帮助很应该，对她而言也许只是举手之劳，她并未放在心上，所以你也不用放在心上呀。"

"话虽如此，但如果有机会，我仍然要向她亲自道谢。"

路小薇继续等待着，然而蒋励却并未接着讲下去，于他而言，故事已经讲完了。但路小薇知道，故事远未结束，他不愿意讲，但她大致也能猜测得到。

蒋励和宋素在一起了，那一刻是他们一生中所经历的最美的时刻。当从诗情画意的旅途中回归到现实，两个人性格差异逐渐地暴露出来。

蒋励是个大方率性的人，他对这个世界怀着善意，充满浪漫的幻想，而宋素却是个现实主义者，她看世界的方式是残酷而冰冷的，所以她不相信男人，不相信会有忠贞如一的爱情，她唯一相信的是金钱和物质。

他们两个人的关系之所以一直维系着，是因为蒋励的不断忍让。

蒋励起身离去，只要他有时间，都会去医院里陪漫漫。

"等一下。"路小薇出声说，"我和你一起去吧。"上次见面她们聊得很开心，已然成了好朋友。

"走吧。"蒋励毫不见外地叫上她。

病房中，漫漫坐在病床上抱着笔记本电脑打字，精神难得的好。见到蒋励和路小薇来了，她合上了电脑。

"你呀，还不好好休息，电脑没收。"蒋励伸手想要拿走电脑。

漫漫却抱在了怀里，扬起一张素白的脸冲他微笑："不嘛。难得精神好，我想多写点，而且，我就要写完了。"

蒋励不忍心，把手收了回来。

路小薇抱住漫漫的肩膀，亲昵地问道："在写什么呢？"

"在写游记啊。我想记录下我去过的所有地方、看过的风景和内心的感悟。"

"是想要当作家吗？"路小薇开着玩笑。

"哈哈，我才没有那么远大的理想呢。"漫漫大笑着回应，笑容散去之后神色却忽然一暗，"我只是想留一些东西给这个世界证明我来过。有时候想一想，像我这么孤单而又渺小的一个人，在这世界上如同一粒微尘。我存在与否，对这个世界似乎没有任何影响。所以，我想写一些文字，留下我在这个世界活过的痕迹。"

蒋励和漫漫听到这句话，心里悲伤极了，想要讲一句安慰的话，却不知从何讲起。

也许是察觉到气氛凝重，漫漫主动转移话题："小薇，来，我可以让你先睹为快哦。"

漫漫打开了电脑里的照片，一张张翻过去，不时地和路小薇分享着照片中的风景和背后的故事。

"这张照片是我在巴黎圣母院拍的，你看这里有个抢镜的小孩，他看见我在那里拍照故意做鬼脸……

"这个是帝企鹅，居然一点都不怕人，我对着它们拍照的时候，它们居然还走过来好奇地拍了拍我的相机……"

漫漫讲述着旅途中的见闻，神采飞扬，蒋励很久没见她这么开心过了，他看着如同姐妹般的两个人，心里无比地欣慰。路小薇一开始要求来的时候，他是抗拒的，但现在他简直有点后悔，应该让她们两个早点认识的。

分享完照片，漫漫意犹未尽，还把写作的文档打开给路小薇看——连蒋励都没看过呢。路小薇看完一篇之后连连称赞："写得真的太好了，我觉得可以出版哎。我刚好认识一个出版社的朋友，要不我帮你发过去让他看看吧，如果可以出版，那么就会有更多的人看到，你的作品也就能传播下去，这样才有价值啊。"

漫漫有些不好意思："出版的话，应该还达不到要求吧。不过还是先谢谢你，如果真的可以出版，让更多的人看到，那就太好了。"

忽然，漫漫分别握住了蒋励和路小薇的手，将两人的手放在了一起，她的手覆在上面。

"蒋励，"漫漫温柔地看着他，"我想我已经有资格回顾一生了。这一生，最大的幸福是遇见你，谢谢你，让我体验过被爱的感觉，谢谢你答应我的请求，陪我到最后让我不孤单。我做过最正确的决定是和你分手，离开你以后，我过得更开心，最最重要的是你也遇到了命中注定的她。小薇是个好姑娘，你一定要好好爱她哦。"

"小薇，"漫漫的声音低沉，"蒋励是个很善良的人，你要多管着他一点。能看见你们幸福地在一起，我也很开心。"

蒋励和路小薇的手握在了一起，他们彼此交换了一下眼神，默契地默认了漫漫对他们的误会。如果在有限的时光里，她能够因此而安心，已经是意想不到的收获了。

"祝你们幸福。"漫漫的声音低了下去，她闭上了眼睛，监护仪发出尖锐的警报声。

医生和护士们冲了进来抢救，蒋励和路小薇被赶到了门外，屋内一片忙乱紧张的声音。

蒋励和路小薇在门外焦虑地等着，因为过于紧张，他们紧紧地握住了对方的手，希望可以得到一丝安慰。

终于，病房的门打开了，医生走了出来，蒋励冲过去想要问医生情况，然而他看到了医生颓然的面庞，他立刻明白了，不敢再问，冲进了病房。

监护仪屏幕上已经是一条直线。漫漫的眼睛永远都不可能再睁开了。

蒋励再也忍不住，放声痛哭。路小薇站在门口，不敢再走进去一步，泪水无声无息地流了下来。

失去最亲密的人的痛苦直击心扉，切身的痛苦带来切身的领悟，一句话忽然涌现在路小薇的心头，那句迟来的可以劝解漫漫的话——

漫漫，在这浩瀚的尘世里，普通如你我，是一粒不起眼的微尘。但在与你相识的我们的心目中，你是比星球还要重要的存在。因为，你在我们的生命里留下如此闪耀的痕迹，现在未来，永不磨灭。

那段时间，路小薇自发地和蒋励一起料理漫漫的后事。

最后一件事，是路小薇整理好漫漫的书稿，送到出版社的朋友那里去。谈完事出来之后，她发现蒋励依然在路边停着车等她。

路小薇的心中莫名一动，她走了过去，笑着说道："不是说送我过来你就走吗？我在这里还要谈一会儿事呢。"

蒋励笑笑："反正也没什么事，索性等你一起回去。而且……"他拍了拍车身，"不管宋素的上诉成不成功，哪怕是维持原判，这辆车也跟不了我多久了，趁着现在还有车可以送你一下，等我没车了想送你也送不成呢。"

自从漫漫把他俩误认为情侣，他们两个人难免会抱着"如果对方是我的男／女朋友"的想法去打量对方，相互之间的好感大增。

我们往往凭借第一印象去判断一个人，但时间会给我们最终的答案。

在路小薇眼里，最初的蒋励是个出轨而薄情的"渣男"，但事实上却是一个千金一诺、有情有义的男人。

在蒋励的眼中，他以为路小薇是初入职场的软弱女生，不想却是外柔内刚的性子，而且很有亲和力。说起来她只是一个很普通的女生，但其实就是普通的女生才愈发显得真实，自然和可贵。他之前碰到的女孩，一个是独身主义者，一个是现实主义者，只有路小薇，这个普通的女孩，才有着真实的人间烟火气息。

路小薇坐上了车，蒋励发动车子送她回律所。一路上路小薇在默默地想着心事，蒋励打开广播放着音乐。

"漫漫已经去世了，你也不需要再担心她会被打扰而向宋素隐瞒，要不你告诉她真相吧，也许她就不会再向你要求分割财产。而且……其实只要你愿意，你完全可以不分割给她。"路小薇最终还是说出了心中所想。

蒋励摇了摇头："第一，我说了她也不会相信，她只会觉得我是找借口逃脱。第二，我已经答应了她，这是最主要的一点。"

"那你就活该等着没车没房受穷吧。"路小薇没好气地说。她忽然想起漫漫临终嘱托她的话，心又软了一大半，这个男人果然是善良得不可理喻。她心里虽这么想，不过脸色还是没有缓和，全程冷着一张脸。

到了律所楼下，蒋励示好地过去为路小薇打开车门，路小薇"哼"了一声，翻了个白眼给蒋励，蒋励报以无奈的笑。

在不明真相的人眼中，他俩像极了闹别扭的情侣。

"小薇。"突然一道熟悉的声音响起。

路小薇愕然，转头看到不远处站着一个身穿西装、酷似郑伊健的帅气男人，他一脸痞痞的笑——是颜彬！

大一刚开学参加新生辩论赛的时候，作为反方代表的颜彬穿着一身西装，帅气逼人，吸引了全场的目光。

现在，他再一次出现，以她最喜欢的样子。

"小薇，我等你很久了。"颜彬走到她的身前，完全无视蒋励的存在。

"你怎么会在这里？"路小薇脑海里一片混乱，她曾经日思夜想的人突然出现在她面前，她完全不知该如何应对。

"我来找你。"颜彬扬起嘴角，露出痞痞的笑容，路小薇的心防顷刻间坍塌，任由颜彬拉着她的手走了。

　　蒋励站在原地，怅然无力地看着他们远去。

　　"快来看快来看！"刚好端着咖啡站在落地窗前的小向看到了这一幕，八卦精神发作，立刻呼唤同事围观，"一出大戏即将开演，两男争一女，你们猜小薇会选谁？"

　　大家一阵七嘴八舌。

　　江边的顶层餐厅里，颜彬和路小薇临窗而坐。

　　烛光、红酒、牛排，舒缓的音乐，奢华的环境。在七年前，他们沿着湘江漫步，抬眼看到江边最昂贵的餐厅，那个时候他们的愿望是走进这间餐厅吃一顿饭。

　　七年过去了，她陪他大学毕业，陪他一起创业，经历过挫折与失败，最艰难的时候，两个人只能在家里天天煮面条吃。

　　后来，他终于创业有成，如今可以兑现多年前的承诺请她在这间餐厅吃饭。但他却并不知道，两个月前，已经有人请她在这里吃过饭了。

　　曾经无比渴望和他在这里吃一顿饭，人依然是他，但中间隔了太多的时光，经历了太多的事，连爱都已经背叛，再坐在这里，心境却不是当初想象的那样。

　　颜彬伸出长长的手臂，帮路小薇把牛排切成小块。颜彬的身上就是有这种气质，有着一种玩世不恭的痞劲，但温柔的时候细致耐心。这样的男人天生就有一种特别吸引女生的能力，再加上如今他事业有成，更有不少人投怀送抱。人是经不起诱惑的，一旦突破心里那层底线，颜彬就开始在外日日风流。他对路小薇隐瞒得很好，而路小薇也太信任他，所以一直未察觉到。

直到那天，他说他要在公司加班，她一个人无聊地在新开的商场逛街，忽然撞见一个身材高挑、妆容精致的女孩亲昵地挽着他的胳膊在购物。

路小薇愣在了当场，如同遭到雷击一般。在此之前，她的生活中从未有过这样的场景出现，所以，那一刻她的脑海如同短路般，一片空白。

那个女孩看见颜彬和她的神情，立刻明白过来了，作为第三者，她的反应不是羞愧或者落荒而逃，而是理所当然、趾高气扬地站在路小薇的面前："路小薇，你根本不适合他，也配不上他。颜彬只是顾念你们多年的感情才一直不敢说，我希望你最好有自知之明。"

每一个字都宛如一根针刺进路小薇的心脏，针针见血。她低头看了自己一眼，和眼前的这个女生相比自己太普通了，也许是以为自己拥有了男朋友就永远不会失去，所以她不再那么注重打扮，但这一刻，她在一个女孩的光鲜亮丽前败下阵来。

但……这都不是最重要的，最重要的是颜彬他会怎么做。只要他还爱他，她就可以原谅他、接受他；只要他还爱他，他就会立刻甩开那个女孩的手，斥责她闭嘴或者什么都不说，但会上前握住自己的手。然而，颜彬只是那样站着，什么都没有做。

路小薇的期待落空，伤心和绝望排山倒海地蔓延了全身。她爱的人，所倚仗的人，在她最需要帮助的时候，竟然袖手旁观。

路小薇木然地转身，一边走一边掉眼泪。

毕业的时候，为了爱不顾家人的反对，她随他奔赴这座城市，初来乍到，人生地不熟，不管遇到多少困苦，她都不曾有过后悔，只因这里有她的爱。但谁承想，这里却成了一块伤心地。她收拾了简单的行李，头也不回地离开了这座城市。

从小到大她只在三个城市里待过——父母家所在的城市、读大学所在的城市，以及颜彬所在的城市。她没脸回老家，选择回到读大学时所在的长沙，这里有她校园时的气息和曾经美好的记忆。

她已经决定开始一段全新的生活，而他却意外地出现了，令她措手不及。

灯光暗了下来，只有他们的餐桌上亮着烛光，乐手们站在一侧，演奏着舒缓而浪漫的《第八号小提琴协奏曲》。颜彬拿出了一枚闪亮的钻戒，单膝跪地："小薇，经历过后，我才发觉我最爱的人仍然是你，嫁给我好吗？"

这一幕场景，在和他在一起的过去的七年中，她无数次地渴望过、期盼过，但当这一刻真的发生的时候，她却异常地冷静。

以前他惹她生气的时候，只需要哄一下她就立刻好了，但是……这一次，和以往不一样。

"不！"路小薇坚定地拒绝了。

颜彬大出意料，脱口而出道："为什么？"

她永远都不会忘记那一幕——那个女孩挽着他的胳膊站在她面前宣布她是个失败者的时候，他无动于衷。

那是她一生中受过的最深的伤害，甚至一度摧毁了她的自信。如今颜彬玩够了，看遍了千山万水发现还是最初的好，云淡风轻地当作什么事都没有发生，以为只要一句"回头"就可以解决问题，但是她心里的伤害却永远都不能抹平。他就像一道旧时的伤疤，只要出现在她面前，就会让她时时想到所受的屈辱。

曾经受过的伤，并非像电脑一样，摁下重启的按钮，就可以回到最开始的桌面重新开始。

这些爱与恨在心头翻转，她并不会说出口，能够说出口的话却是一句"因为，我不爱你了"。

路小薇走出了餐厅，这一次，她走得不紧不慢，不慌不乱，内心无比坚定。

"你是不是爱上了他，今天下午送你的那个男人？"身后传来不甘心的追问。

路小薇停下脚步，回头看着因愤怒而脸色涨红的颜彬，理直气壮地说："我不爱你，与他无关。"

她走进了电梯，在心里默默地说：再见，曾经的美好，以及不堪回首的过往。

走出餐厅，站在马路边，路小薇竟然有种恍若隔世的感觉。两个月前初回长沙的时候，她在这里哭得伤心，而如今再站在这里，身心无比轻松，仿佛走出了那片黑暗森林，卸下了背负在心头的石头。

路小薇拿出电话打了过去："蒋励，你在哪儿呢？"

蒋励心里担心得不得了，他特意在路小薇家楼下等着，因此当路小薇问他在哪儿的时候，他支支吾吾半天答不上来。

不过路小薇显然不在意，她说："我好饿，快来请我吃饭！"

"咦，你前男友不是请你去吃饭了吗？"蒋励问。

"哎，你哪来那么多废话，到底请不请，不请我找别人啦？"

"请请请。"蒋励忙不迭地说。问清了位置，他一路风驰电掣地赶了过来。

蒋励把车停在了路边，沿着湘江风光带一路寻找，忽然间看见了路小薇的身影，她正靠着栏杆，看着江岸的风景。蒋励走到她的身旁与她并肩而立，远山静默，山脚下江水奔流，摇碎了城市斑斓的灯火。

在他们的身后，不时有情侣手牵着手漫步经过。

微凉的江风徐徐地吹拂着，仿佛一切的烦恼都随风而去了。

他们两个人就这样不言不语地站在一起，什么都不用说，非但不觉得尴尬，反而觉得无比默契。

打破宁静的是玻璃碎裂的声音，在夜晚格外清脆。他俩回头一看，竟然是宋素手持一块砖头砸碎了蒋励停在路边的牧马人的挡风玻璃，现在引来了不明真相的路人的围观。

宋素拎着砖头威风凛凛地回应向她投来质疑眼光的人，大声地喊道："蒋励，我让你带着'小三'在这里约会，我砸烂你的车！"

围观的路人们立刻议论纷纷，原来是正主从这里经过发现了男朋友的车子，一时气不过就砸车泄愤。

宋素游目四顾在人群中寻找蒋励的身影，她想看看那个"小三"到底是谁，蒋励拉着路小薇躲在了一个大树下。

"为什么要躲，你都已经和她分手了？"路小薇很不满。

蒋励苦笑道："被她发现了免不了一番吵闹，然后被大家围观那也太糗了吧。多一事不如少一事，她找不到我们自然会走的。而且，我很了解她，之前她想打电话骂漫漫，当时被我拦了下来，她的火气没地方发，肯定憋了一肚子。今天撞见了，砸也砸了，骂也骂了，她心里堵的那口气顺了，以后肯定不会再这样了。"

路小薇叹了口气："你啊，就是太善良，什么事都是站在别人的立场去想，难怪漫漫才说让我看着你。"

无意间提到了漫漫临终的嘱托，他俩的心都不约而同地停了一下。一阵幽幽的馥郁的香气在夜空中浮动，路小薇抬头一看，头顶上开满了一树的桂花。她深深地吸了一口，说出的话都带着芬芳："蒋励，你想让我一会儿出去和你上车的时候，被人指指点点，背着一个'小三'的骂名吗？"

"不！你就是我的正牌女友。"蒋励握住了她的手，而他的手心早已经滚烫，他将她揽入了怀中，紧紧地拥抱着。

每一个人都有着各自的过往，但生命中所经历的每一段过往，其实都是彼此遇见所要经历的旅程。

和你相遇后，过往的那些人和事，都不值得去怀念了。我只愿和你一起度过余生，像两个在迷途中相遇的孩子。

我想，这就是最好的爱情。

两人拥抱了好一阵才分开。

路小薇说："现在，我是你的女友。我要做出一个重要的决定，明天开庭，我会以你的代理律师兼女友的身份反对宋素的诉求。"

蒋励不解，等着她给出答案。

"你把你已有的财产转让给她，我没有异议，因为那是你和她过去的事。但从现在起你属于我，你的人属于我，你的收入也属于我，所以你未来的收入不能给她。你可以不要——那是对我的不负责任，但我会给你拿回来。"

蒋励笑盈盈地点头接受了。

官司几经周转终于打完了。

蒋励将名下所有的财产都转让到了宋素的名下，至于蒋励未来收入的 80% 也要归她的要求，被法院驳回了。

路小薇正在家里翻阅着已经出版的《未尽的旅程》。漫漫写的这本书已经成了畅销书，红遍全国，现在几乎每个人都知道，有一个独立而又有个性的女孩在临死之前周游世界，记录下了旅程中的见闻和感悟。她最重要的心愿达成了，她没有像渺小的微尘一样从这个世界离去时没有留下任何痕迹，而是有很多人记得她的名字，也有很多人喜欢她。

忽然传来了敲门声，路小薇起身开门，门口是蒋励提着行李，一副搬家的架势。

"你这是……"路小薇面带疑惑。

"我现在已经没有房子了，只好搬过来和你住啊，求收留啊！"蒋励一副可怜兮兮的表情，说完已经开始动手往路小薇家里搬东西了。

"喂，哪有你这样强行搬过来和人同居的啊，你问过我意见了吗？我们领证了吗？这是非法同居哎！"路小薇嘴上说着不愿意，却一边甜蜜地笑着，一边帮他把行李拿进了房间。

搬完行李之后，蒋励开始打量路小薇的房间，帮她租房的那一晚后，这是他第一次来到路小薇的家。在她的打理下，这个房间被布置得清新而又文艺，和他的审美如出一辙。

忽然，他的目光落在一个相框上，那张照片上的星空幽邃深蓝，星辰如钻石般闪耀，而洁白的雪落满了山峰，星与雪交相辉映——那是他一生中难忘的美景。

愿无岁月可回首，且以深情共余生。

小　气　鬼

昏黄路灯下那个身影，
那么瘦小，孤单而又倔强，
她的哭声中蕴含着那么多的悲伤、心酸和委屈，
随着夜风渐渐地消散。

浙江温州 / 浙江温州 / 江南皮革厂倒闭了

浙江温州 / 最大皮革厂 / 江南皮革厂倒闭了

王八蛋黄鹤老板 / 吃喝嫖赌吃喝嫖赌

欠下了欠下了 3.5 个亿 / 带着他的小姨子跑了

我们没有没有没有办法办法 / 拿着钱包抵工资工资

原价都是 100 多 / 200 多 /300 多的钱包 / 统统 20 块

　　李宣蹲在堕落街的路边，看着眼前的地摊——一块花布上面摆满了几十只钱包，身旁一个喇叭反复地播放着那首提神醒脑颇有吸引力的《江南皮革厂倒闭了》。

　　李宣是温州人，从小耳濡目染，走到哪都会想着法子做生意，大一的时候李宣就代理了办理宽带的业务，赚得盆钵满体。这不今年《江南皮革厂倒闭了》这首神曲突然火遍了大江南北，李宣以其天生的敏锐的商业直觉，决定卖钱包。

　　身材矮胖的董胖子唉声叹气，愁眉苦脸："李宣，你说这些钱包我们能卖完吗？"

　　李宣翻了个白眼，懒得理他，当初他提议摆摊卖钱包，董胖子那是抱着他的大腿求入伙，然后一副非常肉痛的样子拿出了一个月的生活费投资。现在摆摊一个多星期，钱包并没有像他想象那样一抢而空，董胖子每天对着摊上的钱包，一脸的忧愁。

　　一旁卖力吆喝的裴玮踢一下蹲在那里的董胖子一脚："赶紧的！别在那里唉声叹气了，有这工夫还不如站起来吆喝几嗓子才能多卖出几个包！"和董胖子不一样，裴玮作为全院出名的小气鬼，是李宣主动邀请她合伙的，说是女生卖钱包会更好卖。裴玮虽说很想加入，可是拿不出本钱，是李宣代为垫付了五百元，说赚了钱之后再还他。

"好好干活，请你们喝奶茶。"李宣看见卖力招徕顾客半天的裴玮咽了咽喉咙，丢下这句话，走向了旁边的奶茶店。

"什么买奶茶！明明是去奶茶店勾搭奶茶姐！裴玮，你看着摊，我要去保护我心爱的奶茶店老板娘，免得她遭到李宣的毒手！"

董胖子撸起了袖子正准备跟过去，裴玮一把将他拽过来："你看着摊，我去上个厕所。"

董胖子只得一个人留在那里守场子，拿起钱包开始嚎起来："走过路过不要错过，二十块钱你买不了吃亏，二十块钱你买不了上当……"董胖子身胖气足，吆喝起来很有气势，嗓门顿时盖过了所有小商贩，吸引了一些人止步看过来。

裴玮和李宣前后脚回来，董胖子正在眉飞色舞地招呼着一个长得挺漂亮的女生，女生已经挑好了一个印花的短款钱包，习惯性地讨价还价说："还能再便宜点吗？"

"能能能！"董胖子忙不迭地点头应道，一点矜持和故作为难都没有，立刻打开了手机微信的二维码，"我们推出了新活动，扫描二维码并添加为好友，下单立减十元！原价二十元的钱包，只要十元钱！"

李宣和裴玮对视了一眼，在彼此的脸上看到了抽搐的表情。

女生将信将疑地拿出了手机扫码，付了十块钱之后拿着钱包走了。

"你小子行啊！"李宣拍了拍董胖子的肩膀，竖了一个大拇指！

裴玮却是哭着一张脸："董胖子，我看你还是别卖了，我们一个钱包进价十五，你卖十块钱买一个亏一个啊！"

董胖子目送着姑娘远去的背影，豪迈地一挥手说："李宣，奶茶姐让给你啦，从今天起我要追这个姑娘。"

董胖子打开微信，面对着刚加的微信名为"安可"的姑娘，绞尽脑汁地编辑着信息，突然手机"叮咚"响了一声，是一条来自群名为"303宿舍"的消息，李宣看完之后一挥手说："走啦走啦，要开黑打游戏啦。"

李宣拍拍屁股的灰尘，笑嘻嘻地说："裴玮，摊子交给你啦。"

裴玮任劳任怨挥挥手说："去吧去吧。"

李宣和董胖子勾肩搭背地向着网吧跑去了。

第二天，他们三个人继续六点钟准时出摊，《江南皮革厂倒闭了》的流行让这个放着神曲的钱包摊吸引了不少顾客，虽然没有像董胖子想的那样一抢而空，但每天还是卖了一二十个钱包，挣了一点钱。

刚刚下课，一群女生叽叽喳喳地聊着天走过来。

"安可，你昨天的钱包在哪买的来着？"

安可伸手一指："喏，就是在这里啊。"

五六个女生一下围了上来，一边挑选，一边七嘴八舌地讨论哪个钱包好看。

董胖子早就喜笑颜开地迎了上去："太谢谢你啦安可，居然还帮我介绍生意！"

安可不好意思地笑着说："我可没有介绍啊，我昨天就是买个钱包，同宿舍的看了之后觉得款式质量都很不错，价格又很便宜，就都想买一个。"

"那是！我们的合伙人是正宗的温州人，钱包可是来自温州的正宗钱包！"董胖子开始自吹自擂起来。

不一会，女生们挑好了钱包："听说扫码可以立减十元是吗？"

"是的是的。"董胖子脸都笑开花了，赶紧打开二维码递过去，一群女生挨个扫了董胖子二维码。

以十元钱一个钱包的超低价卖出一堆钱包之后，董胖子一边欢送着女生们的离去，一边殷勤地对这帮女生说："欢迎再介绍朋友们过来啊。"

裴玮欲哭无泪，掰着手指头辛辛苦苦算自己到底亏了多少钱，可怜巴巴地看着李宣："你看，我们今天要亏死了！"

身为大老板的李宣以手扶额，不得不出来发话了："董胖子，现在我们做一下任务分工，你只负责吆喝拉顾客，卖东西收钱交给裴玮。"

"那你呢？"董胖子不满地问。

"我啊——"李宣把两手一摊，斜睨了他一眼，"我就当大老板啊，大老板还用亲自干活吗？怎么了，难道你还有意见？"

有杀气！

董胖子立刻点头哈腰地说："没问题没问题……"转头开始卖

力地吃喝起来。

李宣在堕落街转了一圈，拎回来一些盒饭和小吃。

"这是你请我们吃的，还是算我们的公账支出？"裴玮心里仍在肉痛，小心地问道。

"在我们卖包期间吃的饭属于工作餐，当然算作公账支出。"李宣慢悠悠地说。

裴玮刚刚打开盒饭又立刻放下了："那我不吃了！就别扣我这份钱了！"

李宣一本正经地点头："嗯，可以。小财迷！"

董胖子打开了饭盒，埋头吃了起来，一边吃，一边时不时抬头看看李宣和裴玮乐得笑。

裴玮本来心情就不好，看见他笑更是没好气："死胖子，笑什么笑？！"

"你还真以为李宣算你的钱啊？李宣在我们男生中可是有个鼎鼎有名的外号——埋单侠！平时集体活动，基本都是他来埋单！他买的东西你就别想着还要 AA 啦，都是他请客啊。只有你这种小财迷才会上当啊！"

李宣想笑已经忍了很久了，此刻再也憋不住，把嘴里面的米饭都喷出来了。裴玮这才明白李宣是在故意捉弄她，气呼呼地转头想走，想了想觉得把摊子交给他们两个不放心，她还是坐了下来，打开面前的盒饭恶狠狠地吃了两口，吃着吃着还是放下了筷子。

"怎么了？"李宣问。

"心痛，吃不下饭！"裴玮鼓着嘴巴。昨天一个钱包亏本卖了，也就算了，可是今天亏损了五个钱包，哪里还有心情吃饭！

董胖子浑然不觉，抱着手机双指如飞在微信上聊天，努力地勾搭妹子，忽然仰天发出一声得意的长笑："我刚刚给安可发信息说，为了感谢她帮我拉客，我决定请她吃饭，她答应了！"

裴玮长出了一口气，碎碎念道："还好还好，总算亏得有价值。"拿起盒饭继续吃完剩下的饭。

李宣搭住董胖子的肩膀："刚刚和安可一起过来的那帮女生里面，有个短发的女生长得挺漂亮，你把她微信给我下呗。"

"不给！"董胖子护住了手机，像母鸡护住鸡仔一样，义正辞严地说道，"想要，必须请我吃顿饭！"

"没问题。"李宣大手一挥。

李宣和董胖子两个人凑在一起加微信，屁股各自挨了一脚。他俩回头一看，是裴玮横眉冷对。

"喂，神经病啊，为什么踹我！"李宣跳开一脚，问道。

"你对得起奶茶姐吗？见到漂亮的女生就立刻见异思迁了！"裴玮叉着腰，气势汹汹！

"那你又为什么踹我啊？"董胖子觉得自己简直是遭受无妄之灾。

"因为你为虎作伥！"

李宣和董胖子对视了一眼，迅速达成了一致意见——开溜！

"哎哎，忽然想起来老师安排的小组作业我们还没做，得赶紧回去做，就麻烦你在这里看下摊吧。"不等裴玮回答，他俩已经一溜烟地跑掉了。

奶茶姐手上拎着三杯奶茶，看到钱包摊那里只有裴玮一个人，愕然问道："李宣他们人呢？"

"溜了！"

奶茶姐看看手上的奶茶，既然人都不在了，那还送什么奶茶啊，转身就回到店里去了。

三个人的钱包摊摆了一个月，李宣和董胖子都只是过来凑个热闹，就拍拍屁股打游戏去了，干活的都是裴玮一个人。

有次董胖子总算良心发现："裴玮，我俩摆摊总是不在，大多数时候都是你一个人在这里，你心里有没有想法和意见？"

"没有没有，你不来我高兴还来不及呢。再让你卖下去，我们都要亏本了！"裴玮直言不讳。

"是嘛是嘛，看来我应该少来，这样才能给你多帮忙！"董胖子厚着脸皮嬉皮笑脸地说。

一个月干下来，裴玮召集李宣和董胖子算账，居然还赚了一千多块钱，按照当初的投资入股比例，三个人的占比是 4∶3∶3。

李宣说："裴玮，活都是你干的，所以我也不好意思拿那么多。这样吧，我只拿两成好啦！"

董胖子说："我本来占股就少，我也只拿两成了。"

裴玮连连摇头："就按照一开始大家说好的入伙比例来啊。"

"多劳多得嘛！"李宣开始点钱，分了两百元给董胖子，分了六百元给裴玮，自己拿了两百元。裴玮入伙的时候是找李宣借的五百元钱，所以她又还了两百元给李宣，剩下的三百元下个月还。

　　李宣扬扬手上的钱，兴高采烈地招呼道："走！为了庆祝我们开张第一个月盈利，我请大家吃饭！"

　　"我请吧！"裴玮提议道，"既然我拿到的钱最多，应该是我请嘛。"

　　李宣和董胖子目瞪口呆，感觉自己好像听错了一样，在他们的印象里，裴玮可是一个十足的小气鬼，从来没有听说她请任何人吃过一顿饭，更不要提有什么人能找她借到钱啦。

　　"哇，太好啦！那我们去百味园吧，那里的炒菜不错！"董胖子提议道。

　　"想得美，只能请你们吃砂锅粉！"裴玮立刻否决道。

　　李宣笑容和煦："董胖子，我们就吃砂锅粉吧！不管怎样这都是裴玮破例请客，就算吃个砂锅粉，说出去那也足够轰动全院！"

　　裴玮凝视了李宣一眼："嗯，还是李宣体贴。董胖子，你要好好学习下，李宣那么受女生欢迎是有原因的！否则，就不会发生安可和你吃饭原来是打听李宣的消息的事了。"

　　董胖子被戳到了内心的痛处。死缠烂打了很久，安可终于同意和他一起吃顿饭，但是聊的话题都是旁敲侧击打听李宣的，董胖子很受伤，这下被裴玮提起，心有不甘地说："哼！哪里是因为体贴！明明是因为高富帅！"

　　三个人嘴上互不相让，吵吵闹闹地进了斜对面的那家砂锅店，裴玮豪气地点了三碗砂锅粉，那气势犹如请大家吃满汉全席。

　　热气腾腾的砂锅粉端了上来，三个人埋头吃了起来，裴玮身为一个女生向来吃得不多，不过也细嚼慢咽全部吃完了。当她抬头看的时候，李宣和董胖子早就吃完了，而且把汤都喝光了，还在那里打趣地说："裴玮第一次请的饭就是香，所以一定要吃得光光的。"

看见他们俩丝毫不计较这顿饭的简陋，反而还很享受，裴玮的心中暖烘烘的。摆在门口的一排砂锅被火烧着，冒着咕噜咕噜的热气，裴玮的视线悠远了起来："我知道，好多人都叫我小气鬼。你们知道为什么吗？"

裴玮用这种语气和他们说话，李宣和董胖子收敛了嘻嘻哈哈的样子，一时间有些不知如何作答，那个答案大家心知肚明，说出口就太伤人自尊了。

"因为……穷。"裴玮微微停顿，最终说出了那个残酷的现实。同龄的女生穿着最新的时尚的衣服，讨论着化妆品，换着最新款的手机，炫耀着虚荣着，而她却有勇气自揭其短。

"我也穷啊。"李宣说。

"我也是穷人！"看见李宣都表态了，董胖子立刻开始喊穷。

"又不是找你们借钱，都哭什么穷啊。"裴玮一句话堵得他们无言了，目光又落向远方，像是陷入了回忆中，"我们家啊，才是真正的穷。我们家在煤矿上，很小的时候，我爸爸就在一次矿难中去世了，只剩下我妈照顾我和弟弟两个人。虽说我爸爸死在了矿上，可是我妈妈为了能够赚钱养家，依然不要命地想要去矿上打工，结果矿上死活不要女的，我妈就只好每天去捡煤。每天天刚亮，她就背着竹筐和火钳出去，路上每天有很多运煤车在跑，她就去捡掉在路上的煤，每天沿着马路走很远很远，才能捡满，然后再背回来倒在院子里。一天下来要走几十里路，腰都直不起来，每天只能捡个几十斤，一斤煤才能卖几毛钱。我长大后，放学了就拎着竹筐跑去捡煤，她都会很生气地赶着我去做作业，所以我和弟弟都格外用功读书，考上大学，第一年交学费的时候，我妈从床板下拿出给我存好的学费和生活费，钱上面都是黑色……"

裴玮的眼眶红了，眼泪无声无息地流了下来，提起了妈妈的辛苦和生活的辛酸，不由得难过起来。

"所以……我从来不敢乱花一分钱，不敢买衣服，更不敢请客。所以啊，才会被大家嘲笑成小气鬼。其实，谁愿意小气啊，有钱的话我也愿意吃好一些，穿好一些，对朋友慷慨一些。因为我小气，班里的女生都孤立我，我也没有什么朋友，你们两个就是我最好的朋友，所以我赚到了人生的第一笔钱就是请你们吃饭。"

李宣拿起纸巾，伸手帮忙擦掉了裴玮的眼泪："那些辛苦都过去了啊，你现在可以自己赚钱了。你那么辛苦和努力，将来一定可以赚很多很多的钱，到时候再请我们吃百味园！"

"百味园哪行啊，必须五星级酒店！"董胖子不改插科打诨的本色。

裴玮破涕为笑："好，就五星级酒店。"

"李宣，手机借我用下。"裴玮是全班唯一一个没有手机的人，平时打电话都用的公用电话，她接过李宣的手机拨通了烂熟于心的号码，"妈，是我，裴玮。嗯……是的，我用的同学的手机……你不用担心我，我在学校生活得挺好的。对了，妈，你以后不要那么辛苦了，我可以自己赚钱了！放心，是我自己挣的钱，我没干坏事！我现在可以养活自己了，你就别那么累了……"

在妈妈一再地叮嘱下，裴玮挂了电话，长长地松了一口气，脸上浮现出了一抹笑容，像是长久以来压在心头的石头减轻了几分一样。

李宣歪着头看着她，平时她很少笑，即便笑的时候眉宇间也带着几分忧伤，现在当她毫无负担地笑起来时，那个曾经看起来灰扑扑的女生也有了灵动的光彩。

接下来的日子，李宣和董胖子两个人就更过分了，每天晚上不是打游戏就是打篮球，要不就是忙活一些其他的事情，一星期能来一两次就不错了，小摊完全靠裴玮一个人打理。

李宣又借口时间太忙没时间进货，带着裴玮去了温州一趟，把手上的客户和温州当地的一些朋友都介绍给了她，这样她以后就可以直接从货源地拿到一手的价低质高的货。

这还不算，李宣还拿了裴玮的身份证给她注册了一家网店，让她白天可以网上开店，夜里出去摆摊。

裴玮折腾了好久，才搞明白网店是怎么一回事，从此既开网店，又摆地摊，完全忙成了陀螺，好在虽然累，但裴玮觉得很充实，每天见到有钱进账，再辛苦也都笑开了花。

又到了月底结算分钱的时候，在少了两个人的"帮忙"之后，业绩相比上个月提升了不少，分完钱之后，裴玮又还了李宣剩下的三百元钱，彻底地还清了债务。看着手上上个月加这个月存下的钱，已经有一千多元钱了，裴玮像比拥有了一百万元还要开心。

李宣为难地说："那个……裴玮，我和董胖子商量了一下，我们俩打算撤伙，以后你一个人干吧。"

"啊……为什么啊？"裴玮有点吃惊，"你们是觉得我做得不好吗？"

李宣挠了挠头，嘿嘿一笑："不是啦，我现在发现了个新业务，我和董胖子在卖游戏点卡，不过进点卡也需要钱，我们就想退伙把钱退出来。"

裴玮气得火冒三丈："不是说好一起摆摊卖钱包的吗？现在你们又要卖点卡，我手上刚刚有了一点儿钱你们就开始算计我，迫不及待地退伙！给你，给你！"裴玮把手上的钱甩给了李宣。

董胖子想说什么，但是又忍住了。

李宣面不改色地捡起裴玮甩过来的钱，数了五百元给董胖子，数了一千元给自己，桌子上只剩下了孤零零的两百元，然后他双手插在裤袋里冷漠地走了。

他走了没多远，身后传来了啜泣声，裴玮蹲在地上，双手掩面，泪水从指缝间汹涌而出。

李宣停下了脚步，看向昏黄路灯下那个身影，那么瘦小，孤单而又倔强，她的哭声中蕴含着那么多的悲伤、心酸和委屈，随着夜风渐渐地消散。

槐树茂盛的枝叶在李宣的脸上投下明明灭灭的阴影，看不清他脸上的表情。

董胖子有些不忍心，轻声地说："要不，我去告诉她真相吧。"

李宣摇了摇头。

"你啊你啊，你想帮她就直接帮啊，干吗要用这种方式，别人还不领情。"

"不行啊。从开学第一天她穿着破旧但干净的衣服，站在收费窗口抬头挺胸地拿出一把黑色的零钱交学费的时候，我就知道她是一个虽然很穷但是很敏感、很自尊的女孩。我懂她的感受，我说过我很穷，是真的，小的时候我们家很穷，我爸爸是挑着担子的卖货郎，只是我爸妈敢想敢做敢闯敢拼，后来才渐渐好转起来。所以……我真的很理解她，也才想帮帮她。"

"难为你费心了……居然想到卖钱包需要女生帮忙的借口拉她入伙，只是没想到我死缠烂打也要加入。现在你把进货的渠道也告诉了她，又给她开了网店，她已经完全熟悉了，可以赚钱了，你才要求说要退伙退钱，让这个生意完全属于她，赚的钱也全归她。"

李宣从口袋里面拿出那一千块钱："喏——这是给你的，补偿要求你退伙的损失。"

"我不要！拿回去！"董胖子作势要往回走，"你不收回去我现在就跑去告诉裴玮真相。"

李宣紧张地拉住了董胖子，把钱又放回了自己的口袋。

董胖子感慨地问道："真不打算告诉她吗？也许因为这次的误会，你们就要永远地错过了呢。"

李宣轻轻地笑了："不会的，她啊——跑不掉的。其实我已经带她见过我妈妈啦，她见到的那个最大的皮具批发商就是我妈妈，我妈妈说喜欢她，会帮我把她拐进我们家做媳妇。"

夜风轻轻地吹，夜色那么美。李宣远远地望着裴玮的身影，嘴角含笑，他是这样用心地爱着她，他坚信迟早有一天，她会明白他的心意，那个时候他要和她一起做一对小气鬼，爱情里的小气鬼。

姐姐，今夜我不关心人类，我只想你

像她这样的女生，
一定会把自己的生活过得多姿多彩，
她也一定会找到属于自己的幸福。
我只是单纯地想念她。

我一直想去青海湖。

大学的时候在兰州，离青海湖近，觉得随时想去就去，反而不那么热切，直到毕业都没有去过。

等到工作之后，住在南方远离西北时，我竟又开始无比地向往青海湖。每年七月油菜花开时节，湖水湛蓝如碧，沿湖是大片的金黄色的油菜花，远处群山怀抱，天高云阔，风吹草动，牛羊成群，美得豪迈却又有着几分柔情。

至于冬季，青海湖的平均气温在零下二十度，湖面结冰，花田荒芜，几乎没有游客到来。

2012 年年底，大家都在谈论世界末日到底会不会到来，我按照惯例总结自己一年来的工作。

我翻了翻在 2012 年年初写的微博：

> 龙年第一天上班，第一次觉得内心的方向如此清晰和明确。工作：完成图书三组既定目标；做好超级明星文学新人选拔赛，帮助有梦想的同学实现梦想。写作：余言，不要再荒废懒惰了，努力写完构思的两本书。旅行：每写完一本书就去旅行，看一看世界的繁华与宁静。物质：考驾照、买车。留此存照，以观后效。

一年过去了，身为一个编辑，我没有达到自己的工作目标；身为一个作者，我的稿子又过了一年还没有完稿；而预想的旅行，更是没有。唯一实现的是考驾照、买车，但这种用钱就能办到的事，又能说明什么呢？

王小波说：人的一切痛苦，本质上是对自己无能的愤怒。

所以，我很痛苦，回想这一整年，竟是一事无成，那种感觉糟糕极了。我对自己严重不满，甚至开始怀疑自己。身为一个狮子座的人，这么多年，我一直无比自信地活着，而一旦怀疑自己，那曾经不可一世地坚信自己无所不能的自信就慢慢坍塌了。感觉进入了人生低谷，每天都过得很不开心。

那天我依旧对着电脑枯坐了一天，心中烦乱，什么也做不了，最后一摔鼠标，去旅行，目的地——青海湖。

说走就走，我订了第二天飞往兰州的机票。兰州被誉为西北旅游集散中转地，无论是去青海、西藏，还是新疆，大都从兰州中转。

休息一夜之后，我从兰州乘坐大巴抵达西宁。

青海湖太大，环湖周围是不同的地方，所以没有一趟车的目的地是青海湖。我提前订了一家客栈，打电话给老板，问老板我应该在哪里下，老板告诉我坐去德令哈的车，在"2110"下，那是公路上的里程碑上的数字。

哦，德令哈。我是海子的忠实粉丝，那首《姐姐，今夜我在德令哈》是我最爱的诗之一，想不到德令哈居然离青海湖那么近，如果有空，此行也应该去德令哈走一走。

我上车之后，司机问我到哪里下，我说"2110"，他点头表示知道。看来以公路上里程碑上的标示来指代地名是这边通行的方式。

汽车从西宁出发，向着茫茫的未知的前方行去，视线中最初的高楼渐渐变成了平房，密集的村庄逐渐变得稀落，人烟渐渐稀少，再后来只能看到大片大片的草原和戈壁。

冬季的西北高原，天色暗得很快，下午五点钟的时候，我再往车窗外看去，草原和戈壁都已经不见了，只有一片如浓墨的黑色，完全丧失了辨别任何标志性景物的可能。我开始担心司机会不会迷路，会不会不能把我送到正确的地方。

每隔一段时间，我都会提醒司机在 2110 把我放下，结果司机还是开过了。

我下车之后站在马路边，顿时傻眼了。荒野之中没有任何一点灯光，抬头看天空，是个无星也无月的夜晚。

真黑啊。

夜风寒冷，我掏出了手机，打开手电筒，向马路边看去，在马路边看到了一块里程碑，上面写着"2130"，差了二十公里啊！

夜晚的青藏高原，零下十几度，我哆嗦着双手，准备打电话向旅社的老板求助。然而，用了一天的手机，此刻却惨叫一声提醒我电量低，我颤抖着拨号，祈求一定要让我打出这通救命的电话。

我刚刚输完号码，手机就黑屏关机了！由于气温太低，电池在低温下直接"挂"掉了！

我的内心一万句国骂奔腾而过！

我一个人孤零零地站在马路边，身上穿着我从南方来时能穿的最厚的衣服，保暖内衣、衬衣、毛衣和羽绒服，手和头都缩在衣服里，依然冻得瑟瑟发抖。如果今晚不能找到住的地方，站在荒郊野外，我一定会被冻死。

为今之计，是站马路边等车经过，拦辆顺风车。我在旅游攻略中看过的那么多穷游案例，都是一路搭着顺风车，所以我就天真地相信我可以拦到一辆车。

等了一会儿，终于有一道光柱远远地射过来，在黑夜中特别清晰。是一辆货车来了。我站在路边拼命地挥动胳膊，然而货车司机直接无视了我，车子飞驰着从我身边开过去了。

我站在路边失望而又沮丧，但很快又安慰自己说，既然有第一辆货车，这就说明后面还会有车经过，还有机会的。

果然，不久又有一辆货车经过，它依然轰隆隆地从我身边开过。

原来那些看起来很美好的旅行攻略，也仅仅是看起来美好而已。

又有一辆车经过，我依然奋力地挥动手臂拦车，对我来说我没有选择的余地，每一辆车都是救命的稻草。

那是一辆黑色的桑塔纳，它从我的身边经过并未作停留，我的失望刚刚升起，那辆车却停下了，然后掉头慢慢开到了我的身边。车窗摇下，我看见车内坐着三个男人，他们眼睛露着兴奋的目光，司机问道："嗨，美女，去哪？"

大概我穿着红色的羽绒服上衣，连衣帽兜住了脸庞，加上身形高瘦，夜晚中看不见我的脸，所以他们觉得我是个女生吧。

"你好，我刚刚坐车坐过了，你们能送我到'2110'那里吗？"我心中充满希望，既然他们愿意掉头回来过问一位路人，那就是真的有想要帮助他人的想法的。

听到我的声音之后，他们愣了一下，然后居然关上车窗走了，我隐隐约约听见那些骂骂咧咧的声音："我还以为是个女的，原来是个男的……"

车辆远去，无边无际的黑暗再次笼罩了我。生平第一次，我体会到深深的无助。

面临绝境，等死，什么都不做？那也绝不会是我的风格。

我决定沿着马路摸黑行走，向着'2110'走去。二十公里的路程很远，在黑夜中缓慢地行走，耗时也许会很久，但总比在荒野中度过一夜要好。这样寒冷的天气，在外面待上一夜真的会死人。

不知道走了多久，人在黑夜中对距离的感知也模糊了，仿佛走了很远，又仿佛只前进了一小段距离，而后者恐怕才是更正确的认知。

忽然，身后出现了一道光柱，又一辆车经过了。我停在路边，不抱任何希望地挥动胳膊。

令我惊奇的是，那辆吉普缓缓地停在了我的身前。车窗降下，探出头来的竟然是一个长发的女生，她身上穿着一件风衣，即便夜色漆黑，也依然掩不住她双眼的明亮。

我的心中已经先放弃了大半希望，这个司机是个女生，出于对自身安全的考虑，她绝对不敢让一个陌生的男人上车。不过车已经拦下了，我还是要试一下，我结结巴巴地对她说："我坐车坐过了站，你可以送我到'2110'的望湖客栈吗？"

她竟然打开了车门，爽朗地一笑："可以啊，快上车吧！"

我愣了一下，简直不敢相信自己的耳朵，欣喜若狂地上车。车门关上，暖暖的空气温暖得像进入春天。她贴心地打开了座椅加热功能，热量不断地传递到身上，我冻僵的身子渐渐舒展过来。

"我叫余言，怎么称呼你？"我问。

"哈哈，一看你就比我小，你叫我姐姐吧。"她语调轻松，略带调侃。我腹诽道：你明明看起来和我差不多大，却让我叫姐姐。算了，看在她这么漂亮又帮助我的分上，叫姐姐也是不错。

　　她娴熟地开着车，车头的大灯发出明亮的光芒，冲破茫茫的黑暗，车子平稳地行驶在公路上。

　　行驶了一段路程，她忽然右拐，竟脱离了公路走上了一段土路，我心里直打鼓：这是要去哪里啊？我要去的"2110"是公路上的里程碑呢。突然，她停车熄火，招呼我一声："到了。"然后率先下车了。

　　我懵懂地跟着下车，看见眼前是一座院子，门口挂着一块牌子，上面写着"望湖客栈"。走进院门，靠墙的一侧是一排房子，门口挑着厚厚的帘子，上面写着"格桑酒吧"，门里透出温暖的灯光和欢声笑语。那一瞬间我有些恍惚，有种重回人间之感。

　　我掀开门帘走了进去，进门处是一个木制的吧台，吧台前站着一个个子高挑的女生，穿着一件束腰的军式长大衣，裤子扎在一双军靴里，英姿煞爽，帅气而又美丽。吧台后是一个男生，浓眉大眼，身材高大，两鬓留着胡须，多了几分成熟感。

　　他们两个人如老友见面般熟络："佟娅，你又来了啊。"

　　"怎么？不欢迎我来？"

　　见到我进来，他们两个人同时回头看我，女生笑着说："乌托，还不谢我，我还把你的客人带来了。"

　　乌托热情地说："我说你上午就打了电话给我，我还在担心怎么到了天黑你还没来呢。"

　　"那就要真的谢谢这位美女了，否则……我今天夜里是来不了啦。"我笑着说，然后打量着这个酒吧，入门处挂着一幅手绘的环青海湖自行车赛的地图，挂着牛头和转经筒等具有藏式风格的装饰品。

　　房间的两边各是一条长炕，上面摆放着矮榻和坐垫，看来这里是客栈的前台和大厅，由于是独立的，所以也用作酒吧，入住青旅的游客们可以在这里相聚。

我放下行李落座，发现桌子上放着一本摊开的《海子诗集》，一只白猫趴在书旁睡觉。佟娅坐到了我的对面，老板给我们各自倒了一杯热茶，落座在佟娅身旁，然后招呼唯一的服务员，一个身穿藏袍的姑娘给我们煮面吃。

"老虎。"佟娅伸出手摩挲着那只猫的头，轻唤它的名字。白猫睁开眼睛，"喵呜"一声，欢乐地扑进了佟娅的怀里，显然是极其亲昵。

佟娅抱着它，低声感慨道："一年未见，你这只懒猫越来越肥了啊。"

白猫摇头摆尾地"哼哼"一声，表示抗议。

夜风呼号，天寒地冻，这一间小屋中有老友重逢，有陌生人，有诗，有猫，这才是在人间，温暖的、鲜活的人间。

我环顾了四周一圈之后问："只有我一个旅客吗？"

"是啊，冬季是青海湖的淡季，湖水都结冰了，天气又冷，这个时候根本没有人来呀。"乌托说道，"所以，你是唯一的一个旅客呢。"

"难道我不算？"佟娅一扬眉，不服气地问道。

"你呀……当然不算，你是朋友啊，你只是来看看我这个老朋友啊。"乌托笑着说完这句话，着重强调"老朋友"三个字，佟娅的神色却一暗。

"老朋友吗？"她低声轻笑着重复。

我起身在酒吧里四处打量，四周的墙壁上贴着手写的便签和照片，我一张张地看过去：

"终于来到青海湖了，老板帅，人好，待在这里不想走了……"

"2012 年，我在这里遇到了她，这也许就是神奇的缘分，你在身边苦寻不获，在他乡却不期而遇，仿佛我们之前所经历的一切，都是为这一刻的相逢……"

"何昌炜，我们说好一起来青海湖，现在却只有我一个人来了，你这混蛋，居然爱上了别人！"

……

我一张张地看过去，每一张的留言背后，仿佛都有一个故事。

最引人注目的是两面墙上用图钉钉着的画幅大小不一的照片，照片上有在酒吧里一群人举杯欢笑的情景，也有一望无际的美丽的油菜花田。每一张照片的取景和曝光都极为专业，使得这间小小的酒吧文艺而又有情调。

可以想象，在七月油菜花开的旅游旺季时，这里应该是游人如织，高朋满座，充满着欢声笑语，上演着邂逅与分别。

忽然，我在一张照片中看见了熟悉的面孔，青海湖边，蓝天白云，左边是乌托，中间是一个衣裙翻飞的女生，右边是佟娅。在他们的身旁是一大块立石，上面刻着"青海湖"三个字，照片右下角写着日期"2005 年 5 月"。那个时候照片里的他们，都还显得年轻而又青涩。

"哎，原来你们认识了那么久啊？"我忍不住感慨道。

"我们是大学同学，这是我们大学毕业旅行第一次来青海湖时拍的照片。"乌托云淡风轻地笑着解释道。

我立刻脑补剧情："你来了青海湖之后，一下子就喜欢上了这里，所以在湖边开了一家客栈，当年的老朋友们每年都会到这里相聚。我猜得对吗？"

乌托笑笑，没有赞同也没有表示反对，但明显不愿意再多说。我想他们两个故人相见，肯定有很多话要讲。

吃饭完后我立刻要求乌托帮我开好房间，我要早点休息，好留下他们两个人单独相处。我从酒吧走出去，旁边的一排房子便是客房，服务员帮我打开门，一间房里摆着五六张高低床。这家客栈中没有单独的房间，我随便选了一个下铺的床位。

天气太潮，连被子都湿漉漉的，没有空调的房间，冬天该是如何难捱。我和衣而睡，蜷缩着身子。在那一刻，我在内心怀疑，我这一趟旅行，是不是一个错误的决定。为什么要在寒冷的冬季来青海湖呢，冬天不是应该去温暖的南方吗？

不知不觉入睡，深夜时分，半梦半醒间，我听到门被打开，佟娅走入房间，选了一张床铺入睡。

第二天一大早醒来，我扫了一眼相邻的床铺，被子掀开，空无一人，原来她比我起得还早。

我起床之后到酒吧里转了一圈，由于天色尚早，里面竟是空无一人。直到天亮，我才发现门口停着的车是一辆红色的牧马人，方方正正，轮胎宽大，离地的距离较高，车身满是灰尘。开越野的女生，尤其是美丽的女生，在我看来实在是酷极了。

走出院门，身后是一处村落，寥寥散着几户人家，而在另一边不远处，有一片明亮的湖面，那就是青海湖。

我向着湖边走去，经过公路时驻足，白天的 109 国道宽阔干净，少有车辆，绵延到视线的尽头，无论向东还是向西似乎都可以一直走下去。而公路两旁是耸立的高山、广阔的草原和清澈的湖水，在这样美丽的路上开车，那真是一种享受。

穿越沿湖的公路，穿越湖边枯萎的油菜花田，终于走到了湖边。整个湖面结成了巨大的冰镜，我想站到冰面上，却有些犹豫，担心走在冰上冰面会不会破裂，从而掉进湖中。

远处的湖面上有一个小黑点，我仔细辨认之后确认那是一个人，看来有别的游客已经比我先来了，只是走得太远，所以看起来像是一个小黑点。

我踏上了冰面，向着青海湖中走去，刚开始我还小心翼翼，但脚下的冰面纹丝不动，我就渐渐地放心了。

不知不觉，我已走到离岸较远的地方。我停住脚步，茫然四顾，脚下的冰面一边雪白，倒映着天光云影，天和地在此模糊了界限，我既像立在地上，又像站在倒过来的天上。目之所及，天地苍茫一片，而我孤独地站在这里，如此渺小，如一粒尘埃。

我看到了少为人知的风景，太多人来到青海湖，只是在春暖花开的时节，看繁华盛开，碧波荡漾。然而，冬季的青海湖冰天雪地，人迹罕至，草原荒芜，岩石裸露，但天地洪荒，有着难得一见的粗犷、原始、浩大和荒凉。当你敬畏自然，感慨自身的渺小时，心中的任何情绪都豁达了，哽在我心头促使我踏上旅途的自伤之情，瞬间被涤荡一空。

昨天夜里，我还在后悔来青海湖是不是来错了，但就在这一刻，我确定我来对了。

我忽然生出一个奇怪的念头，想沿着看不到头的冰面一直走，走到对面去。不知不觉，远处如黑点的人影在视线中越来越清晰，我辨认出那是佟娅，她身上穿着一件长款的羽绒服，围着围巾，戴着帽子，双手插在兜里，就那么一直低着头静静地站在湖面上。看起来孤单，无助而又悲伤。

原来她一大早起来就是为了来青海湖。我以为她来过青海湖很多次，对这些风景早就见怪不怪，根本不会冒着清晨的低温出门。

"姐姐。"我惊喜地和她打招呼。

她回过头来，脸上竟然挂着泪痕。我以为像她这样的女生，玩越野，敢一个人自驾旅游，敢在深夜载陌生的男生，应该是内心坚强而又独立的，而不是平常我们所认知的柔弱型的女生，就在现在，我却看到她脸上的表情，竟然是那样悲伤。

见到身后是我，她有些惊讶，大概是没有想到我会这么早起床，还跑到湖面上来撞见了她。她赶紧回过头擦干了泪水，再回过头时，已经换上了一副平静的面容："是你啊，天这么冷，你起这么早还往湖面上跑？"

看她身上穿的衣服明显是早有准备，而我只有一件羽绒服，在这严寒之中，我已经被冻得手指僵硬，鼻子通红，两耳发凉。我哆嗦着身子关切地问："姐姐，你没事吧？"

"没事。"她看向远处连绵不绝的山峰，眼中弥漫着一层雾，"我只是在思念一个朋友。"

"我当什么大事呢，天大地大大不过双脚，想她就去看她啊。"我故作豪气地开解她。

"太远了，距离太遥远了。"她喃喃地说道，忽然转头淡淡地一笑，问道，"你是第一次来青海湖吧？来，把你的手机给我，我帮你拍几张照吧。"

"好啊好啊。"我把充满电的手机拿出来递给他，开始摆姿势。

"姐姐，我想徒步横穿青海湖！"我向她说了我的想法。

她神色顿时紧张起来："徒步穿越青海湖会有危险的。这段湖面的宽度有六十多公里，有些地方，尤其是湖心部分，由于风流和水流的原因可能会出现水泡冰，走上去有可能会掉到湖里。"

我听完她的话，权衡一番之后放弃了。

佟娅看见我沮丧的神色，提议道："来，我带你去找写有'青海湖'三个字的大石头。"

我立刻充满了兴趣，跟在佟娅身后，向不远处的斜岸边走去。

走到岸边，岸边碎石散落，不时可见到堆放的玛尼堆、飘扬的经幡和彩带，这些成了青海湖边亮丽的点缀色彩。

经过玛尼堆时，佟娅虔诚地摘下帽子合掌顶礼，然后从旁边捡了一块小石头堆在上面。我在一旁看着，难得地感受到一股肃穆和庄严。

不多久，我终于走到了那块立在青海湖边的大石头。黄褐色的石头比人还高，上面放着一副巨大的牦牛头骨，石头上书三个红色的大字——"青海湖"，粗犷而又原始。它在湖边静默伫立，守候着这千万年由大山聚拢出现断层所形成的高原第一咸水湖。

但凡各个景区，游人拍照最多的地方一定是写着景点名的招牌处，仿佛非如此不能证明自己来旅游过一般。我也不能免俗，站在石头旁让佟娅帮我拍了很多照片。

我们开始往回走，半路遇见了乌托，他手上拿着一件大衣，正向湖边走来。见到佟娅，他直接将衣服塞到她的手上："我一大早去找你，没见着你，就猜你在这里。外面太冷，披上这件大衣吧。"

佟娅转手将衣服递给了我："你穿得比较少，你穿着吧。"

我不客气地接了过来穿上，总算觉得体温回升了一些，冻僵的手开始有知觉。

回到青旅，我坐在酒吧里，有些百无聊赖。由于是冬季，景色太过单调，所以看完青海湖这附近的景色，已经没有什么好看的了。我翻着桌子上的《海子诗集》，沿着折痕随手一翻，翻到了《姐姐，今夜我在德令哈》：

> 姐姐，今夜我在德令哈，夜色笼罩
> 姐姐，我今夜只有戈壁
> 草原尽头我两手空空
> 悲痛时握不住一颗泪滴
> 姐姐，今夜我在德令哈
> 这是雨水中一座荒凉的城
> 除了那些路过的和居住的
> 德令哈……今夜
> 这是唯一的，最后的，抒情。
> 这是唯一的，最后的，草原。
> 我把石头还给石头
> 让胜利的胜利
> 今夜青稞只属于他自己
> 一切都在生长

今夜我只有美丽的戈壁空空

姐姐，今夜我不关心人类，我只想你

自从读过这首诗之后，我心中一直非常向往德令哈，既然来到了青海湖，为了不虚此行，我觉得我应该租车自驾沿着青海湖的环湖公路走一走，或者去德令哈看一看。院子里刚好停着一辆两厢的中华车，平时店主自用，也可对外出租。我去问乌托，可不可以租车自驾。

乌托苦笑着说："车子坏了，没法对外出租呢。"

我有些失望。

乌托问我："你要租车去哪里？"

"哦，我想去德令哈看看。海子不是写过一首诗《姐姐，今夜我在德令哈》吗？我挺向往的，想去看看。"

乌托和佟娅闻言都向我看了过来，乌托笑着说："你和我当年一样啊，也是因为海子的诗，非要到德令哈去看一看，其实……德令哈没什么景点，说起来也没什么好看的。"

"我知道啊。"我叹了一口气，"可是这种感觉就是你心中的一个向往，必须要去看一看。"

"拿去，开我的车！"佟娅将牧马人的车钥匙丢在了我的面前。

我必须承认，牧马人是我最爱的车，我早晨出门见到这辆车的时候，就在心里想象了一下，要是可以开这辆车就好了，但也仅仅是想想而已。

"可是……我租不起。"牧马人怎么说也是大名鼎鼎的豪华硬派越野，价值五六十万，这样贵的车我付不起押金，也付不起租金。

佟娅毫不在意地说："我有说过租给你吗，我是借给你开。"

"可是……德令哈离这里有三百多公里，我来回一天时间不够，今晚要在德令哈住一夜，明天才能回来呢。"

"没关系啊，我今天又不走。"

"那……难道你不怕我开了你的车跑了吗？"

"不怕。"她正视着我，"小弟，我相信你。"

我的心中一阵莫名的感动。我和她只是萍水相逢，但她如此真诚善良。在她的身上，有着太多现代都市人所缺少的品质，那就是人与人之间的善意和信任。

"如果你真敢开着我的车跑了，我一定会找到你并打断你的腿。"也许是觉得自己说的话太好笑，她自己忍不住先笑了起来。

我不再拒绝，接过车钥匙，开车上路。沿着青海湖边走了一段路之后，我开上了去往德令哈的路。

马路宽阔，天清云淡，道路两旁是草原和戈壁，风景如此壮美，开着心爱的车驰骋在路上，实在是人生的一大乐事。

我在下午时分抵达了德令哈，那座在海子诗中的"雨水中荒凉的城"，已经成了一座干燥而又现代化的城市，道路宽阔，楼房林立。

来到这里，我并没有特别激动，只是心里生出一个念头，我终于到了德令哈。就像心中多年的一个执念达成一般，有一种放松的喜悦感。由于海子的诗令这座小城出名，因此在这里海子受到了最隆重的对待，当地建有海子纪念馆。我坐在海子纪念馆的茶座里，默默地想着心事。当年我还只是一个高中生的时候，看到海子的诗，被他诗中的意象所迷倒，阳光、麦子、马背……诗中有着壮阔的景象，却充满了忧伤。

离开纪念馆的时候，已经入夜，灯光璀璨，我竟不由得恍惚起来。海子诗中的德令哈和眼前的德令哈交织，让我一瞬间分不清现实与虚幻。

当夜我随便找了一间旅店入住，第二天一大早就开车返回青海湖。

由于我在回程的路上走走停停看风景，抵到客栈的时候已经是傍晚时分。一进酒吧，我就感觉到气氛有些不对，佟娅低头抱着猫，乌托坐在吧台后，两个人坐得远远的，话都不说一句。

我把车钥匙还给了佟娅并向她道谢，她问我什么时候走。

“明天吧。我已经订了从兰州回长沙的机票，明天一大早就需要到路边搭车去西宁，然后从西宁乘坐大巴去兰州。”

“明天我也要回去了，你就坐我的一起走吧，我把你送到兰州。”她说。

有顺风车可以坐，我自然十分高兴。我忽然想起了什么，环顾了一圈酒吧，发现除了我们三个人再没有别人，便问：“哎，你的朋友呢，你们不是聚会吗？她没有来，你就走了吗？”

“朋友？”佟娅疑惑地低声重复了一句。

“就是她呀。”我指着墙上照片上那个笑得温柔娴静的女生说。

房间里陷入了一阵诡异的安静，良久，佟娅才悠悠地说道：“她啊，永远都不会再来了啊。”

“啊……为什么？”我觉得当年的老友们约定每年相聚，实在是一件很浪漫的事。

“因为……她已经去世了。”佟娅叹息了一声。

刹那间，我明白了昨天清晨她为什么哭泣，原来她说的距离太远了，是生与死之间的距离，那是世界上最遥远的距离。

我知道我触碰到了一个敏感而伤心的话题，酒吧里的气氛变得愈发沉闷，我识趣地缄口少言。

晚上的时候，乌托只是一个劲儿地喝酒，那照片上清秀的少年，在西北的高原上，经受阳光暴晒，风吹雨淋，已经成了一个两鬓带霜的汉子。

夜晚入睡，我和佟娅仍在同一个房间。

由于白天开了一天的车比较累，我很快入睡了。直到半夜隐隐约约听到啜泣声，我才渐渐醒了过来。

我侧耳倾听了一下，果然是有人在哭，一抽一抽的，想要竭力忍住，但是悲伤太过汹涌抑制不住，完全不受控制。

当我意识到是佟娅在哭的时候，我一下子从朦胧的睡意中惊醒过来。我走到她的床边，担心地询问道："姐姐，你怎么了？"

佟娅从床上坐起，突然抱住了我，一阵香气裹住了我，我的身子瞬间僵住了。然而，她只是将头靠在我的肩膀上继续哭泣，我僵硬的身子渐渐软了下来，原来她只是需要一个可以靠着哭泣的肩膀。

那些看起来坚强、独立的姑娘，在人前面对任何困难都可以表现得云淡风轻，其实她们并不是不会受伤，不会难过，只是她们会像骆驼吃草一样，先将伤害吞下，然后在无人的角落，在寂寂的长夜里独自反刍。

我没有问为什么，只是轻轻地拥着她，如果她需要一个肩膀可以依靠，那我就给她一个可以依靠的肩膀。沉默是最好的安慰，陪伴是最好的支持。

在这个夜晚，她将内心最柔软的角落向我袒露出来。听她哭得如此伤心难过，想起这一年来的种种不尽人意，想想多年以来苦苦追寻的梦想遥不可及，我也忍不住伤心起来。我们是萍水相逢的陌生人，但在这一刻，我们彼此温暖，毫无保留地展露出自己的脆弱。

十多分钟后，她的哭声渐渐止住，似乎终于将心底的悲伤宣泄完毕，她擦干泪眼，对着我低声说："谢谢。"

当她说出那两个字的时候，她再一次成了一个贝壳一样的女生，用美丽而坚硬的外壳，保护着自己柔弱的内心，从不轻易示人。

她躺在床上继续入睡，我伸手给她掖好被子，带着满腔的疑惑回到床上继续睡觉。

次日清晨，我们收拾好行李准备出发。

乌托站在门前为我们送行，乌托和佟娅两个人相对站立，静默无言，就算是傻子也能看出他们两个凝视对方时的异样情愫。

现在在佟娅的脸上一点都看不出她哭过的痕迹，她看起来帅气大方，若无其事地笑着，完全看不出一点离别的悲伤。她大声地说："乌托，再给你最后一次选择的机会，第一，我留下，陪你一起在青海湖边筑庐而居；第二，我走，但是从此以后，我永远不会再来青海湖。你是愿意选择天天看到我，还是愿意选择一辈子不看到我？"

乌托看着她，而佟娅扬起脸大大方方、毫不扭捏地看着乌托，等待着他的答案。

乌托将目光投向了远方的青海湖，一阵犹豫。对他而言，这是个艰难的选择吧。

佟娅落落大方地笑道："乌托，我已经知道你的选择了。你不愿意选择接受我，也不愿意从此以后我们再也不相见。我爱了你十年，但是你的心里始终只有许茉。是时候说再见了，我走了，珍重。"

佟娅上前用力拥抱了一下乌托，然后潇洒地挥手招呼我上车，毫不留恋地发动汽车绝尘而去。后视镜里乌托一直站在那里一动未动，牧马人上了公路之后一拐弯，乌托的身影就彻底消失了。

我看着佟娅，她神色如常地开着车，行驶在宽阔而美丽的公路上。我从来没见过这样敢爱敢恨、干脆利落的女生。

"我讲一个故事给你听吧，就当是最后一次回忆。"旅途漫漫，前路无尽，她看出我强烈的好奇，开口道。

佟娅、许茉和乌托是同一所大学的同学，佟娅和许茉住在同一间宿舍，两人性情相投，很快就成了闺蜜。两个人都热爱摄影并加入了大学的摄影社团，而那一届的摄影社团招新只招到了三个人，另外一个人就是文学系的乌托。

同是大一新生也同是社团新人，所以社团活动的时候他们三个常常在一个组，相互熟络得很快。

乌托的摄影技术比较出众，他帮佟娅和许茉分别拍过一套写真，发到网上后一时走红，全校的男生都知道艺术学院的新生中有两个美女佟娅和许茉，而全校的女生都知道有个又帅又有才还会摄影的男生叫乌托。佟娅、许茉和乌托很快就成了校园中的风云人物。

追求乌托的女生挺多，会拍照的男生比有钱的男生还吃香，而佟娅和许茉也是追求者云集。

佟娅性格爽朗大方，对于追求者向来都是直接拒绝，准确明白地告诉对方："我不喜欢你，对你没兴趣。"

许茉性格温柔，心地善良，从来不懂得明确地拒绝别人，只是一味地不作回应。有的男生识趣，见她不作回应就主动撤退了。但总有那么几个痴心的男生觉得不明确的拒绝就是还有机会，所以不依不饶地死缠烂打。

其实她们并不是看不上任何人，而是心里已经有了人。佟娅和许茉的心里都有乌托。

在外拍途中佟娅摔倒后，是乌托背着她一路走回来的。

在男生把许茉堵在女生宿舍楼下，点燃蜡烛跪地告白的时候，是乌托挺身而出赶走了追求者和围观者。

最重要的是，她们今日所获得的一切注目，是乌托带给她们的。

和乌托这样勇敢、有担当、帅气又有才华的男生朝夕相处，她们自然就看不上别的男生，不知不觉中倾心的也只有乌托了。

女生是敏感的，许茉察觉到佟娅喜欢乌托，佟娅也察觉到许茉喜欢乌托，但是她们谁也不会去争，因为她们很珍视两个人之间的友谊。她们是最亲的姐妹，又怎会为了男人而坏了姐妹之情？所以她们都在等，等乌托的选择。无论乌托选择谁，另外一个人都将无怨无悔地送上最诚挚的祝福。

而在乌托的眼中，许茉像春天一样温柔，佟娅像夏天一样热烈，都是那样个性鲜明，不分上下。面对两个同样优秀的女生，乌托的内心一时之间也是难以抉择。

大学毕业的那一年，他们三个人相约一起进行毕业旅行，选择了大家都很喜欢的青海湖。那是七月份，正是青海湖一年当中最美的时候，天蓝如洗，大片的油菜花仿佛是天空将最灿烂的金色倾洒在高原上，湖水湛碧澄净，美如仙境。

他们第一次来的时候，就爱上了这里。他们不停地按动快门，拍花，拍湖，拍山，拍风吹草动，拍牛羊成群，更拍笑靥相映。

在那块石头旁，他们拍下了此行的唯一一张合影。

夏夜星空闪烁，三个人坐在青海湖畔，将相机放在一旁，调好长曝光的模式，拍摄星空。

"真美啊，真想在青海湖边开间客栈长住在这里。"乌托躺在草地，听着起伏的波浪声，憧憬着美好的画面。

"你要是开间客栈，我和许茉就每年来住上一段时间。"佟娅很自然地应道。

"对啊对啊。"许茉应和道。

"开客栈是暂时不可能了，不过我觉得，既然我们大家都喜欢青海湖，那我们毕业之后一年来聚一次好了。每年选择不同的时候来，这样我们就可以看见青海湖不同时候的风景。"

佟娅和许茉异口同声地表达了赞同，马上就要毕业各奔东西，有这样一个约定，才不至于散落在天涯。

"这次我们是在夏天的时候来吧，我提议明天我们冬天的时候来。"乌托的提议再次获得了她俩的一致认可。

毕业之后，他们三个人中乌托去了北京北漂，许茉听从家人的安排回到了老家南京，做着一份稳定的工作，而佟娅通过应聘去了上海的一家时装设计公司。

佟娅敢拼敢搏，疯狂努力地工作，很快在公司获得了认可。她根本不敢让自己闲下来，因为离开乌托以后，她才发现她有多么想念他。她下定决心，当一年后的约定时间到来，再次见到乌托的时候，她一定要向乌托告白。

　　而她也能感受到许苿也是同样的心情。是的，做了那么多年的闺蜜，她们彼此之间已经是最了解对方的人。她知道许苿对乌托的思念与用情之深，不会比她少。

　　那一天终于到来，他们三个人在同一天抵达青海湖。那天的青海湖，比现在还要寒冷，但是相见的那一刻，他们心中温暖如春。那个夜晚，他们在客栈里围着篝火，互诉一别之后的情况。乌托在北京已经成了小有名气的摄影师，开始接拍一些商业摄影；许苿在老家做着一份清闲的工作，压力并不大，只是父母时不时会安排相亲；佟娅已经成了设计公司的小主管，成为同批进去的新人里面的佼佼者。每个人都选择了最适合自己的道路，偶有艰难，但大体走得还算不错。

　　他们谈天谈地，但是不谈感情。就让今晚当作友情持续的最后一夜，一切留待明天，明天他们将直面深埋心中五年的感情。他们三个人之间各自持续了多年的感情，该有清晰的归宿。

　　第二天，佟娅借口说自己临时有工作需要处理，所以留在客栈中加班，让乌托和许苿一起出去玩。她是故意制造机会，让许苿先去表白。在这件事情上，是有先来后到的，先开口的那个成功的机会会更大一些。许苿太柔弱，而她呢，她自认为是一个爽朗的女生，就算受了伤也可以一笑而过。

　　许苿和乌托兴奋地去看青海湖，那是他们第一次见到冬天的青海湖，冰封千里，银装素裹，他们开心地走上了湖面溜冰。尽兴之后，两个人在湖面上慢慢行走，一时之间两个人都沉默了，在这沉默的背后是各自涌动的心绪。终于，许茉下了很大的决心，她向前快跑了几步，然后转身停住了脚步，乌托也停住了脚步，两人相互凝望着。

"乌托。"许茉的眼睛闪闪发亮，她鼓起了勇气用尽全身的力气大声地呼喊，"我爱你。"

乌托静静地站在那里，这一天终于到来了，当她们做出表白之后，他不能再逃避，必须要做出选择了。

"许茉……"乌托踌躇着，然而他后面的话还未说出来，冰面下忽然传来一声脆响，许茉脚下的冰面突然破裂，她一下掉进了青海湖中。

在风流和水流的影响下，湖面在极寒的温度下瞬间凝结成冰，但是这样的冰块并不结实，无法承重。

从冰窟掉下去之后，并不像在平时的水面上，人可以载沉载浮，其他人可以立刻跳下去救人。如果落水者不能立刻从冰窟脱困，位置一偏离就再也浮不上来，因为湖上的冰如牢笼一般封住了湖中的一切。许茉并不会游泳，落水之后她惊慌失措，乌托冲到冰窟前向下看的时候，已经看不到许茉的身影，他只能无助而又绝望地趴在冰面上哭泣。佟娅闻讯赶来的时候，看到的是一个趴在冰面上已经冻僵的乌托。她一边哭一边费力地将乌托往岸边拖。失去最好的朋友，也是佟娅人生最痛苦、黑暗的一段经历。

命运无常，花样年华的许茉就这样离去了，永远地沉睡在青海湖中。她对他的告白竟是她最后一句话。没有人知道，当许茉告白之后，乌托要回答的那句话是什么，也许是"我也爱你"，也许是"对不起"，但那都不重要了，从那一刻开始，乌托爱上了许茉，他的心里也只有许茉了。

　　乌托在青海湖边租下一座院子，改建成为客栈。当他站在窗边的时候，就能看见青海湖，繁花盛开与冰封千里次第交替，他发誓要用余生陪伴着许茉。

　　而每一年，佟娅都会来到青海湖，有时是春天，有时是夏天，有时是秋天，有时是冬天。她是在履行最初的约定——每年无论多忙多远，都会风雨无阻、奔赴千里，来客栈住上几天。

　　来青海湖边祭奠许茉，也来看看那个她深爱的男人。

　　一年又一年。不知不觉，已经是十年过去了。

　　她从初出校门的小女生，成了职场的精英。而他，原本是一颗冉冉升起的摄影新星，却成了一名普通的客栈老板。

　　时间流逝，物是人非，一切都在改变，而唯一不变的是佟娅对乌托的爱。原本她计划在许茉告白之后向乌托告白，然而自从许茉骤然离去之后，她就再也没有说出口。

　　这是第十年，十年过去了，她已经等不起了，而十年也足够一个人放下所有伤痛。乌托也许已经放下了，佟娅决定给自己一个了断，她下定决心向乌托坦诚自己的心意。

　　昨天她向乌托告白，乌托沉默良久，终于还是只说了三个字"对不起"。她笑着说"没关系"，但是在深夜时分，想起这些年默默爱一个人的心酸、坚持和等待，她忍不住悲从中来，放声哭泣。

　　今天早晨离开的时候，她还是不甘心，所以才又问了一次，然而，答案依旧没有任何更改。

　　她向他挥一挥手，跟往事道别，跟一生中的最爱道别，从此再也不回头。

"这就是我们之间的故事。"佟娅缓缓道。

牧马人平稳地行驶在马路上，青海湖在身后越来越远，道路两旁是空旷的草原，荒草连天。偶尔我们会遇到牛群和羊群，看见它们茫然地站在草原上四顾。

忽然，牧马人的车速渐渐慢了下来，停在了马路中间，佟娅低头伏在方向盘上，轻声地哭泣。

姐姐，我知道你是坚强的女生，所以你才有勇气和付出一生最美好年华的爱说再见。坚强并不意味着不能哭泣，你只需要在你在乎的人面前坚强就好，一个人的时候别太逞强，该哭的时候就哭吧。

敬往事以眼泪，从此前途虽未可知，但仍可期。

说再见之前，我开口问她要联系方式，她却潇洒地说："萍水相逢已是缘，若有缘，自会再相见。"

我必须要承认，她是我目前为止遇到的最酷最令人难忘的女生。

经年不觉而过，我却时常在夜晚想起她。

我并不担心她过得不好，像她这样的女生，一定会把自己的生活过得多姿多彩，她也一定会找到属于自己的幸福。我只是单纯地想念她。

姐姐，今夜我不关心人类，我只想你。

我不喜欢这城市，我只喜欢你

我曾经无比地想要留在这座城市，
可是当初吸引我来到这座城市的人已经离我而去了。

从北京西站走出来的时候，青山身上的衣服皱巴巴、灰扑扑的，像极了一个来打工的民工。其实出门前他仔细地收拾了一下，洗得干干净净的白衬衣，头发梳得整整齐齐，从村子里走过的时候路上碰到的熟人都会打趣地说："呦，打扮得这么帅是要去娶媳妇吗？"

青山腼腆地笑着说："是啊，去找媳妇去。"可是任谁坐了二十个小时的火车硬座，都没有办法保持帅气。

天空中是浓重的雾霾，像是阴沉沉的脸，一点都没有喜迎客人的意思。不过就算老天爷没有给他好脸色看，也丝毫不影响他的心情。

他四处张望，目光搜寻着小佳的身影。忽然，一阵清香扑进了他的怀里紧紧抱住了他。

久违的熟悉的气息，青山微笑着低头，看见陌生又熟悉的小佳。

依然是他记忆中那样俏皮的笑容，鼻翼附近有淡淡的雀斑，笑起来的时候灿烂而又可爱。只是她不再是记忆中那个青涩的小姑娘了，在北京读了几年的大学，如今毕业又留在了北京工作，会穿衣打扮了，原来清秀的容颜如今更加动人。

小佳挽起了青山的胳膊，另一只手接过青山的行李，笑着说："走吧。"青山由着小佳拖着他向地铁走去，好奇地打量四周，车站内人群熙熙攘攘。小佳走了两步之后，好奇地问道："这个包里面是什么啊，好重！"

青山回过神来，赶紧接过了行李，傻呵呵地笑着说："这里面装着我的工具。"

青山和小佳的家乡是一个山区，青山家就在一座山上，整座山都是石头，硬度和材质不错，所以祖祖辈辈都有雕琢石头的匠人。

青山高中毕业之后就继承父亲的手艺，成了一名石匠。他的工具自然就是锤子和凿子。

"因为你在这里，所以我想在这个城市长留下去。我是一个石匠，最擅长的就是雕刻石头，所以我带着我的工具来，就是想凭着双手，让我们在北京生活下去。"青山解释道。

小佳心里涌起一阵感动，高中的时候青山就是这样一个有决断的人，在学校里面担任学生会主席，穿着白衬衣，高高瘦瘦的，在升旗的时候站在前排，吸引无数女生的目光。对于学生会的工作，说一不二，很有魄力和领导力。他站在人群中就是那个最耀眼的人，被无数女生暗恋着。

而小佳其实也是学校里面的风云人物，她的爸爸随着工作调动到当地的县政府，小佳转学到了这里，身上有着城里女孩特有的骄傲和美丽，更何况成绩也很优异，自然备受瞩目。

也许就是因为这样，小佳相比其他的女生更勇敢一些，也更自信一些，才敢放学的时候，在学校门口拦住青山，大大方方地说："你相信至死不渝的爱情吗？"

一向云淡风轻的青山，在那一刻慌乱了，深深地吸了一口气，镇定心神之后，笑容如月光一样荡漾，说："相信。"

他们就这样在一起了，从此以后，在一中他们就是童话。再也没有像他们这样男才女貌、如此般配登对的情侣出现了。

高考前夕，他们两个人本来约定要考同一所大学，但是高考前夕，青山的爸爸在雕刻佛头时，被掉下来的石头砸断了胳膊。家里失去了主要劳动力，而客户订的产品又要交货，青山不得不辍学继承了爸爸的手艺。

小佳独自一人完成了他们的约定，考上了北京的大学。四年时光，遥远的距离没有阻断他们的感情，反而让他们愈加思念。

如今，小佳大学毕业了，决定留在北京，而青山也为了他的爱情，勇敢地奔赴而来，想在这座城市生根发芽。

小佳带青山回到了自己租的房子，那是一套两室一厅的房子，被房东隔成了十多个房间，每个房间只能放下一张床和一张桌子，厨房和卫生间公用，环境逼仄杂乱。

青山环顾了一圈，虽说他住在农村，但是院落宽敞明亮，看见小佳住在这样的房间里，他的心头忍不住一痛，眉头不自觉地蹙了起来。

"怎么了？"小佳察觉到青山的神色有异，问道，"是对这里不满意吗？"

青山叹了一口气："我只是觉得你住在这里太委屈自己了。"

小佳笑着说："北京的房价太高，房租太贵了，能在这个地方以这个价格租到这个房子，我觉得已经很好了，以后这里就是你和我的'家'了。"

青山握着小佳的手说："以后我要在北京给你一个真正的家。"那个时候他们还很年轻，还不知道这个世界的现实和残酷，总以为世界很容易征服。

夜晚睡觉的时候，他俩早早地躺在床上，然而隔壁陆陆续续传来声响：有加班回来晚的普通小白领，有在夜店上班的陪酒女，有在夜市工作的服务生，甚至还有一个人喝醉了唱歌，各种声音在安静的夜里显得格外清晰。

青山睁着眼睛，侧头温柔地看着枕在他胳膊上沉睡的小佳，她睫毛轻微地抖动，随着细微的呼吸，鼻翼轻轻地收缩。听到外面的噪音传来时，小佳不时会皱一下眉头。

青山在内心默默地发着誓，一定要在北京立足，为他和小佳在这里安一个家。

第二天一大早，青山早早地起床准备出门了，小佳正在刷牙，看见他要出门的背影，问道："这么早起床去干吗？"

青山说："出门找工作啊。"

青山打开门，看见一个胖子躺在门口睡着了，看来他就是昨天晚上那个喝醉酒唱歌的人。

小佳闻讯走过来一看吓了一跳："大辉，你怎么又喝醉了？"

青山问："他在哪个房间呢？"

小佳指了指走廊尽头的房间，青山弯腰扶起了他。在山里做了几年石匠，青山已经不是当初在校园里看着瘦弱的少年了，浑身上下都是结实的肌肉，即便如此，他依然觉得大辉死沉死沉。

青山从大辉的口袋里摸出钥匙打开了房门。大辉的房间衣服随意地乱丢着，最醒目的是桌子上放着一个烟灰缸，里面的烟头堆得像山一样，房间的墙壁上贴着他不认识的国外乐队的海报。

青山将他放到了床上，大辉迷迷糊糊地睁开眼睛说了一声"谢谢"，翻过身又继续睡过去了。

青山出门时皱着眉想：这里太乱了，得赶紧挣钱换个地方。

楼下停着一辆崭新锃亮的沃尔沃X60，车主穿着一身裁剪合身、一看就价值不菲的西装，手上拎着一份早餐。

那个男人看起来太过出众，青山不由得多看了两眼，心想这个人的女朋友应该很幸福，一大早男朋友就在门口等着，还拿着早餐。

青山看了一眼自己，如果自己当初可以继续读书上大学，也许也有可能拥有这样的人生吧。他摇了摇头，驱散了心头的这种想法。这可不像他，一直以来他都是很骄傲的人，无论在哪里他都是那个最让人注目的存在。在学校读书的时候，他成绩最好，哪怕后来辍学去做石匠，只一年的时间，他就成了这个山村里手艺最好的石匠。他打的石头刻出来的石像，栩栩如生，十里八乡闻名。很多广东来的大客商都会来找他订货，可惜的是山上不通公路，运输不便，他只能打一些小件，否则打一对门前的石狮运出去，可以卖一两万。现在虽说来到了人才汇聚的北京，但他仍相信自己是一个优秀的人，不该妄自菲薄。

人才市场里人头涌动，看到的大多是青涩的面孔，他们穿着不合身的、有些肥大的西装，手上捧着一叠厚厚的简历求职。这些刚毕业求职的大学生，大多数神色茫然，很多时候他们并没有想清自己的道路和方向，却被生活逼着随波逐流。

青山目标倒是很明确，他毫不畏惧地走到招聘的企业展位前，然而负责招聘的人事专员眼皮都不抬一下，指了指桌子上一叠厚厚的简历，说道："把简历放在这里，我们看完简历觉得合适的话会联系你的。"

青山讪笑着走了，他根本就没有准备简历。

再去一家，第一句话就是问："你有工作经验吗？"

青山有打石头的经验，可是工作经验并不需要这个。

他毫不气馁，换了一家继续试。这家的 HR 脾气倒是好多了，起码有耐心地对他进行了面试。青山表现良好，一时间气氛愉快，然而，当她问起他的学历时，青山如实作答只有高中未毕业。对方立刻变了一副脸色，语气尖酸刻薄："你一个高中未毕业的人来应聘什么工作，纯属浪费我的时间，我们的招聘启事写得很清楚，大学本科学历！"

青山第一次看到一个人的面目可以转换得如此之快，内心一阵挫折。他总是骄傲地以为自己很优秀，然而来到北京，他才明白自己竟然是那么渺小，或者说，什么都不是。

一直到华灯初上，青山才拖着疲惫的身体回去，站在门前，他竟然有些犹豫了，他无法告诉小佳他今天一无所获。

"哥们，"房间的大门打开，竟然是大辉，看样子正打算出门，他问道，"怎么在门口站在发呆呢？"

清醒后的大辉带着东北人特有的活力和热情："谢谢你早晨扶我进房间，走，请你吃饭去！"

两个人在门口的喧闹声，引得小佳也打开了房门一探究竟，小佳见是青山，笑意盈盈地说："我说你怎么还没回来呢？原来在这里。"

大辉连拉带拽地把青山和小佳带到了楼下的烧烤摊前。夏末的北京夜晚，散去了白天的燥热，丝丝的凉风吹在身上，让人无比舒服。三人就着烧烤，几瓶啤酒下肚后，那种陌生的隔阂感消失了，热络了起来。

"来，干了这杯酒！为青山来到北京接风！"大辉大声地说。

三个酒杯清脆地碰到了一起。

大辉拍拍青山的肩膀："今天没有找到工作没必要气馁。我刚来北京时挤在朋友的地下室里，两个月都没有找到工作，穷得连方便面的调料都要留着，煮一碗水就拿来当饭吃。工作没那么好找，你才第一天，气馁什么，明天继续去找。"

青山的心结被大辉三言两语消解了，相比起大辉，他现在的状况实在是好了太多，最起码他不用住地下室，回家有饭吃。

大辉和人说话时热情豪爽，但不说话闷头喝酒的时候，眉宇间神色忧郁，似乎心事重重。喝着喝着，就只剩他一个人在喝了，渐渐就喝多了，他将酒杯放下的时候，眼泪忽然间流了出来。

青山问："大辉，你怎么了啊？"

也许是憋在心里太久，在酒精的作用下，别人一句关心的问候就能轻易地将内心隐藏的情绪带起："小喻走了！回去嫁人去了！当年我想要来北京，就是因为小喻在这里。

"小喻高中毕业之后就出来打工，那个时候村里的人都往南方跑，她偏偏放弃有老乡照应的南方要来北京。我问她为什么，她说就是觉得北京是首都，所以很向往。毕业以后我也义无反顾地来到了北京。

"从小到大我只有一个音乐梦想——成为像 John Bonham 一样的鼓手，为了能在北京待下去，每天住在地下室，和认识的一帮北漂组乐队在街头卖唱。最穷最苦的时候，我唯一能够坚持下去的理由就是可以和她待在同一片天空下。那个时候虽说苦，我们过得却很快乐。可是生活不仅仅是两个人在一起，小喻说她想和我有个家，我们一起努力赚钱在北京买房子吧。我们一起拼命地工作，我一个晚上要跑五个场子，小喻在饭店做领班，下班之后去夜市兼职。我俩肉都舍不得吃，偶尔能吃到还是小喻在饭店里面把客人吃剩下的打包回来。虽说很辛苦，但是我们在为自己的明天而努力，所以所有的苦也都能够忍受。

"我们辛辛苦苦存了两年钱，再借遍了亲友，终于凑够了一个小小的二手房的首付——三十万。我们两个人生平第一次见到这么多钱，刚刚交了首付款的那个夜晚，她兴奋地觉都睡不着。小喻说我们终于在北京可以有一个自己的家了，我也长长地松了一口气，觉得我们的未来会一天天美好起来。但是第二天一大早，我们就接到了中介的电话，房价一夜之间每平方米涨了五千块，原来的房东变卦不卖了。我们顿时觉得晴天霹雳，由于还没有办过户手续，我们一点办法也没有，只能苦苦地哀求房东。房东说我们想买也可以，按照最新的市场行情，但是我们能拿出来的钱已经是我们的所有，根本没有多余的钱，最终只能放弃。我们拼命地工作，拼命地想要去攒够付首付的钱，但是一年过去了，我们绝望地认识到：我们攒下的钱永远跟不上房价上涨的速度，我们永远都不可能在北京买得起房子了。

"你知道吗？当你对目标绝望的时候，当你停下脚步的时候，那一瞬间才会突然发觉，原来自己这么辛苦。小喻和我说了分手，她说她太累了，决定接受另一个苦追她多年的人，因为他可以在这个城市给她一个家……八年的爱情，没有败给时间，只是最终败给了现实。小喻明天就要结婚了，我要永远地失去她了……"说到这里，大辉忍不住号啕大哭起来。

夜晚的凉风吹来，呜咽的哭声回荡在夜空中。夜宵摊上的人回头感慨地看了一眼大辉，一直喧嚣热闹的烧烤摊上有一瞬间的安静，仿佛大家都被感染了，但很快周围的食客们又开始继续喧嚣起来，划拳喝酒。在这个如同巨林般庞大的城市里，谁没有落泪，谁又没有见过别人落泪呢？所以没有人愿意为一个陌生人停留。

青山和小佳默默地对望，在北京这样的故事发生了太多，大辉和小喻也不过是其中之一。青山和小佳会不会也是其中之一呢？

"大辉，你喝醉了，走，我送你回去吧！"青山招呼老板结账，扶着醉醺醺的大辉回去了。

躺在床上，青山和小佳都久久没有睡意，各有各的心事。青山翻过身拥住了小佳，下巴抵在她头发顺滑的脑袋上，声音轻而坚定："小佳，我们一定可以在这里立足安家，相信我。"

小佳翻身，拥住了青山。

青山早晨出门的时候，在楼下再次遇见了昨天见过的那个男人，这次他手上拿的是鲜花，所以也就更加引人注目一些。

青山一路匆匆忙忙去了人才市场，一天下来四处碰壁，仍是一无所获。青山转完了人才市场，左右无事，只好早些回去。

出了地铁站，青山低着头漫无目的往回走，忽然肩膀被人重重一拍，青山回头看见是大辉，一时间有些没认出来。大辉穿着一件宽大的、印着格瓦拉头像的 T 恤，短发上扎着一根向上的辫子，一看就是玩音乐的派头。

　　大辉不好意思地笑着说："哎呀，昨天又喝醉了，本来说好我请你们吃饭的，结果成了你请我了。"

　　青山勉强笑了一下，算是回应，神色间郁郁寡欢。

　　"怎么了？"大辉敏锐地察觉到了青山的心情低落，"今天还是没有找到工作吗？"

　　青山默默地点了点头。

　　"你这才第二天，找工作找个一两个月都是很正常的事。"大辉安慰了青山几句，"走，跟我去我演出的酒吧，请你喝酒，顺便看看我的演出。"

　　两天相处下来，大辉已然成了青山在这个城市的第一个朋友，青山想着反正左右也无事，就随着他去了酒吧。在路上他给小佳发信息说了一声，小佳很快回了话，说她今晚要加班也会晚点回来。

　　在后海的一间酒吧里，大辉给他安排了一个正对舞台的卡座，点了一扎啤酒。陆续地，乐队其他人也都来了，聚在这个座位上的人渐渐多了起来。大辉介绍乐队里面其他成员给青山认识，主唱是个女生，穿着皮夹克，剪着利落的短发，英姿飒爽。

　　大辉向乐队其他人介绍说："这是青山，我朋友。"

　　"大辉的朋友就是我们的朋友。"这帮玩乐队的人一点儿也不矫情，举起酒瓶，"来，为了我们相识干一个！"

　　青山来自大山，有着大山人特有的豪爽，平时在山村里喝酒都是拿碗喝白酒，对啤酒丝毫不惧，因此杯来酒干，毫不扭捏，很快和大家打成了一片。

　　看看时间差不多到了，他们直接走上舞台调试乐器，开始了今晚的演出。

演出一开始，居然是罕见而难得的架子鼓 Solo 。大辉娴熟地打着鼓，鼓点由轻渐重，节奏由慢渐快，鼓槌在他的指尖仿佛被赋予了生命一般，打鼓的速度竟然到了十六分音符。舞台的灯光打在他身上，那一刻大辉一扫前两日青山所看到的那个因失恋而颓废的形象，像一个耀眼的明星，现场的气氛在激昂的鼓点中被点燃了。

Solo 结束，迎来阵阵欢呼和尖叫，乐队的演出正式开始。摇滚乐队里面难得一见的女主唱，单薄的身体蕴藏着涤荡人心的力量，他们歌唱、呐喊、嘶吼、宣泄，全场跟着一起沸腾。

青山站在原地，认真地听着歌，看着台上的演出，心中的块垒也渐渐地消融了。

演出中场休息的时候，他们刚回到卡座，服务生就端上来了一打酒，说是 16 号桌先生送的。

主唱端起酒杯向他遥遥致谢，他却端着酒杯走了过来。那是一个微微谢顶的中年男人，穿着有些随意，一双眼睛始终注视着主唱。

在酒吧里面送酒给乐队很常见，加上乐队主唱长得漂亮，常常有人来搭讪。他们都已经习以为常，主唱应付这种人已经娴熟至极。

碰了一杯酒表达了感谢，主唱也就不再搭理他，识趣的人一般都会退去，但这个人脸皮比较厚，依然赖在这里，没话找话地说："这位小兄弟也是你们乐队的吗？刚刚怎么没见他上台演出。"

见没人愿意搭理他，青山只好解释说："不是，我只是他们的朋友。"

中年男人立刻贴了过去和青山攀谈起来："我叫李默，主要做民政生意的，你呢？"

　　青山有点不太明白他说的民政生意是什么鬼，不过他还是如实地说："我叫青山，是个石匠，刚来北京，还是无业游民一个。"

　　李默哈哈一笑，把胸口拍得直响："你是石匠啊，刚好我们单位就需要你这样的人，你想要找工作找我就可以了。"

　　大辉他们只是附和着吹捧了他两句，心里却并不当真。以他们常年混迹酒吧的经验，这样吹牛引人注目的人太多了。

　　青山并不想错过任何一个机会，记下了李默的电话。

　　酒吧的演出会一直持续到凌晨 2 点，青山一向奉行早睡早起的规律生活，在第二场演出开始前，他向大家告别，先行一步回家。

　　青山走到楼下的时候，他远远地看见一辆车滑行在路边。

　　从驾驶位上下来一个男人，体贴地打开副驾驶这边的车门，从车里面走出来的女生竟然是小佳，青山停下了脚步站在街角。

　　小佳神色淡然："谢谢你送我回来。"

　　"乐意之至，这是我的荣幸。"男生彬彬有礼地说。

　　小佳欲言又止，面对这个礼貌而又极具绅士风度的男生，那些重话她一直都难以启齿。她深吸了一口气说："张仰，明天就不要再来接我了，你这样我很困扰，我已经有男朋友了。"

　　张仰愣了片刻，方才回过神来："对不起，我的错。"

　　张仰一时间有些慌乱和手足无措，真心为自己的行为感到抱歉。他打开车门上车，发动车子，在准备驾车离去前总算平复了自己羞愧的心情，他从车窗里探出了头，对着小佳认真地说："在你有男朋友的时候，我绝不会打扰你，但是我愿意一直等下去，等到你没有男朋友的时候，我再出现。"

说完了这些话，他驾车离去了。

看着小佳转身上楼去，青山背靠着街角的墙壁，夏夜的风吹在身上竟是觉得无比的寒冷。他心乱如麻，明明知道小佳和那个叫张仰的人其实什么事都没有，但是他心里就是被堵住了一般难受。

那种心情太过复杂难言，他实实在在地感受到了另外一个男人的威胁，那个男生的学历、修养、财富都比他强太多。小佳当初喜欢他是因为青山是那个时候最优秀的男生，而如今已经有比他优秀更多的男生出现在她面前了。一直以来他都眼高于顶，但直到此刻，对比之下才觉得自己是那么一无是处。

他一直以为小佳是属于自己的，但是，他凭什么又能安安稳稳地拥有小佳呢？

手机传来一阵震动，屏幕亮起，是小佳的信息："我加班回来了，这么晚了怎么你还没有回来？"

青山对着手机发了会儿呆，回复道："不用担心，马上就回来了。"

他在楼下又站了一会儿，看着车来车往和远处的霓虹，平复着内心的心情，他决定就当什么都没有看见。

推门走进逼仄的房间，小佳正对着镜子卸妆。

"回来啦。"小佳热情地招呼着。

"嗯。"青山不咸不淡地应了一声，靠在门上看着小佳的背影。小佳脖颈细长，皮肤白皙，哪怕是坐着时，背脊也挺得很端正，仪态优美。不知不觉，四年过去了，她从高中时那个普通的小女生长成了一只天鹅，而他呢，好像一直停步在了原地。她变得越来越优秀，远远地超过了他，所以她身边才会出现这样优秀的追求者。在没来北京之前，两个人异地恋，他从未担心过失去她，而现在却无比惶恐。

小佳回过头，看见青山仍然站在门口发呆，于是走到他的身前，拉住了他的手："怎么了？发什么呆呢？"

"小佳，你可以辞职换个工作吗？"青山冷不丁地说。

"什么？"小佳有些惊诧，"我现在的工作很好啊，我很喜欢，而且也比较适合我的发展，为什么要我换个工作？"

"你就别管了！就答应我一回好吗？"青山的语气有些严厉起来。

小佳有些不明白青山为什么今天会提出这种不可理喻的要求，倔强地道："我不辞职，我干得好好的，现在项目开发马上就要收尾了，很快就可以看到成绩了，凭什么让我离职？再说了，你现在还没有工作，让我辞职，你养我吗？还是跟着你一起去喝风？"

吵架就是这样，一旦开口，便会恶语相向，愈演愈烈。

青山听小佳提到找工作的事，更加觉得刺耳，一瞬间脱口而出："我就是不想让你和张仰在同一家公司！"

话说出口的瞬间，他就后悔了——自己到底还是没忍住，无论心里怎么对自己说当作什么都没发生，但是归根结底他还是很介意。

小佳愣了一下，一瞬间有些手足无措，有些泄气："你在楼下看到了。"

"是的！"青山咬牙切齿。

"那你就该知道我和他之间什么事都没有，我们只是普通的同事关系！他是我们部门总监，今天加班太晚了送我回来，纵然他对我有好感，我也已经明确地拒绝他了。"

"现在你们不会有，但是你们长期相处呢，我不放心，所以我才要求你离职！"青山的语气软了下来，伸手一把抱住了小佳，"小佳，我好怕，真的好怕，害怕失去你。我知道你现在和他没有什么，但是我好担心，你每天和他朝夕相处，总有一天会产生感情，那时我就会永远地失去你。"

小佳看着慌乱痛苦的青山，心头一阵心痛："好，我答应你，从公司离职。什么都比不上我们在一起重要。"

青山长长地吁了一口气，心里一块大大的石头落地，于是柔声地安慰小佳："不用担心，还有我，我会养你，你想上班就可以上班，不想上班就不上班。"

小佳在公司宣布离职的时候，震动了整个公司，公司老板都亲自挽留，但小佳铁了心。

部门总监张仰在办公室等着她，一脸的憔悴，他见到小佳走进来，问："是我给你造成了困扰吗？"

小佳矢口否认。

"如果你是因为不想和我继续待在一个公司而离职的话，那么我离职吧。你刚刚毕业，能进入这家公司是很好的机遇，如果你离职的话，工作发展肯定很受限。我不一样，现在很多猎头公司都在挖我，不管去哪里，职位待遇都不会比现在差。"张仰从国外留学归来，曾在国际知名的互联网公司工作，在国内的 IT 行业是有名的技术大拿。他这样的人才和她这样刚毕业的小女生相比，他离开这个工作对他影响并不太大，但对小佳却不一样。

人的一生中只有几次关键的机会，这个工作对小佳而言是职场上难得的一次机会，在这个时候他愿意牺牲自己。

小佳谢绝了他的好意，将辞呈放在他的桌子上，头也不回地走了。他真的很好很好，可是她更早一步遇见了青山。

爱情的路上会有很多波折，你总会遇到一个人，比你现在所拥有的那个他更好更优秀，但是那又怎样，难道就要移情别恋？你总会遇见比新人更优秀的新人，一生能好好地坚定地爱一个人，就足够了。

青山拿着电话，屏幕上是昨晚在酒吧遇见的说可以提供工作给他的李默的电话号码，他深吸了一口气，拨通了电话。

"喂，你好。"电话对面的人声音漠然。在青山自报身份之后，他"哦"了一声，完全没有昨晚在酒吧时的热络，不咸不淡地说："我这边确实有个工作适合你，不知道你愿不愿意做？"

"什么工作？"青山迫不及待地问。他自信自己是一名优秀的石匠，只要是相关的工作，他绝对有信心做好。

"我这边其实是陵园，需要一个墓碑雕刻师，帮忙刻墓碑。"

"啊？"青山毫不掩饰自己的惊讶，他总算明白昨天在酒吧时为什么李默说自己是做民政工作的。

李默笑了笑，对青山的反应见怪不怪，说："总之，你考虑考虑吧，如果想来的话，就再给我打电话。"

青山挂了电话，心里打定主意不去了，每天在陵园里刻墓碑，想想就有些毛骨悚然和晦气。

接下来的日子里，小佳和青山都各自努力找工作。青山认清了现实，凭自己的学历，在人才市场是找不到工作了。后来他就去建材市场，那里每天都站着一群打零工的人，有装修的包工头来这里找工人，看见那些自带工具的熟手就喊走了，而青山还是没有人搭理他。

小佳找新的工作也不是很顺利，转眼都一个月过去了，又到了要交房租的时候。交完房租之后，小佳盘腿坐在床上数他们剩余的钱，一堆零零散散的钱，加一起还剩一百八十二元零五毛，只够出去吃顿饭而已。

人只有在穷的时候才能感觉到钱的重要性。小佳神色有点黯然，不由得有些发愁。青山充满了愧疚和自责，身为一个男人实在是太没用了。

他本来以为自己是一名优秀的石匠，在北京一定可以大展拳脚，可是啊……这城市太大，也太繁华，根本不需要石匠。

小佳煮了一碗面端过来。这段时间他们省吃俭用，每天都在煮面吃，一包八块钱的面条，可以够两个人吃三天。

青山捧着面条鼻子一酸："小佳，你会不会怪我？"

小佳摸了摸他硬硬的头发，笑着说："不怪你，只要和你在一起，我愿意陪着你一起吃苦。"

青山放下碗，对小佳说："我决定了，明天去陵园上班。你会嫌弃我吗？"

小佳笑了："只要不是杀人放火违法的事，你做什么工作我都不嫌弃。"

青山去了陵园上班，李默对他的到来有些意外。这个工作很少有人愿意做，自从上个雕刻师走了之后，已经空缺了一个多月。

偌大的陵园里只有青山一个雕刻师，一天下来他头发和衣服落满了灰尘。

青山疲惫的时候直起身，只见陵园上青山翠翠，墓碑静默如林，当他身处在其中并坦然面对这份工作的时候，竟是一点都不害怕了。

这里是每个人一生的归宿啊。无论生前显赫、穷苦或者潦倒，百年以后都只有一块墓碑。

山风阵阵吹来，青山的心头一片空明，他转身低头继续在墓碑上刻字。

傍晚的时候下山，乘公交，转地铁，用两个小时的时间回去。

路途再远，他只想回到那个他心爱的女人所在的小屋；空间再小，对他而言也是一方温暖的天地。

只是小佳最近找工作不顺利，青山回去的时候已经够晚了，小佳仍然还没回来。他下厨炒了两个菜，煮好饭，耐心在门前等着。

出门在外，能自己做的事尽量做，能俭省的尽量俭省，青山已经锻炼了一手厨艺。哪怕小佳回来，找工作不顺所受的委屈，回来有一餐热饭心里也会暖起来。

小佳推门进来，笑容满面，从离职之后，快两个月了，青山很少看到她笑得如此灿烂。

"青山，我终于找到工作啦！"小佳大声地欢呼着。

青山也笑了，再没有什么比她开心更令他觉得幸福的事情了。

"我进入了购购，国内目前最大的 B2C 电商。"小佳扬起脸庞，发自内心地自豪。

"你知道他们给我开的薪水有多少吗？"小佳不等青山回答，就自己说了出来，"一万五千元！"

青山听到这个数字吓了一跳，他的工作很辛苦，但是工资收入和小佳比起来只有一个零头。

小佳拉起了青山向外走去："走，为了庆祝我找到工作，我们今晚就破费吃顿好的！"

两个人欢呼雀跃地向门外走去。

其实说去吃顿好的，也并未怎么破费，仍然只是在小区楼下的大排档点了两个菜，要了两瓶啤酒，碰了一杯酒庆祝一番，这段时间压在心头的愁云终于散去了。

小佳已经有些微醺了，夜色朦胧，她的目光闪闪发亮，憧憬着未来的美好光景。

"最困难的时光总算过去啦，我们两个人都有工作了，在这个城市生活不成问题了。接下来我们要好好努力地存钱，在这买个房子就有家了。"

青山含笑看着她，觉得心里暖洋洋的，也忍不住憧憬属于他们的未来。

回去的时候，小佳已经有些醉意了，他扶着她上床，又细心地帮她把手机插在电源上充电。这个时候"叮咚"一声，手机的屏幕亮起，一条张仰发的微信显示在屏幕上。

"购购的江总说他们今天面试了你，已经决定录用你了，恭喜你通过了购购的面试！"

青山瞬间明白了，原来小佳能够进入购购，是张仰在背后做的工作。他心里不由得五味杂陈，难道还能再要求她辞职吗？重新找工作的时候碰了多少壁吃了多少苦，小佳不说，他懂。更何况这是她梦寐以求的公司。

深吸一口气，青山滑动手机屏幕解锁，长按信息，删除，将手机放回原处。

"嘟嘟嘟。"传来了一阵敲门声，青山有些疑惑地打开房门，看见大辉身上背着包，手上推着行李箱，一副要远行的样子。

大辉故作洒脱地笑："哥们，我走啦，今天夜里的火车回老家，特地来和你道个别。"

青山不禁觉得有些愕然："怎么突然要走了啊？"

大辉默然了片刻，声音唏嘘："该走了啊，我曾经无比地想要留在这座城市，可是当初吸引我来到这座城市的人已经离我而去了。真累啊。我想回去了，是该和这座城市道别了。"

大辉挥了挥手，转身离去。

那一夜，青山躺在床上睁着双眼久久不能入眠，他的脑海中想起了许多的画面：身穿白衬衣的他走在郁郁葱葱的林荫道上，小佳一脸无畏地对他说我喜欢你；他在家乡的山上挥洒着汗水雕刻石雕，身后是茫茫的青山；他拎着锤子和凿子站在高楼林立如森林的城市，是那样的孤独与不合时宜。

青山迷迷糊糊地闭上了眼睛，轻声地说：晚安，北京。

日子继续，生活似乎开始朝着越来越好的方向去了。

购购原本工作就比较忙，小佳新入职压力更大，所以常常加班。青山的工作在户外，天黑以后没法工作，所以工作时间非常规律，下午准时下班。

每天下班经过漫长的车程回到家中的小屋，青山自己动手煮一份饭一个人吃，再一个人去洗碗。

刻碑很累，有的时候他在家等着等着，睡着了小佳都还没回家，而他上班的地方又远，每天早晨六点钟就要起床出门。那个时候小佳还在睡梦中，他会尽量动作轻柔地不吵醒她。

青山不明白，为什么两个人用尽努力终于生活在一起，却好像每天连相互看上一眼都难。

三个月眨眼而过，那天青山正在刻着一块旧墓碑，是应一个老太太的要求。墓地里是她逝去的丈夫，墓碑落款妻子那一栏写着她的名字，如今她要再嫁，将会是别人的妻子，所以她要求抹掉墓碑上她的名字。

那些曾经至死不渝的誓言，在死之后都有可能成空。那么，还会有至死不渝的爱情吗？这世间什么才是最坚固的呢？也许连感情都不是……青山一边刻碑，一边思绪连篇。

电话铃声忽然响起，是小佳打来的，她的声音无比欣喜，告知他今天是周末，她大学时同宿舍的好友在移民出国前邀请她们聚会，要求必须带男友参加。她交代青山今天提前下班。

青山做完了手上的活，请了个假往回赶。他衣服还沾着石屑，乘坐地铁的时候周围人都会略带嫌弃地躲开。

回到家青山洗了一个澡，想着第一次见她的大学同学，不能给她丢脸，但是打开衣柜发现唯一能穿出去的似乎只有那件白衬衣——洗得太多已经有些泛黄了，而深秋的北京，天气有些冷了。没办法，只有将今天穿的那件外套上面的石屑仔细地拍打干净后，穿上出门。

到了约定的地点——一家位于三里屯的西餐厅。这是他来北京后第一次到这种地方，微暗的灯光下，餐厅装修的格调愈发显得精致高端，用餐的人衣冠楚楚，青山不由得有些自惭形秽手足无措。忽然，他的手臂被挽住了，是小佳。她用心打扮了一番，画着淡妆，穿着一件橘红色的大衣，巧笑嫣然地引着他入座。

已经有两个女生先到了，只是一个低头在玩手机游戏，一个在对着化妆镜补妆，见小佳挽着青山落座，知道是她男朋友，两人不由得仔细打量了一番。

短发女生退出游戏，一笑两个大酒窝，明丽而活泼："小佳，你在大学时可是我们班最优秀的女生，快帮我们介绍下你男朋友是哪路俊杰。"

小佳促狭地一笑，旋即落落大方地道："这是我的高中初恋男友青山，刚来北京工作。"

她们各自都发出"哇哦"声，太难得了，初恋居然坚持到了现在。

"青山，这是我的两位大学同学，当年在同一个宿舍的好朋友，池池，安娜。"

青山微笑着点头致意。

小佳不想让她们的话题过多地停留在青山身上，问道："不是说好了都带男朋友来吗？你们两个的男朋友呢？"

"我一个马上就要移民美国的人，在国内哪还有什么男朋友。"池池笑言道。

"他本来说好要来的，结果市政府商务部又通知他去参加一个晚宴，所以就临时来不了。"安娜甩了一下波浪般的长发，她妆容精致，散发着美丽妩媚的气息，虽然故作云淡风轻，言语间还是掩饰不住的骄傲。当年宿舍里的四个女生，一个是学霸，尚未毕业就已经被国外的名校录取；池池是个标准的白富美，如今要移民了；只有安娜和小佳两个人是来自小地方，论成绩和相貌都差了一些。四个人里面属安娜最不显眼，但好在仗着名校毕业，会打扮，一心想要嫁给有钱人，借着池池的同学关系，让她帮忙带入商界认识圈内人，现在钓到了一个身家不错的男友。

池池笑着说："安娜，你男朋友对你不错啊，刚刚见你的时候我差点都认不出来了。浑身上下名牌，你这是在家安心当贵太太了吗？还好小佳还是一点儿没变。"

安娜不阴不阳地说道："是没怎么变呢，好像还和大学时一样，连衣服也还是大学时穿的那件。"

这句话刺痛了小佳，她的心头仿佛一盆冷水浇下，老同学聚会的热情瞬间熄灭了。之前她是因为穷所以没钱买新衣服，现在呢，省吃俭用是想存下钱在北京共同组一个家。对现在年轻漂亮的女生而言，身上穿着几年前的旧衣服，心里自知就好，但被其他人挑破那确实太丢脸了。

还好池池是个热情活泼的性子，气氛不至于冷场，这顿饭也就略显尴尬地吃完了。

散场的时候，安娜的男友前来接她。他大约三十来岁，很有一种商人特有的精英气度，只是往那里一站，就在人群中显得很出众。青山和他站在一起，对比之下自是相形见绌，他八面玲珑地和大家打声招呼之后，携着安娜的手离去。

埋完单之后，青山去卫生间，小佳和池池坐在座位上等着。座位挨着落地窗，池池目送着窗外安娜乘坐宝马 X6 从视野中远去，带着戏谑的意味说："哈，还真是找了个好男人。"

"是啊。"小佳不知道说什么好，随意地应和着。

"小佳，以前宿舍里就咱俩关系最好了，我明天就要出国了，以后还不知道能不能见着，有些话我今天必须要讲。你看，安娜其实哪都比不上你，但有一点，她男朋友找得好。青山太普通了，配不上你。这个社会很现实，你不能只要爱情不要面包，那样辛苦的是你自己。你应该配得上更好的人，那个人既可以给你爱情，又可以给你面包。其实张仰学长不错啊，是我们学校近年来校友中风头最劲的人物，但是不知道怎么了，那年他刚刚从美国的微软离职回国，应邀来我们学校演讲，一见钟情就喜欢上了你。你还不知道吧，其实当年你应聘 DR 的时候能被录取，就是因为张仰知道你投了简历之后，点名要求人事部门录取的你。"

小佳微微讶异，旋即淡然，回以淡淡的微笑。不管怎样，那都已经是过去的人和事了啊。

几步之隔，青山正站在廊柱后面，他没有找到卫生间，去而复返恰好听见池池说的这番话。

青山又等了一会，神色如常地向她们走去，两个人已经转换了话题。

在餐厅的门口道别，小佳心情有些沉闷，相比半年前在大学校门口的道别，这一次才更加有了物是人非的离别感。

第二天，青山如常地去上班。小佳晚上下班回来的时候，兴高采烈地想要和青山分享她终于转正的消息，青山却没有像往常一样在房间里等着她。

房子里异常干净整洁，冷冷清清，没有一丝烟火气。这个时候她才注意到，房间里所有青山的东西都不见了。

桌子上放着一封信，字迹俊秀，是青山写的。她走过去拿起来看。

小佳：

我走了。

和你相识以来，给你写了很多封信。在高中时，我把想对你说的话写成信在课间时送给你，你读大学了我也是给你写信，迄今写了多少封信我已经不记得了，但这应该是我给你写的最后一封信。

真怀念给你写信的时候，那个时候寄一封信要很久，要经过大山、河流，千里迢迢，才能到达你的手中，那是我们最相爱的时候。

而现在，我们两个人天天在一起，说的话却比以前远隔天涯时还要少了。

我永远记得那一天你走到我的面前问我：相信天长地久的爱情吗？

我说：相信。

谢谢你，在我最天真无邪的时候给我最美的梦。

不管你承不承认，我们之间已经有了巨大的现实鸿沟。我来到北京，是为了和你在一起。我一点也不喜欢刻墓碑的工作，我的双手应该是刻石雕的啊，可是这个城市根本不需要石匠。这座城市需要的是像你这样的人，会写代码的工程师。

这个城市属于你，你喜欢这里的生活，适应这里的生活，但不属于我。

你一直与时俱进变得更优秀，而我却一直停留在过去——古老的过去。我无法给你更好的生活，也无法在这个城市给你一个家。

你应该，也值得配上更好的人。

有一件事，我对你有所隐瞒：你进入购购得益于张仰的推荐，你被录取的那天他给你发祝贺的微信，我看到之后悄悄删掉了。

这段时间以来，我清晰地认识到，我已经不是那个可以点亮你人生的人了，而是你人生的负累。

从来没有什么天长地久、至死不渝的爱情，有的只是痴人说梦。

小佳，我们分手吧。

本应该亲口和你说这句话，结束六年的感情，但我真的没有勇气站在你面前，只能借助这一信。

我来的时候无比坚定，而走的时候像一个逃兵一样仓皇。阿爸说山上通公路了，我要回到乡间做一个石匠去了。

小佳，再见。

愿你以后的人生坦途一片。

青山

小佳捧着那封信，抬头看向窗外，又是一个雾霾浓重的日子，林立的高楼，隐约而缥缈。

青山回到了上林山上。山上果真通了公路。

以前要翻山越岭两个小时才能到家，现在坐车只要半个小时。

站在上林山的山巅上，山风吹拂，脚下是熟悉的青翠的山林和灰白的山岩，青山深深地吸了一口气，是那样沁人心脾。

他转身回到自家的小院里，拎着锤子和凿子，"叮叮当当"的声音响起。青山是十里八乡最好的石匠，一块普普通通的石头，被他拿着锤子和凿子雕琢，仿佛被赋予了灵性一样渐渐鲜活起来。这些石头变成威武雄壮的狮子，或是生动的龙，或是憨态可掬的小物件，销路好，价格自然也水涨船高。

县市其他地方也在通公路，石子的需求量大，上林山的石头硬度恰好合适，青山就地取材开了一个石场，日进斗金。他自己也就不再很辛苦地按照客户的需求做一些常见俗气的石雕了，而是随意雕一些自己喜欢的东西，诸如临溪听琴、孤舟独钓一类颇有意境的随性作品。老客户见了想买，青山随心情的好坏决定卖不卖，这些物件到了艺术品市场竟然备受追捧。青山被誉为新锐的雕刻家，他的石雕作品价格也一再水涨船高。

不知不觉，三年过去了，青山成了当地最有名的俊杰，可还是一直孤身一人。喜欢他的人雨后春笋般出现，他只是微笑着拒绝，媒人络绎不绝地给他介绍对象，他干脆闭门不见。

大家都说他现在功成名就了，眼光太高，一般的姑娘看不上。他也只是笑笑不回应。

当他存够五百万的时候，他去北京买了一套房。他爸爸很不解："儿子，你又不在北京住，在那里买套房干什么？"

"只想圆曾经的一个梦。"他说。

在北京办完手续的那天，他犹豫了很久，要不要再去见小佳一面。这些年来，他唯一能了解到小佳近况的方式就是看她的微博。

打开手机，微博上小佳晒了一张 KTV 的自拍。她再也不是那个因为省吃俭用而明珠蒙尘的姑娘了，光鲜靓丽，笑容灿烂，周围一帮他不认识的朋友和同事，唯一认识的面孔是坐在小佳身旁的张仰。微博上配的文字是：祝我生日快乐！

果然啊，当初分手的决定是正确的。他心头一宽，决定不再打扰她平静的生活，挥手拦了一辆车去往机场。

又是两年匆匆而过，青山一个人孤单着似乎也成了习惯。

那天临睡前，青山习惯性地用手机刷了刷微博，小佳的微博还是没有更新，依然停留在一个月前发的"最近持续加班，工作好累啊，忙完今年的双 11，我要好好地休假，出去玩玩"。

不知道她的近况，青山心里有些空落落的，正在他出神之际，手机"叮咚"一声，弹出了一条微信消息，是高中微信同学群里的消息。他点开一看，全身僵硬，一瞬间只觉得血往头上涌，天旋地转。那是一位和小佳在高中时代就是好朋友的女同学发的消息：你们听说了吗？小佳在加班的时候忽然晕倒了，送到医院抢救，被查出得了乳腺癌。

青山冲出房门，跳上了停在院子的车。他紧紧地握着方向盘，车灯刺破浓重的黑暗，沿着边上是悬崖的盘山公路向着山下冲去。

要想第一时间赶到北京，只有去市里的机场，乘坐明天一早的航班。但是他现在一刻也不想等，上了高速往北京直奔而去。一夜过去，天亮了，他就近选择了一个城市下高速，买了最近一趟去北京的高铁。

一路马不停蹄，他在当天中午终于赶到了医院。

当他站在病房的门前，突然忐忑了起来，该以何相见呢？他深深地吸了一口气，推开了门。

病床上小佳正在侧头看着窗外的阳光发呆，听见响动回过神来，微微愣了愣，才认出这个满面风尘的人是五年不见的青山。

青山努力地挤出一个看似平静的笑容："我刚好到北京办点事，

听说你生病了，顺便来看看你。"

"谢谢大艺术家来看我，蓬荜生辉。"小佳露出一抹温柔的笑意，苍白的脸庞因此有了几分血色。

青山的心头一阵震动，原来她也在默默地关注着自己，所以才会在见面的时候调侃地称呼他为大艺术家。他左右扫视了一眼："怎么就你一个人，没人陪着你吗？"

小佳的神色有些黯淡："我一个外地人，在北京又没什么亲人。倒是有一些朋友，不过大家都有事情要忙啊。"

"张仰呢？"青山忍不住，还是问出了这个名字。

"张仰啊，他只是我的朋友，昨天刚来医院看过我。不过他最近刚刚生了个儿子，忙着照顾自己的孩子呢。"

"啊——"青山有点震惊，"你没和他在一起吗？"

小佳笑了笑："没有啊。他去年结的婚。"

"为什么？"

"你又为什么一直单身呢？"

青山想起，第一次表白的时候就是她站在自己的面前，自己一个大老爷们，怎么能连一个女生也不如呢？她得了癌症，可能就要死了啊，还有什么不敢说，还有什么不能说的呢？

"因为……我的心里一直有你，一直放不下你。小佳，我们复合吧。我现在有能力照顾你了，你看——"青山掏出了那一串钥匙，"我在北京已经买了一套房子，我们可以有一个自己的家了。"

小佳不断点头，眼泪顺着脸庞滑落。

"傻瓜，我从来没对你要求过这些，是你自己非要在乎，你走了，我连回想起和你一起吃苦的时光，都觉得是很甜蜜的回忆。这五年空缺的时光，你要赔我。"

"好。赔！五年哪够，我要赔五十年！"

"就怕我活不了那么久呢。"

"你是中期，没那么严重的，我要带你去找最好的医生，用最好的治疗方案。"青山说。

三个月后，已经痊愈出院的小佳和青山回到了上林山。

小佳恢复得很好，青山牵着她的手在林间漫步。

小佳，我送你一个礼物。

山林之间，立着一块石碑。

上面简简单单并排刻着两个人的名字：沈青山，顾小佳。

＋

晶 晶 姑 娘 ，
我 回 来 了

错过了就是错过，
也许她早已经有了自己新的生活，
有了另一个他，
也许她现在过得很好很好了。

"曾任副市长的陆宗昌提前出狱，接受记者采访声称自己并未贪污受贿，将向法院提起申诉重审案件证明自己的清白，并要求国家赔偿……"

元宝拿着手机无聊地刷着新闻客户端，新闻看多了，对任何稀奇古怪的事都已经见怪不怪了，纯粹是用来打发旅途无聊的时间。他手指滑动，翻到下一条新闻开始阅读。

在这个信息繁多的时代，任何事件和热点都不过维持短暂的热度，转瞬就被大众遗忘了。能够让每个人关注和深记的，只能是切身相关的人与事。

"长沙南站到了，在长沙下车的旅客，请带好您的行李和物品，并准备下车。"广播的声音响起，元宝将手机放进口袋，拎着行李向车门外走去。

这是毕业的第五年，当元宝从长沙火车南站走出来的时候，发现记忆中一片荒凉、仅有一些低矮房屋的黎托，如今已是一片高楼拔地而起，火车南站建在这里，已然让这里成了一块炙手可热的商业开发区。

当初毕业离校的时候，他在火车站的站台一直翘首以待，直到汽笛响起陆晶晶也没有来。他哭得稀里哗啦，和同宿舍前来送行的林永峰拥抱，咬牙切齿地发誓：我这辈子都不会再来长沙了！

他说到做到，毕业之后他回了成都，再也没有踏足过长沙一步。然而，当林永峰打电话邀请他来长沙参加婚礼的时候，他笑嘻嘻地推脱："礼金会到，人我就不过去啦。当年你可是亲耳听到我说的再也不回长沙，我可不能破了自己的誓言。"

"瓜娃子，滚！别糊弄我！我怎么不记得你说过这些话！我告诉你，我的婚礼你必须来参加，谁都可以不来你必须要来，还指望你做伴郎呢。你要是敢再说一句不来，我现在就立刻到成都去削你！"

元宝可是真真切切地知道林永峰是说打就真敢打的人，当年一起在网吧打游戏时和小混混起了冲突，让他一战成名，元宝立刻忙不迭地说："去去去，必须去。"

挂了电话，元宝心中一阵莫名的轻松，竟然真的想再回到那个城市看一看了，而这么多年阻碍自己回去的，其实是少了一个借口，一个说服自己的借口，给自己台阶下的借口。

订票的时候，比林永峰要求的日期提前了一天，离开这里太久，他想来触摸这里的温度。

元宝走出车站的时候，一抬头就看到了对面建筑写着醒目的大字——"黎托长途客运站"。

黎托。这两个字对他而言，莫名的亲切。

知道这个地方其实也是因为她——陆晶晶。

大学开学的第一天，他背着大包小包独自一个人从成都来报名。九月的长沙天气炎热，太阳毒辣。他满头大汗气喘吁吁在学校门口一大排拉着横幅的桌椅那里找到了"机电系"，在他前面是一个长相周正的女生，自来熟地介绍自己叫"陶莹莹"，大家可以喊她"桃子"，几个学长争先恐后地帮忙拎行李送到宿舍去了。没办法，在机电学院这种男女比例极不平衡的学院，只要是个女生都是块宝，何况还是个长相不错、性格开朗活泼的女生。幸好还有个学姐指导他填完了新生报到的表格，趁学姐去买水之际，他放下行李，一屁股坐在椅子上喘会儿气。

"学长，国里是机电系滴新生报到处吗？"在一个地方敢光明正大使用方言的只能是本地人了。元宝抬头，看到了一个身材瘦高、肤白貌美的女生，她穿着白色的纯棉短袖T恤和短裙，腰细得好像一只手就能握住，双腿笔直，只是静静地站在那里就有一种鹤立鸡群的气质。元宝在心里一个劲地喊"这个湘妹子也太漂亮了吧"，漂亮得他都不敢直视，漂亮得他有些自惭形秽。前面那帮学长忙着去送上一个女生，却错过了这位真正的美女。

见元宝没有出声，她以为他没听懂，用字正腔圆的普通话又问了一次："学长，请问这里是机电系新生报到处吗？"

元宝回过神来，忙不迭地点头，从桌子上找来一张表格让她填了一下。她居然和他分在同一个班，姓名那一栏填的是"陆晶晶"，好特别的名字，元宝看了一眼记在心里，同时记住了她的宿舍号是A5栋503。

"学长，我不知道宿舍在哪，可以带我去吗？"

元宝支支吾吾面露难色，他也是刚来的新生，连公寓在哪儿都不知道。可是他并未开口解释，这个女生很可爱，不由得想多逗弄她一会儿，占占便宜听她多喊几声学长。

大概是见多了平时男生对她的殷勤，看见这个不懂味的男生，她嘀咕了句："宝里宝气。"

"宝里宝气是什么意思？是夸本宝宝可爱吗？"元宝耳朵挺尖，听到了她的小声嘀咕。

陆晶晶无语。长沙话中说一个人有点宝是在骂他有点傻。

学姐恰好买水回来了："元宝，你还没去新生宿舍报到啊。哎，这位同学，你也是来报到的新生吧？"

陆晶晶回过味来，原来这家伙和自己一样是新生，居然在这里厚颜无耻地冒充学长。陆晶晶恨恨地瞪了他一眼，他咧开嘴露出洁白的牙齿，笑得格外灿烂："你好，我是你的同班同学，元宝。"

学姐带着他们去了学生公寓，这让当天忙着去送前一个女生从而错过了陆晶晶的男生们后悔不已。

陆晶晶的到来，轰动了整个机电学院。平时聊天只要有人问起你是哪个班级，只需要说是机电二班，对面立刻就会"哦"一声，说："知道知道，陆晶晶在的那个班。"

而所有人里面，最关注陆晶晶的无疑是元宝。事后用了很长时间他才回味过来，所谓的一见钟情原来就是这样子的。

他同宿舍的好哥们，对他一见钟情的说法深表鄙视，批评他太肤浅，因为一个人的容貌而喜欢一个女生，哪能叫一见钟情，这叫见色起意！

前一秒还搂着肩膀笑嘻嘻喝酒的元宝立刻怒了："屁！见色起意是你看见一个美女想去扑倒她，我见她的时候一点想法都没有，是单纯的喜欢，你懂不懂！"

为了打探陆晶晶生日，元宝借口说入学测验需要大家交身份证报名。

拿到了陆晶晶的身份证，他认真地记下了她的生日是 11 月 10 号，而身份证上的地址是长沙市黎托乡。

就好像多知道一点点关于她的消息，心里会多一分欢喜一样。

那天放学的时候，他和她一起走，无意间说起道："你是长沙市的吧？"

"嗯。是啊。"

"黎托的。"他说。

陆晶晶吃了一惊："你怎么知道我是黎托的？"

元宝神秘一笑并不作答，陆晶晶百思不得其解，但她从小到大不乏追求她的男生，虽说并不知道元宝是怎么得到这些信息的，但她明白了元宝特别地注意她。

站在火车南站的出站口前，元宝拿出手机，犹豫了很久，到底要不要给陆晶晶打个电话。

手机上存着的号码仍然是大学时代的号码，也不知道换没换。

那还是开学的第二天，元宝忙完了第一天的报到之后，最要紧的就是去办一个新号码。学校门口的营业厅人山人海，队伍排了好几圈长。

元宝做事向来不怕麻烦，耐着心在那里排队，抱着手机看书。忽然，他一抬头看见了站在队伍外的陆晶晶，她微微皱着眉，显然是在犹豫这会儿要不要排队还是待会儿再来。

元宝跳着脚热情洋溢地招呼陆晶晶："我快排到了，要不要我帮你办下？"

"好啊好啊。"陆晶晶喜笑颜开。

很快轮到元宝，他先帮陆晶晶办理，陆晶晶选了一个6比较多的号码，对她而言，6是比较吉利的数字。

元宝不动声色默默地记下了陆晶晶的号码。夜里宿舍熄灯以后，他拿出手机，决定不告诉陆晶晶他是谁，以匿名的形式和她聊天，就好像网友聊天一样，等以后熟悉了再告诉她是谁，她一定会吃惊。元宝想到这，美美地笑了起来。明天再去办个新的手机号公开用，现在这个手机号就只用来和她聊天。

编写，删掉，重新编写，再删掉……纠结许久之后，元宝按下了发送键：

"长夜漫漫，无心睡眠，我以为只有我睡不着，原来晶晶姑娘也睡不着。——至尊宝"

短信发出去之后，元宝紧张得心里直打鼓，两只手握着手机，紧紧地盯着屏幕看。仅仅是几分钟，却仿佛有一万年那么久，调成静音的手机终于传来一阵震动，打开短信：

"是啊。不知道帮主为什么睡不着啊？"

他发的是《大话西游》中至尊宝刮掉胡子，故作玉树临风偶遇白晶晶时的台词，而陆晶晶的回答也是用的《大话西游》的台词。

这种一唱一和心有灵犀的感觉，让元宝如同遇见知己一样激动。

元宝深深地吸了一口气，手指颤抖，打下了下一句台词，因为那也是他的心声：就是因为晶晶姑娘你啊。

回味起往事的时候，元宝的嘴角浮现出了温柔的笑意，可是现在，他不知道该如何相见，终究还是没有拨出这个号码。

为了代步方便，元宝租了一辆车。

从香樟路、韶山路、芙蓉路、五一广场一路过去。五年的时间，这个城市看起来还是那么熟悉，友谊百货、平和堂都还矗立在原地，却又有了那么多的新楼，德思勤广场、万达广场，横跨城区的高架桥和城市各个街口的地铁站，将这座城市改造得看起来又是那样陌生。

开到湘江大桥的时候，桥面下江水浩荡，橘子洲横卧在江心，江水从橘子洲经过时分流而过，元宝鬼使神差一打方向盘，下桥进了橘子洲。

按照路牌的指示停好车，元宝在江边漫步，靠着岸边的栏杆，看向隔岸的风景。

元宝轻轻拍着栏杆，思绪不由得飘飞。

那是大学开学不久，第一次组织班级活动，大家集体出游，选择的地点就是橘子洲。

长沙本地的同学兴趣缺缺，但是来自外地的同学却热情高涨。

刚刚从高中进入大学，几乎每个人都能背诵那首脍炙人口的《沁园春·长沙》——独立寒秋，湘江北去，橘子洲头。看万山红遍，层林尽染……大多数人对橘子洲都心生向往，因此选择首次班级活动的地点时，橘子洲以当之无愧的高票当选。

游览完橘子洲，大家在一片广场空地上玩集体游戏——击鼓传花，花用矿泉水瓶代替，主持人喊停的时候矿泉水瓶在谁的手上，谁就上台表演一个节目。

主持人是班级的活跃分子林永峰，他闭着眼睛敲了几次，喊停之后上场都是男生。林永峰悄悄作弊，用眼角的余光看着矿泉水瓶快到陆晶晶手上时喊停，大家看到水瓶在陆晶晶的手上，一起鼓掌欢呼。

陆晶晶恼怒地瞪了元宝一眼——都是他定的玩这个游戏，在大家的起哄声中她不得不硬着头皮上台，从小到大只要上台面对众人，陆晶晶就会紧张。

"唱歌！唱歌！"一帮男生脸红脖子粗地吼道！

"跳舞！跳舞！"另外一帮男生唯恐天下不乱！

面对一重高过一重的声浪，陆晶晶紧张得手心都出汗了，她目露难色地看向林永峰："我不会……"

林永峰完全无视陆晶晶的窘况，大大咧咧地说："不行啊，前面的同学都上台表演了，你必须也要来一个，不然不公平。"

陆晶晶骑虎难下，一堆人等着看她出糗，她只感到一阵委屈，眼眶一下红了。

"好啦好啦，既然陆晶晶不会就算了吧，游戏还要继续，就别耽搁时间。"元宝站出来出声解围。

"不行！不能特殊对待啊！"林永峰不想松口，但是看到元宝摆出"你小子不知道好歹"的眼神之后立刻转了口风，递了一个台阶，"除非你替她表演一个节目。"

"没问题啊。"元宝大大方方地应了下来，陆晶晶总算得到解脱，趁机下场。

元宝没有像前面几个男生那样随便嚎几嗓子就应付过去了，而是有模有样地拿出手机放了一首伴奏音乐，跳了一段鬼步舞，帅气的舞姿秒杀全场。

陆晶晶托腮看完全，不服气地想：这哪里是来帮我解围，明明是自己想出风头。

活动结束一起坐公交车回去时，元宝和林永峰一帮男生们聊天吹牛，陆晶晶从旁边经过的时候，狠狠地在元宝的脚背上踩了一脚。

林永峰在那里大叫："陆晶晶，你找死啊！"

陆晶晶毫不示弱："林永峰，让你今天使坏！我要告诉阿姨你在学校时天天去网吧打游戏！"

林永峰立刻蔫了，连连求饶。

元宝瞪大眼睛："原来你们早就认识啊。"

林永峰漫不经心地说："是啊，我们两家住在同一个院子，从小学一直到大学都是同校同学。"

晚上回到了宿舍，元宝买了一箱啤酒和零食，拉着宿舍其他三个男生饮酒作乐。元宝身为一个北方人，行事豪爽喝酒更豪爽，所以才能在开学一个多月的时间和全班男生打成一片，成为男生中大哥一样的人物。这会儿他有意灌林永峰酒，很快林永峰就喝晕了。

原本大家正在天南海北地吹牛侃大山呢，元宝冷不丁问了一句："林永峰，你是不是喜欢陆晶晶？"

"什么？陆……陆晶晶？"林永峰大着舌头，话都说不清楚，"不……不喜欢啊！"

"你俩从小就认识，青梅竹马，还一路上同一所学校，你肯定是喜欢她才报考和她一样的学校吧？"元宝继续套他的话。

"滚！我才不喜欢她呢。我只喜欢……桃子！"元宝没想到还有意外收获。桃子其实就是新生开学那天在他前面报到的那个女生，和陆晶晶以美貌征服男生不一样，桃子性格开朗大方，和男生可以称兄道弟，深受男生的拥簇，在机电学院和陆晶晶并称双绝。她们俩在同一宿舍，出入相随，成了一对好闺蜜。

当一个男生喜欢一个女生的时候，会把身边一切有苗头的男生视为潜在威胁。今天得知林永峰和陆晶晶从小是同学之后，元宝心里总是不安，觉得林永峰喜欢她，所以才灌醉了他套话。现在亲口听到他不喜欢陆晶晶而有另外喜欢的人了，心里不由松了一口气，但旋即又不服气起来，踢了踢靠着墙壁快要睡过去的林永峰："难道陆晶晶不美吗？你居然还看不上？"

"太……太熟了，下不了手。再说了，从小一起长大，所以也就没觉得她有什么……特别。"林永峰话都快说不清楚了。

元宝站了起来，扫视了一眼东倒西歪的同学们，意气风发地宣布："我喜欢陆晶晶，你们谁都不许和我抢！想抢，喝赢了我再说！"

"喂喂喂，哪有你这样的，就算只准你一个人追，也不见得陆晶晶会喜欢你啊。"宿舍的老三也对陆晶晶心生暗恋，不满地抗议。

"所以才只准我一个人追，让她不得不选我啊。"元宝厚颜无耻地说。

不过，不管元宝在男生面前脸皮是多么厚，可是当他打开手机和陆晶晶发信息的时候，依然还会紧张得像个小男生。今天晚上，他决定问一个重要的问题：

"晶晶，你喜欢什么样的男生？"

屏幕亮起，回复的短信依然是《大话西游》里的台词："我的意中人是一个盖世英雄，总有一天，他会驾着七彩祥云来找我。"

当元宝收回思绪的时候，才发现不知不觉在橘子洲待了半天，想起最重要的地方、承载最多回忆的地方还没来得及去呢。

学校在岳麓山脚下湘江河畔，元宝到达校园已经是黄昏时分了，他站在学校主干道交汇的东方红广场。学校刚好下课，学生们从教室里涌出来，三五成群地走在一起，男生们讨论着游戏战术，女生们在相互聊着八卦，一对对情侣挽着手从身旁经过，讨论着晚上去哪里吃饭。走在人群中，元宝竟然有一刹那间的恍惚，似乎他从未离开过。

　　元宝宣布他喜欢陆晶晶之后，第二天这个消息就立刻传遍了整个学院，同班的男生都还给面子立刻放弃了，其他班级的男生仍有送花送情书展开攻势的。

　　元宝就会找到对方宿舍区，光明正大地挑战："你是不是也喜欢陆晶晶，好巧，我也喜欢她，这样吧，我俩拼酒吧，谁输了谁退出。"

　　一番惊天动地的大战之后，结果通常都是对面心悦诚服地认输退出。就这样元宝挑战了全校的追求者，战无不胜。也不是没有碰到对手，土木学院的一位来自西北的大二学长以海量出名，和元宝的对阵被称为决战紫禁之巅，引来无数人的围观。那一战，他们两个人整整喝了四十瓶啤酒，西北学长喝完第二十瓶酒，元宝面不改色地干掉了第二十瓶，然后默默地开启了自己的第二十一瓶酒，摆在了桌面上。西北学长面色惨白，酒刚刚端到嘴边，再也忍不住转过头稀里哗啦地吐了起来，举手认输。元宝潇洒起身，完全一副独孤求败的高手风范，但是离开走到无人的地方时再也撑不住，抱着垃圾桶稀里哗啦地吐了起来，甚至还带着血迹。林永峰不放心地跟过来，看见这一幕，带着他去校医院检查，竟然是胃出血，不得不输液。也就是从那个时候起，他落下了胃病的毛病。但也算一战定鼎，从此以后，无人再敢来挑战。

　　被一堆人追求的陆晶晶不胜其烦，可渐渐地身边对她大献殷勤的人少了，到最后就只剩下元宝每天在她眼前晃来晃去，包揽了送早餐和一起上课下课，渐渐地她也就习惯了元宝在自己的身边出现。

那天是周三的下午，有一节高数课，老师出了名的点名严厉，但是下午上课的时候大半男生都不在，不禁让一帮女生好奇。

放学铃声响起的时候，陆晶晶收到了元宝的短信："下课来东方红广场，我在这等你。"

陆晶晶下课后来到东方红广场，找了一圈也没发现平时站在雕像前或者坐在台阶上等她的元宝。

忽然，人群中传来"哇哦"的惊呼声，大家都抬头往天上看，只见天上有一个人身穿金甲圣衣，头戴紫金冠，手拿如意金箍棒，脚踩七彩祥云从天而降。

在他的身后，是汇集了机电学院、土木学院的理科男们架设的杠杆和滑轮，一帮男生累都龇牙咧嘴地拉着绳子吊着他飞在空中。

他降落在陆晶晶的面前，陆晶晶意外地认出了他是元宝，元宝喊了一声"变"，从金箍棒里面抽出了一束花，花束正中是五支她很喜欢的口红。他举起花朵，单膝跪地："晶晶，祝你生日快乐！你说你的意中人是一个盖世英雄，总有一天会驾着五彩祥云来找你，我来找你了，做我的女朋友好吗？"

陆晶晶眼睛亮晶晶的，点点头，接过他送的最特别的花。

围观的人群发出一阵尖叫，西北学长揉了揉因为拉绳子被勒出印痕的手说："不枉我们辛苦一场！"

"没有想到吧，至尊宝是我？"元宝开心极了。

"是啊。没想到。"陆晶晶眯着眼睛笑了起来，甜得像一弯月牙。

元宝厚着脸皮问："那你是不是早就喜欢我了，就等着我表白呢？"

"你少臭美，这不是追求我的男生都被你打跑了，只剩你一个人没得选了好吧。"陆晶晶还以颜色。

那个夜晚，他躺在床上睁着眼睛一直兴奋得睡不着，凌晨一点的时候，手机屏幕亮起，是一条短信。

"元宝，谢谢你。我最美的梦，你帮我实现了。你是我心目中的盖世英雄。"

"你还有什么梦，我都愿意帮你实现！"

"我想去法国。"

收到短信的元宝露出会心的微笑："果然是小女生啊，向往法国这种以浪漫出名的地方。"

"我答应你。将来我一定带你去法国，我们一起生活在那里。"元宝认真地回复道。

"一言为定！"

"一言为定！"

元宝闭上了眼睛，唇角荡漾起一抹温柔的笑意，幸福如夜色一样蔓延全身，陷入一场最美的梦。这场梦持续了大学整整四年的时光。

那怕毕业了五年，时隔大一告白的那一幕已经九年之久，现在想起来，元宝心里依然满是温柔。

元宝坐在广场的台阶上，看向熙熙攘攘的人群和相互依偎走过的恋人，一如九年之前，每当他打电话有事想要约陆晶晶见面的时候都会说我在东方红广场等你，然后，他会低着头看着手机，陆晶晶来的时候，往他的身边一站，说一句"走吧"，他就站起身来和她一起肩并肩走。

往事如烟啊，元宝长长地叹息了一声，直起身在学校里面四处漫步。

那条小吃街上，他和她牵手一家家吃过去。因为她喜欢吃辣，他也跟着吃辣，每次都会辣得眼泪鼻涕直流，而现在，即便他离开了长沙，日常的饮食也已经无辣不欢。

公寓的门前，他们每天在这里见面和告别。

操场的跑道上，他们一起夜跑。

山坡的小树林里，他们第一次颤抖着接吻。

……

这所学校，这座城市，处处都是与她有关的回忆。

转了一圈，又回到了东方红广场前，现在他多么希望，当他恍惚间一回头，就可以看到她站在自己的身边，笑着说"走吧"。

然而，岁月无可回头。风景依旧，青春不再，曾走散的人却再也回不来了。

元宝鼻子一酸，忍住了眼泪，上车离去，去了预订的位于江对岸繁华市区的五星级酒店。

房间是江景房，虽说价格稍贵了一些，不过以他如今创业有成的千万身家，并不算什么。

打开窗户，江风吹拂，俯瞰整个城市的夜景，湘江沿岸逶迤的灯光带，光芒摇曳在宁静而温柔的水波上，而远处岳麓山静默耸立，山脊连绵起伏。

元宝就那么静静地坐着，开了一瓶红酒，自斟自酌。

和陆晶晶在一起的第一年，刚刚过完圣诞节不久，长沙难得地下起了一场雪，元宝和陆晶晶踏雪归来，公寓的门口停着一辆车，一个身穿驼色羊毛大衣的男生靠车而立，意态闲适地等待着。

陆晶晶看到他，三步并作两步走过去了："陈哥哥，你从国外回来啦？"

"是啊。学校刚刚放假，我就回来了。"他温柔地笑，带着宠溺，递了一个包装好的礼盒给陆晶晶，"喏——迟来的圣诞礼物。不过既然礼物送到了，我就先回去啦。"

被陆晶晶称作陈哥哥的人，完全无视站在陆晶晶身旁的元宝，径直上车离去。

元宝皱眉："这人谁啊？"

"陈湛哥哥啊，一个大院长大的哥哥。"陆晶晶翻了个白眼，一副"你想多了"的表情。

元宝盯着她手上的礼盒，酸溜溜地问："送的什么啊？"

陆晶晶拆开包装，里面是一块女士腕表。元宝对钟表品牌并不熟悉，不过还是暗暗地记下了表盘上的英文字母：BVLGARI。回到宿舍之后，他立刻上网搜索了一下，腕表中文名宝格丽，著名的奢侈品牌，红色表带的这一款标价四万六千元。

怪不得那个家伙看都不看他一眼，直接无视了呢，那一刻他感到自尊深深地受到了伤害。

也正是因为受到这样的刺激，毕业以后他才疯狂努力地工作，想要成为一个有钱人。

元宝在宿舍左等右等终于等到林永峰和桃子约会结束回来，他劈头盖脸地问道："林永峰，陈湛是谁？"

"陈湛啊……"林永峰不假思索，"也是我们一个大院长大的子弟啊，不过他比我大两岁，早两年出国留学去了。你问这个干吗？"

"哦，没什么。他来找陆晶晶时我碰到了。"元宝敷衍答道，脑海中忽然灵光一闪，"哎，你们到底住在哪个大院啊？"

林永峰挠了挠头，有点不好意思地说："市政府大院。"

元宝半晌才回过神来："所以……你爸爸是……"

"市委宣传部的部长啊。"

"陆晶晶的爸爸？"

"国土局的局长。"

"陈湛的爸爸呢？"

"副市长。"

"什么时候你们官二代都这么低调了？"元宝回过神来愤愤不平。

林永峰"嘿嘿"地笑着说："我以为陆晶晶告诉你了呢。"

元宝不服气地想，我管你是谁呢，居然当着我的面给我的女朋友送礼物，如果下次再见到他，一定不会放过他。不过，那个男生再也没有出现了。他送陆晶晶的手表她也并没有戴，有一次元宝故作轻松地问起那块表怎么没见她戴过，陆晶晶说不想带啊。元宝心中窃喜，看来她是比较考虑自己的感受。

但是第二年的圣诞节过后，陈湛再一次出现了，依然是来去如风，好像就是顺道回国来见一见朋友送个伴手礼一样，只是这次元宝并没有撞上。

第三年圣诞过后，元宝特地留了心，这一次又在公寓门口碰到了陈湛。元宝觉得有些受到威胁了，如果一个男生持续一年又一年给一个女生送礼物，说他对这个女孩没有好感，有人会信吗？

在陈湛上车之前，元宝拦住了他："我曾经定下了一个规矩，想要追陆晶晶，先和我比一场酒，输的人退出，你敢吗？"

"呵。"陈湛轻轻地笑了，目光淡漠地扫过元宝，声音很轻地吐出了两个字："幼稚。"扬长而去。

一向战无不胜的元宝，第一次感受到了深深的挫败感。一种被碾压、被轻视的挫败感。

第一次他毫无风度地吃醋，对陆晶晶发脾气，要求她断绝和陈湛的联系。

在陆晶晶看来，陈哥哥是她从小一起长大的朋友，犹如兄妹，是再正常不过的朋友关系，元宝的要求不但过分，而且是无理取闹。

那是两个人确定关系以来最严重的一次争吵，冷战两天之后，元宝也觉得自己是不是太小气太敏感了，低头认错道歉和好。

　　元宝将自己从回忆中短暂地抽离，揉了揉额头，后悔地想，如果……如果能再回到从前，他一定要坚持己见要求陆晶晶断绝和陈湛的联系，可是人生哪有那么多如果啊。

　　也就是在大四的那年冬天，陈湛又回来了，只是这一次是从美国留学归国了，以后就留在长沙不走了。

　　毕业前夕，元宝决定放弃父母给他在成都安排的工作，努力留在长沙，留在陆晶晶的身边。他每天忙着应聘和面试，连和陆晶晶见面的时间都没有。

　　那天中午元宝正在一家公司等待面试，陆晶晶给他来电，他刚刚接通就听到面试官喊了他的名字，不等对面的陆晶晶说话，他匆忙说道："晶晶，我要面试去了，待会再给你打过去。"旋即挂断了电话。

　　等他面试完再打过去的时候，陆晶晶的手机关机了。可能是没电了吧。元宝又忙着投入了校招中，一个星期过后，他终于拿到了一份工作。

　　元宝订了他们两个人最喜欢的一家火锅店，拨通了陆晶晶的电话，兴高采烈地说："晶晶，我找到工作了，可以留在长沙了。快来，我请你吃火锅庆祝下。"

　　然而，一直到约定的时间，他都没有等到晶晶，只是等到了一条短信："元宝，谢谢给了我最美的梦，但梦再美，也终归要醒，终归要回归现实，而现实很残酷。元宝，我们分手吧。陈湛向我表白了，我决定和他在一起，我们就要订婚了。"

只有简简单单的一句话，终结了四年的感情。

热气腾腾、热热闹闹的火锅店里，元宝一个人默默地吃火锅。一边吃一边倒吸着冷气，不停地碎碎念着好辣啊好辣，眼泪不停地向外流。

那天以后，他就再也没有见到过陆晶晶，她提前毕业离校，再也没有出现在校园里。

听说陆晶晶和陈湛订婚的消息之后，元宝最后的一丝希望也破灭了，心里是满怀的愤怒。

拍毕业照的那一天，是全班同学最后聚在一起。在校园的东方红广场前，同学们聚集在这里等着拍合影，元宝到的时候，意外地发现消失很久的陆晶晶也出现了，和同学们神色如常地说着话。久寻陆晶晶不见的元宝，立刻暴怒地拉着陆晶晶走到一旁。

元宝一腔怒火终于可以宣泄："恭喜啊！你们这对狗男女终于走到一起了！亏我还傻傻地真的以为你们是普通的朋友关系，瞒了我这么久，是不是觉得很有成就感！"

陆晶晶竭力忍住眼泪，看着元宝，竭力用平静的语气说："元宝，你还记得吗？你答应过我，说要带我去法国。现在，你还愿意带我去法国吗？"

元宝愣住了，呆呆地看了陆晶晶片刻，笑了出来，笑声刺耳："陆晶晶，你以为你是谁，我就那么下贱非你不可吗？我就那么可怜再也找不到别的女人了吗？你都订婚了，请自重！"

元宝转过身怒气冲冲地走了。

那天的毕业照上，他们两个人各自站在两边的角落，一个神色坚硬如铁，一个神色哀伤。

他没有理由再留在长沙，决定接受父母的安排回成都。毕业离校的那天晚上，他不甘心地期待着她会来送别，但是直到火车开动，他都没有见到她。

不久之后，听说了她的婚讯。从此以后，长沙于他而言，成了禁忌。

晚安。过往的岁月。元宝饮尽最后一杯酒，躺在床上闭上了眼睛。

第二天醒来的时候，元宝打电话告诉了林永峰他已经来到了长沙，接下来紧锣密鼓地参与婚礼的筹备。

林永峰和桃子是整个学院唯一一对从大学恋爱直到结婚修成正果的一对，有些人的人生真的幸福得让人嫉妒。不过令元宝不解的是林永峰见到他这个大学的好兄弟掏心掏肺，可桃子对他却是有点不咸不淡，仅仅是出于礼貌招呼他一下。

婚礼的当天，元宝莫名地紧张，不时地看向门外进来的宾客，他在想陆晶晶会不会突然出现。

直到婚礼开始，陆晶晶都没有出现，元宝忐忑的心才安定下来。当林永峰将戒指戴到桃子的手上，元宝的心中百感交集，最终汇成了两个字——真好。

婚礼结束之后，新郎新娘安排一帮好友去 KTV 活动，也方便中午赶不及参加婚礼的朋友继续来捧场。大家变着法折磨新郎和新娘，玩游戏、喝酒、唱歌，气氛欢畅而热烈。

林永峰和桃子举杯挨个敬酒，到元宝的时候，桃子落落大方地举杯一饮而尽，并没有多说什么。元宝很想知道陆晶晶的近况，离开长沙那么多年，他要求自己不要再想起，但是当他再次回到这座城市时却发现自己从未有一刻忘记。桃子是她的闺蜜，打听一下总会多少知道一些关于她的消息。

元宝鼓起勇气，心情忐忑得超过表白："桃子，你和晶晶还有联系吗？她……现在怎么样？"

音乐有点吵，桃子没有听清："什么？你再说一遍。"

元宝深深地吸了一口气："桃子，晶晶她现在怎么样？"

KTV 包厢灯光暗淡，桃子脸上一直洋溢着的笑容渐渐地冷了下来，她深深地看了元宝一眼，说："晶晶，我也不知道她的近况了。我只知道她结婚不到一年就离婚了，然后去了法国，这么多年过去了，我也不知道她的任何消息了。"

"啊……"时隔多年之后，再次听到她的消息，元宝不由得有些震惊。他一直以为她过得很好，和青梅竹马的陈湛幸福地生活在一起，然而却想不到她结婚不到一年就离婚了。

元宝久久才从意外中回过神，他有很多问题想问桃子："他们为什么会离婚？"

桃子怜悯地看着他："你真傻。"她再次恢复了那种对他冷淡疏离的神情，起身离去，加入了气氛热烈的猜拳游戏，留下了元宝在原地。

如同一道闪电在元宝的脑海中划过，他陡然意识到，他错了，也许还有另一种可能，另一种他不知道的可能。

突然间，他脑海中浮现出昨天在手机上看到的那条新闻——

副市长陆宗昌，难怪看到这个名字的时候会有熟悉的感觉，陆宗昌，那是陆晶晶爸爸的名字！只是他记得陆宗昌是国土资源局局长，所以看见新闻上写的副市长时根本没有把两个人想到一起。

元宝在手机里面搜索"陆宗昌"，查看所有和陆宗昌有关的新闻：原来陆宗昌在五年前由国土资源局局长升任了副市长，仕途正值春风得意的他，却被匿名举报贪污受贿，被收监入狱，而那个时候正值陆晶晶毕业前夕！

陆晶晶遭逢家庭变故，最需要帮助和陪伴的时候，他又在哪里呢？那个时候她一定承受了很多常人难以想象的痛苦，但是骄傲的她绝对不会愿意让他知道她的爸爸是个贪官。都怪自己，那段时间忙着找工作，太不关心她了，否则一定早就察觉她的异样了。

拍摄毕业照的那一天，她对他说"带我去法国好吗？"那是她再也坚持不住，想要逃离，和他一起私奔到他们梦想之地，原来那一刻她说想和他在一起是真的，而他却狠狠地伤害了她。

无穷无尽的悔恨涌上元宝心头，他怎么就能怀疑他们两个人之间的感情呢？如今想来，点点滴滴都是那样真实，当初她突然宣告分手的时候，他却被嫉妒和怀疑冲昏了头脑，竟然没有想到她也许发生了什么事。

他怔怔地坐了很久，蓦地起身，在大家诧异的目光中将桃子拖到了沙发的一角，声音颤抖地说："桃子，我明白了，你是在为晶晶不平，所以才不怎么待见我。"

"是啊。"桃子有些怅然，陆晶晶是她最要好的闺蜜，在大学的时候她们曾经约定，将来结婚的时候，一定要相互做对方的伴娘。今天是她结婚大喜的日子，如今她却独自远在异国他乡。

"你以为你是付出最多的那个人，其实你错了。在爱的世界，每个人都只看到自己的付出，却很少能看到对方的付出。大一开学的第二天，是你排队帮她办的手机号，而她那天并没向任何人通知新号码，当天晚上她就收到了化名至尊宝的短信，其实晶晶那个时候就已经猜出是你。我问她为什么不揭穿你，她笑得特别温柔，说你是个有趣的人，她想和你多聊聊，如果揭穿了怕你尴尬，也不会那么坦诚地交流了。晶晶是个很善良的女生，面对男生的追求向来不善于拒绝，听说你傻乎乎地去和别人挑战喝酒喝到胃出血，后来再出现追求她的男生，她就强迫自己说一些狠话干脆利落地拒绝对方。你以为是你打败了那些竞争对手，事实是晶晶为了你而拒绝了其他人，你以为是你努力地付出和追求才得到了她，其实她也在用自己的方式向着你走去，所以啊——当你向她表白的时候，她才毫不犹豫地答应了。她从来没有在你面前主动提过自己的身份，是怕你有压力和想法，她只希望你把她当作一个平常的女孩来看待。至于陈湛，一直以来她都只是把他当作哥哥来看待，她对陈湛根本没有任何想法。毕业前夕，晶晶的父亲被人陷害举报，涉嫌贪腐被抓了，家里突然遭逢变故，那是她最手足无措的时候，她在最需要安慰和陪伴的时候打电话给你，你忙着面试直接挂断了她的电话，她抱着电话一个人痛哭。为了救爸爸，她去求陈湛找他爸爸帮忙，陈湛答应了，条件是她嫁给他。也就是在那时，晶晶才知道陈湛一直以来也喜欢着她，只是默默地隐藏着。晶晶答应了，向你提出了分手，按照陈湛的要求提前离开了学校。你毕业离校的那天晚上，我陪着晶晶一起去的车站，她站在柱子后面，远远地目送着你离开，她泪流满面，却根本不敢也无法面对你……"

刹那间，所有的往事海啸般扑面而来，那么遥远而又清晰，一浪又一浪拍打着元宝的胸膛。

"晶晶在她最绝望的时候曾想抛下一切，只想你带她走，可你却无情地嘲讽了她。所以，你这么多年一直耿耿于怀的是晶晶对不起你，可是在我看来，是你辜负了晶晶。"憋在心里的话一吐而出，桃子好受了许多。其实，在大学时代的她看来，元宝和陆晶晶才是最应该一起走向幸福婚姻的那一对——他们彼此心里都有着对方，但是真正走到最后的，反而是更为平淡的林永峰和她。

有些人生命的轨迹就像两条平行线，永远没有交集。

而有些人生命的轨迹像两条射线，只有刹那的交会，从此渐行渐远。

两个人陷入了沉默中，不知道谁点了张惠妹的《我最亲爱的》，音乐响起：

很想知道你近况，我听人说，还不如你对我讲

经过那段遗憾，请你放心，我变得更加坚强

世界不管怎样荒凉，爱过你就不怕孤单

我最亲爱的，你过得怎么样

没我的日子，你别来无恙

依然亲爱的，我没让你失望

让我亲一亲，像过去一样

我想你一定喜欢

现在的我学会了你最爱的开朗

想起你的模样，有什么错，还不能够被原谅

……

虽然离开了你的时间，一起还漫长，我们总能补偿

因为中间空白的时光，如果还能分享，也是一种浪漫

关系虽然不再一样，关心却怎么能说断就断

元宝看着大屏幕，出神地听着这首歌，点歌的人唱得并不好，但是却听得人心碎。

良久，元宝问起了心中的另一个困惑："她和陈湛为什么离婚？"

"她和陈湛在一起是为了救她爸爸，可结婚之后，陈湛的爸爸

却以种种借口推脱，最终导致她爸爸被判入狱。她无意间得知是因为她爸爸升任副市长之后威胁到了陈湛的爸爸，所以栽赃陷害的黑手是陈湛的爸爸。而且晶晶和陈湛之间并没有感情，离婚也就成了唯一的选择。现在她一个人生活，我也不知道她过得好不好。"

元宝心中悔恨极了，也难过极了，再也压抑不住哭泣起来，闹哄哄的KTV忽然安静了下来，哭声在沉默中回荡，是那样悲伤。

第二天，机场。

元宝挥手告别前来送行的林永峰和桃子，走向了国际航班的检票口。

他订了一张去法国的机票，法国那么大，茫茫人海，他并不渴望自己像言情小说中一样，走在街头会重逢失散多年的恋人。

真实的生活往往并不那么完美，错过了就是错过，也许她早已经有了自己新的生活，有了另一个他，也许她现在过得很好很好了。

那里没有记忆，也没有甜蜜和哀伤，他只是想去当年他和她梦想的地方看一看，看一看他错过的爱情。

我 们 似 病 人

有的时候两个人之间的误会，
也确实需要第三个知情者来消弭，
不然，世间就多了一对分手的情侣，
少了一对相爱的人。

大学毕业已经几年了，每次我们同宿舍的同学向别人介绍我的时候，都会讲初次见到我时的情景。

其中以 Toryz 同学讲得最为生动："大学开学的第一天，我来到宿舍，一推开宿舍的门，就看到一个背影临窗而立，长发飘飘，脚边放着吉他，手上拿着笛子在吹。当时我就震惊了，然后又看了一眼房号，确定我是不是走错了宿舍。再三确认之后，我发现自己真的是在这个宿舍的，当时就觉得不愧是艺术设计学院，里面的同学都那么多才多艺，那么酷以及那么……牛掰！"总之，他震惊了！

大概他对我第一面的印象太深刻，所以后来我们就成了很好的朋友。

我讲上面这些只是想要说明我刚进大学是个玩音乐的人。

我五音不全，唱歌不怎么好听，所以对音乐的热爱都放在乐器了。我先后学习了钢琴、笛子和吉他。钢琴没法随身带，所以上大学时我就背着吉他和笛子过来了。

我就读于一所以工科而闻名的大学，大学里实力最弱的学院就是为了赶热潮而成立的艺术设计学院，那一年我们学院只开设了两个专业，分别是广告学和工业设计。

我们专业不大，总共也就两个班：广告（1）班、广告（2）班。广告（1）班主要是美术生，以设计方向为主；我所在的广告（2）班基本是文科生，主要为策划方向。加上工业设计一个班，整个学院只有三个班，除了专业课，很多的课程我们都一起上。因此这一届的同学大家都会相互熟识。

很快，整个专业的人都知道我比较擅长乐器。

在男女比例 7:1 的工科院校，据说不少专业全班只有一两个女生，而且大多长相不敢恭维，却被全班的男生当成公主一样呵护着。全校只有艺术设计学院和外语学院男女比例是正常的，甚至女生比男生稍微多那么一些。

所以，身为毫无存在感、处于弱势的学院的学生，和其他学院的男生们在一起时，他们经常吹嘘自己的专业多么厉害，然后用居高临下的眼神蔑视我们。我们只需要轻轻地抛出一句"哎，你们学院真可怜，连个女生都没有，我们学院的美女可都是大把大把的哦"，对方的男生立刻如同被刺破的气球，膨胀的气势全无，转而讨好我们："哎，能不能帮我介绍一个啊？"

一击必杀！

每天夜里开座谈会，男生们都会讨论哪个女生最好看。

哪个女孩好看，每个男生有各自的审美标准，所以意见很难统一，最后只剩下几个名字在那里被争来争去，其中就有小青。

小青是那种看起来清秀而又文静的女孩，讲话的时候细声细语，笑的时候也是格外温柔，给人一种特别贤惠的感觉。她和工业设计的另外一个女生小白分到了一个宿舍，在《新白娘子传奇》中，小青是小白的丫鬟，小白是主角，但是在我们的校园里，小青和小白是一对好姐妹，小青比小白更加吸引人的眼球。

古典的小青和时尚的小白并肩走在遍布工科男的校园里，吸引的目光如果可以论斤称，没有十斤也有八斤。

就是这样两位美女，听说我擅长乐器，主动跑来和我说要跟我学笛子。

一开始，我义正词严地拒绝了。虽然我内心很想收下这两位学生，但是我还不敢确定：她们是逗我玩呢还是逗我玩呢？

但是，她们再三恳求，表达了对音乐的极大热情和对笛子的极大兴趣，我终于确定她们是真的想学。我想了想，也好，教两个美女学笛子，别人羡慕都羡慕不来，何乐而不为？

然后小青和小白正儿八经地称呼我为——师傅！

当时我觉得这样的称呼也还蛮好玩，所以我兴致来的时候，也会旁若无人地招呼她们："徒弟，过来一下。"

由于她们两位的加入，一时间不少男生都纷纷要拜入我门下。

最积极的两个人：一个是号称满族贵胄之后，身材高大；另一个是个子不高，但是膀大腰圆，讲话自带相声效果的东北人。这两个人共同的特点是笑容猥琐，他们常常问我："师傅，让我加入你的门下吧。"

"别！"我立刻打断，"别叫我师傅，我还没决定收你们呢。"

"师傅，为什么不收下我们！我们如此天赋异禀，你出门带着我们跟在你两侧，多么威风凛凛，多么有排场！"

我一翻白眼："你们动机不纯！你们不是真的想学笛子，你们只是想趁机接近小青和小白，这点心思还能逃过我的眼睛吗？"

他俩"嘿嘿"笑着默认了，一个劲儿地死缠烂打，大家都是同学，最后我被逼无奈只好答应了。

"你，大师兄。"我指着东北哥们说。

"你，二师兄！"我指着满洲贵胄说。

"小青、小白就是你们的小师妹了……你们要学什么？"

"男生嘛，当然学吉他！"他俩异口同声。

后来跟着我学吉他的人日渐增多，不管走到哪儿都有人叫我师傅，以至于不是我徒弟的人也跟着喊我师傅。"师傅"俨然成了我的外号，走在校园里碰到熟人，他们老远就喊："师傅好。"旁边经过的老师都会面带疑惑地斜眼打量，想着什么时候学校里多了这么个年轻的老师。

其实……我的内心是吐血的。

相比我高中时代威风凛凛的外号——老大，"师傅"这个称呼真是画风陡变啊。

男生们主要学吉他，他们觉得吉他弹起来帅，很适合泡妞。至于那两个女生为什么想学笛子，可能是觉得比较有古典气质吧。我在公寓楼前的草坪上教小青和小白吹笛子，大师兄和二师兄看见了，在那里嚷嚷着说："师傅，你教小师妹的时候把我们叫上一起教啊。"

"走开。"我说。

"再收我一个徒弟呗。"斜刺里忽然窜出来一个人，眼大唇厚，戴着一副眼镜，面相老实。我一看，觉得很面熟，是隔壁工业设计专业的程杰。他是一个异常热情的人，见到人就打招呼，还特别热心，有什么需要帮忙的叫他一声，他立刻就能顶上，所以很快在学院混得脸熟，人缘极好。

"哦。是你啊。"看来我的徒弟队伍越来越庞大了，外班的同学都找过来了。

程杰成了我在外班收的第一个徒弟，渐渐地，外班的徒弟也多了起来，整个学院差不多有三分之一的男生成了我的徒弟。

程杰倒是挺乖巧，直接要求学笛子。我教她们女生吹笛子的时候，很自然地就带着程杰了。

每次上课，程杰都特别细心地带上几个坐垫，给小青一个，小白一个，我一个，自己一个，这样我们就不用直接坐在花坛边上了。我忍不住夸赞他："真是一个不错的小伙，非常的有眼色，知道心疼为师。"休息的间隙，他还时不时地拿出一些零食和饮料分给大家。我在心里默默地点赞。这个徒弟比其他徒弟靠谱多了，起码知道"孝敬"师傅，我笑得乐呵呵的。

跟我学笛子的这三个人很快就打成一片，相处融洽。至于那些跟着我学吉他的，大多都是打着学习乐器的幌子，妄图接近美女，但被我如炬的慧眼识破。哪像笛子三人组，那是真心想学习乐器，不用我督导都会主动钻研琢磨。那天我从女生宿舍楼下经过，看到程杰和小青、小白三个人在那里吹着笛子交流学习。我微微点头颔首，心想：不错不错，非常用心上进。

再后来，慢慢地，就只有程杰和小青在一起练笛子。

宿舍卧谈会上，当大家八卦程杰在追小青的时候，我才后知后觉地意识到，原来程杰这小子一开始就存了追小青的心思啊，只是人家脸皮厚，目的明确，又放得开，直接说要一起学笛子，这下近水楼台先得月，已经八九不离十了。

不久之后，他们两人就开始出双入对了。我这个"老师"成了多余的人，也就识趣地不再和他们一起练习笛子了，不过他们两人每次见到我依然都非常热情地叫我师傅。

一众男生后悔不迭,心想小青怎么就看上程杰了呢?一个普通得不能再普通的男生,长得普通,学习普通,运动普通,家庭背景普通,丢到人堆里完全认不出来,除了特别热情。但他的热情又有种急切感,好像特别想要和你做朋友一样,想要融入大家之中。早知道小青连这么普通的男生都能看上,当时就应该主动追啊,不应该看见美女就先心里怯了。他们后悔着顺带埋怨我,为什么当时不带着他们和小青一起学习。

我翻翻白眼回敬他们,心道一群怂货。光打嘴仗从不付诸实际行动的主,怎么可能抱得美人归?

程杰敦厚老实,小青贤惠温婉,自从他俩在一起之后,每天出双入对,甜蜜得羡煞旁人。

程杰公开宣称他有洁癖,所以他的杯子只能自己喝水,饭盒只能自己吃饭。男生宿舍里,大家有些东西共用一下是难免的,他的这种做法很不受人欢迎,加上和其他的男生缺乏互动,他和他人的关系自然也就生疏了许多,大家觉得他是个有点怪的人。

那天我们上艺术史的大课,正值课间休息,小青忘了带杯子,一时口渴,伸手想要拿他的杯子喝水,程杰却摁住了水杯,严厉地说道:"不许用我的杯子喝水。"

小青惊愕地瞪着程杰,在她的印象里,程杰一向对她温柔有加,从未拒绝过她任何不合理的要求。她知道他有洁癖,但她既然是他的女朋友,也就是他最亲密的人,相互用对方的杯子喝水,这在情侣之间是很正常的事情，他却不容许她用他的杯子喝水。

众目睽睽之下，小青一时颇为尴尬："在你的眼中，难道我还不如一个杯子重要吗？"

程杰沉默。

小青眼含委屈的泪水，摔门而去。

关于这件事大家的意见分成了两派，一派认为程杰有原则，既然公布了自己有洁癖，杯子不能让其他人用，也就一视同仁，对女朋友也不例外，值得赞赏。

另一派的人觉得程杰脑子有病，至于为了一个杯子惹得女朋友不开心吗？只是用你的杯子喝下水而已。

程杰事后抱着一束鲜花去道歉，取得了小青的原谅，他们两个人和好如初了，小青也接受了程杰的原则。

他们两个人之间的第二次波折发生在食堂。

大学的食堂里，情侣间相互喂饭是很常见的一景。不过在他们两个人的身上，程杰从来没有主动喂过小青吃饭。

那天中午的时候，小青看着食堂里其他的人相互喂饭，很是恩爱甜蜜，于是她挖了一勺饭送到了程杰的嘴边，程杰愣了一下，张口吃了下去。

小青放下了勺子，笑盈盈地期待地看着程杰，程杰却若无其事地继续吃着饭。小青脸上的笑容渐渐收敛了，眼神平静地注视着程杰。程杰慢慢地坐不住了，问道："怎么了？"

"啊——"小青向前探出了头，张开了嘴巴。这个暗示再明显不过，她让程杰喂饭给她。

程杰停住了手上的勺子，为难地说："不要吧……这大庭广众之下多不好意思。"

小青的脸色由平静变成了尴尬，由白变红又变白，蓄积的怒气在这一刻爆发，她把饭盒一摔，怒气冲冲地质问："程杰，你为什么不愿意喂我吃饭？给我喂饭你很丢脸吗？你根本就不爱我！"

程杰张了张嘴，想要说什么，但最终还是没有说出来，他低着头慢慢地将饭盒中的饭吃完。

过了一会儿，他忽然开口说："我们分手吧。"

小青愣住了，喂饭不过是件小事，不至于要上升到分手的地步吧。她眼含热泪，万分委屈和伤心地离去。

大家都惊诧莫名，深感惋惜。

公寓突然下达了调整宿舍的通知，程杰从原来的宿舍被安排到了一个新的宿舍，那个宿舍里面住着的四个人居然来自不同的学院。

这一很出人意表的反常举措没有任何官方解释，自然引发了很多的人猜测，大家相互打听到底发生了什么事。后来，有人从上一届的学长那里知道，新生入学的时候宿舍是学校提前安排好的，但过一段时间后大家入学体检的结果出来了，学校会将患有乙肝的同学放到一个宿舍。

虽说学校出于保护学生隐私的考虑并没有对外公布，但是消息还是不胫而走，大家基本都知道了。

好在大家都已经足够成熟理智，再也不会像小时候那样，听说一个人身患乙肝，就避之唯恐不及，只是无形中会对程杰疏远许多。

男生们喜欢勾肩搭背地走在一起，即便程杰和男生们走在一起，他也是游离在人群之外的人。到了晚上，男生宿舍都相互串门，热闹非凡，218宿舍里总是一副冷冷清清的样子，鲜少有人去串门。

那天我和室友们打篮球回来，看见程杰一个人坐在操场的看台上喝酒，身影孤单。我从他的身旁经过时，心里一动，在他的身边坐了下来。

我自顾自地从他的身边拿起了一罐啤酒打开喝，秋夜晚风微凉，风中似乎都有着无限的愁绪。

我俩都沉默着，各自喝完了一罐啤酒。

我回头看他，看见泪水从他的脸上滑落，他从沉默的哭泣渐渐演变成为放声哭泣。

我不知道如何安慰，只能揽住他的肩膀用力地拍两下。

"师傅，你说，世界为什么对我这么不公平？"他不甘地问我，"我们家我爹妈没有，两个妹妹没有，同村和我一起长大的人都没有，偏偏只有我有！为什么啊，老天对我太不公平了！"

他将啤酒罐用力地捏瘪了，愤怒得似乎想要将这个世界捏碎。那天晚上，从他的口中我知道了他的经历与困苦。

在他小学的时候，学校里开始安排体检，普查乙肝。大家排着队等待医生在自己指尖采血，有的小朋友被扎完之后哇哇大哭，轮到他的时候，他忍着疼痛没有哭，老师夸他勇敢，他骄傲地看着哭泣的小朋友们。但他的骄傲并未持续多久，因为体检结果下来之后，他是那个有乙肝的孩子。

在当年，乡村的医疗条件还并不好。在诊所里，一个注射器和针头经过简单的消毒之后，反复地使用。鉴于他的家人和身边的人都没有感染，只有他被感染，想来应该是碰到了某次消毒不彻底的针头，导致他被传染了。

那个时候大家都还不了解乙肝，谈之色变，总觉得和乙肝病人一接触自己就会被传染上。其实他是个乙肝小三阳患者，属于乙肝病毒携带者，并不具备很强的传染性。

本来他还是个挺受欢迎的小朋友，但得知他患有乙肝后，就没有人和他一起玩了，大家纷纷避之唯恐不及。他从教室里走过，原本挤满通道的人都会自动让开一条道，让他通行。当他慢慢地从空荡荡的走道上走过时，心里痛得如刀割一般。

他无忧无虑的童年结束了，早早地就感受到世界的现实和残酷。

他坐过的地方，再没有人敢坐。以前他买瓶汽水，自己喝了一口后再分给大家喝，大家都还会抢个不亦乐乎，但现在连瓶盖都没开的汽水，他主动送给别人都没有人要。

那天下午他们上劳动课，他当时觉得挺渴，自己也没有带水，顺手拿起玩得最好朋友的杯子喝水，反正他们两个以前经常拿对方的杯子喝水。但是那位朋友气急败坏地冲了过来，吼道："谁让你用我的杯子喝水的？！"然后当着他的面嫌弃地把杯子摔碎了。

这如同一个响亮的耳光打在他的脸上。

他呆立在原地，身心俱碎。

从那以后，他不再和别人分享，也不再享受分享的乐趣。吃到好吃的东西，他不会兴高采烈地递给身边的朋友说"这个好好吃，你快尝尝"；吃到难吃的东西，他没法和别人吐槽说"这个东西好难吃，不信你试试"。

他随身带着杯子和饭盒，只供自己喝水和吃饭，不许别人用自己的物品，自己更不会去碰别人的物品。

他显得孤僻而不合群，内心因而孤独。因为从宣布他有乙肝的那一刻起，他的自卑就如同携带的乙肝病毒一样，终身如影随形。

后来，他明明考上了当地县城的重点高中，却选择去了市内一所私立高中。别人都感到不解，只有他自己知道为什么——那个地方离家远，在那里不会有人知道他有乙肝。

在那所学校里，他安然度过了三年的高中生活，从未受过区别对待和歧视。虽然他只用自己的杯子和饭盒，但大家也只当他是个有洁癖的人。

在那三年里，他才没有时时刻刻觉得自卑。因此高中三年，也是他风华正茂的三年。

偶尔心底冒出的担忧是他担心老师会问谁有乙肝，把他挑出来，那样他就会再次被人当作异类看待，结束他平静的生活。那是他平静生活中唯一的担忧和恐惧，如同达摩克利斯之剑一样悬在他的头顶。还好，这些都没有发生。

直到高考前夕，所有的考生都要参加考前体检，他无比恐慌。

躲不过的噩梦终于到来了。

体检前夕，他非常害怕，一个人躲在家中自己的小房间里，想到自己的病情，情绪低落。妈妈走进房间，默默地坐在他的身边。

他在最亲的人面前放下防备，放声哭泣："妈妈，高考要体检了，有乙肝的人不会被录取。妈妈，为什么啊，为什么老天对我如此不公平啊？为什么我们全家都没有，就只有我有呢？"他多年的委屈和心酸在那一刻爆发出来。

听到这句话，看见儿子如此痛苦，妈妈心痛和自责不已，觉得自己没有尽好照顾儿子的责任，只能陪着他一起默默地流泪。

逃避不是办法，读了这么多年书都是为了高考，所以他还是决定去参加体检和面对高考，去碰一碰运气。但体检结果难免影响到了他的考试状态，最终出来的成绩，并未达到他应有的水平。

天无绝人之路。

那一年教育部公布了新的政策，要求各大高校不再限制乙肝考生，准予录取。

然后，他就收到了我们学校的录取通知书，进入了我们学校。虽不是自己理想的满意的大学，他却依然兴高采烈。

进入我们学校之后，他第一次遇见了小青的时候就喜欢上她了，他平静多年的心不受自己的控制，他不由自主地想要接近她，对她好，和她在一起。但是当真的在一起之后，他的内心又时刻受着煎熬，他觉得自己像一个卑鄙的小人，隐瞒自己的病情，欺骗一个单纯的姑娘，才得到了她的爱。更关键的是，他真的真的喜欢她，不想她因为自己而受到任何一点伤害。所以啊，他有时候连最简单的幸福都给不了她——和她共享一杯水，共吃一碗饭。至于更遥远的未来，他更不敢想。他担心她会被自己传染上乙肝，担心如果将来和她在一起有了孩子，他们的孩子到底会不会健康。是的，他才第一次恋爱，却已经当作一辈子。在别人看来他是出人意料地在一瞬间向小青提出分手，实际上却是无数个夜晚的辗转反侧，痛下决心。

他以为，他依然可以像高中时一样平静地度过三年，但是入学的体检结果出来之后，重新调换宿舍这种异常的举动，还是引发了大家的猜测，最终所有的人都知道了真相。他再一次被当作异类，被大家疏远。

曾经熟悉的被当作异类的感觉再次回来了，无论他多么热情、多么努力地想要融进人群中，都不能如愿。他再次成为孤独的一个人。能够成为一个普通人，竟是他最奢侈的愿望。

我喝了一口酒，第一次觉得连啤酒都这么苦，从喉咙一直苦到心肝脾肺肾。我抬头看向远方，远方山影隐约，一片静默，唯有星月一片清辉。

"程杰，你要知道其实我们每个人都有病，世上没有绝对健康的人，完美的东西是不存在的，这是大自然划定的一条红线，所以我们每个人来到世上都是不完美的。你的病是乙肝，我的病是近视，有的人是缺手少脚……甚至那些曾经嘲笑你的人他们的心也有病，所以啊，命运其实很公平，只是你的病更让人关注。相比之下，你已经比这世上大多数的人都幸运，有些人的病会使其丧失生活能力，他们都没有绝望，而你又有什么理由不好好面对生活呢？"

程杰默然不语。

"走吧。"夜深了，秋风凉了，我扶起了他回到宿舍。

转眼一个月过去，上公开课的时候，小青坐在第一排，程杰则躲在最后一排的角落里。下课的时候，小青第一个离开教室，程杰则默默地最后一个离开教室。

老死不相往来的势头。

那天夜里我在宿舍里面玩 DOTA，突然电话响了起来，我看也没看，语气颇为不耐烦地接起了电话："喂？谁啊，不知道现在是游戏时间吗？"

"是我，小青。"电话里面传来小青低低的声音，"你方便下来一下吗？"

她难得打电话给我，我立刻下楼见她，身后宿舍的兄弟在那里怒吼："正在打团战呢，你怎么能丢下我们跑了呢？！"

我充耳未闻。见到小青，她正站在宿舍楼下，手上抱着一叠衣服，低着头像棵秋天萧瑟的树。我看出她心情不好，故意大大咧咧地问她："什么事啊，在我打游戏最关键的时刻把我叫下来？"

"给。"她把衣服递给了我。

"这是给我的吗？"其实我已经认出了这是程杰的衣服，小青是个特贤惠、传统的女孩，和程杰确定男女朋友关系之后，程杰的衣服都是她拿去洗的。

"这是程杰的衣服，上次我洗好之后一直没来得及拿给他，你帮我转交给他吧。"小青的眼睛里涌起一层雾气，全是浓得化不开的悲伤。因为心里其实还是在乎他，所以她连当面还他衣服的勇气都没有。

我终究是于心不忍，想了想，向她讲述了一遍程杰向我讲述的经历，讲他所经历的痛苦，讲他因为怕伤害到她才和她分手。

讲完之后，小青目光平静得可怕，她盯着我问："讲完了吗？"

我被她的目光盯得心里七上八下，忐忑不安，觉得我是不是多管闲事讲错了话。我不敢再讲话，只是点了点头。

她头也不回"噔噔噔"地走了，双手握拳，一副要暴走的样子。完了完了，她该不会要整出什么大事吧！

我担心得一夜没睡好，第二天早晨上课都差点迟到了。

程杰依然躲在最后一排的角落里，郁郁寡欢。小青直到上课铃声响起都还没来，老师进教室时扫一眼，立刻发现她最爱的从不逃课的三好学生小青居然没来，神色有些不快，兴致不高地开始讲课。

这个反常的现象，让我心一直悬着。

半节课过去了，老师拿起杯子喝水，润润发干的嗓子，这个动作引发有杯子的同学跟着一起拿起杯子喝水。

突然，门被推开了，小青站在门外，披头散发，眼睛红肿，似乎一夜未睡，老师和同学们全都僵在那里了。

我的心中在怒吼——我担心了一宿的大事还是不可避免地要发生了！该不会杀人吧……

小青的目光准确地锁定程杰，此时他手上拿着杯子放在嘴边，愣在了那里。她步步生风地走到他身前站定，一把夺过了他手上的杯子，仰头"咕噜咕噜"把杯中的水喝干了。

围观的人都傻掉了，程杰也傻掉了，在她盛气凌人的气势下呆了好半天，他才小声地嘀咕道："不……不能用我的……杯子……喝水……"

"放屁！"小青将杯子狠狠地摔在了地上，声震教室，"从此以后，我可以用你的杯子喝水！而且只有我能用！"

程杰愣愣地看着小青，最终缓缓地摇了摇头："不行……"

小青的眼眶忽然红了，她撸起了袖子，露出胳膊一道刚扎的针眼，她说："程杰，你为什么不直接告诉我你是怕传染给我才和我分手的？不就一个乙肝吗，有什么可怕的？我查过了，只要注射过两次乙肝疫苗的人，就会终生对乙肝病毒免疫，小学的时候我打过，今天一大早我又去打第二次乙肝疫苗。所以，你再也不用担心会传染给我了！我也根本不会嫌弃你，我要和你一起面对未来，我也要为你生孩子。虽说你有乙肝，但只要我是健康的，生下的孩子也会是健康的。"

大家第一次目睹女生向男生告白，纷纷在旁边起哄，齐声而又有节奏地喊道："在一起，在一起。"

程杰站了起来，眼睛里迸射出重生般的光芒，他被当作异类和怪物被大家疏远了十几年，终于等到了一个愿意包容他和爱他的人。他颤抖着双手抱住了小青，泪水汹涌而下。

周围爆发出雷鸣般的掌声，这是大家送上的衷心的祝福。我悬着的心也落下了，是发生了一件大事，却是一件好事。我"多嘴"了两句，但是有的时候两个人之间的误会，也确实需要第三个知情者来消弭，不然，世间就多了一对分手的情侣，少了一对相爱的人。

大学毕业之后，他们就结婚了。他们果然是那种一辈子只谈一次恋爱，但一谈就要谈一辈子的人。

　　毕业之后，程杰开了一家广告公司，这家广告公司每年都会坚持做公益广告，向公众普及正确的乙肝知识——如何正确地预防乙肝和看待乙肝。他努力所做的这一切，是为了让更少的人患上乙肝，免于遭受他曾经遭受的痛苦，也为了让更多的人正确看待乙肝，不歧视乙肝患者。

　　不久前，他俩生了一个孩子，他在微信上发了照片给我看，一个白白胖胖的小男孩，眉目像极了他。

　　"很健康。"他发了一个大大的笑脸。

　　"幸福属于善良的人。"我回。

我 还 爱 着 你，
只 是 太 累 了

那曾经以为永不败落的青春，
永不可分的爱情都已经是人非，
青春啊，
留不住。

作为一家文化出版公司，我们公司有一项福利，一直以来为同行们所羡慕不已。很多人就是冲着这项福利加入了我们公司，一待许多年。这项福利就是每年夏季我们会有十天暑假。

每逢暑假，我们公司的编辑们，都会放下手中的工作，踏上天南海北的旅程。

2013 年放假第一天，我就登上了去往兰州的飞机，最终目的地是甘南。人真的挺奇怪，以前在兰州读大学的时候，敦煌的莫高窟，甘南的桑格草原、拉卜楞寺，天水的麦积山、嘉峪关，对于这些地方，大学四年我竟然从未想过去看看，反而在毕业离开之后，对那些风景无比地向往，乃至魂牵梦萦。

出了兰州火车站，龙哥已经在火车站出口等我了。毕业之后，留在兰州工作的同学只有他一个。西北的城市缺乏足够吸引人留下的竞争力，那些外地的同学毕业之后大都回家乡或者去了北上广，只有他因为女友秦好而留在了这里。算起来，我们已经有几年未见了。

大学时代，龙哥是我们学校的风云人物，身高一米八三，身形颀长，长相俊朗，是出了名的运动健将。如今才短短数年未见，他竟然已经发福了。时间啊，真是一把杀猪刀。我愣了一下，他冲上来给我一个拥抱，拍了拍我的肩膀，兄弟间那种熟悉的感觉刹那间找回来了。

"走，上车！"他打开车门招呼我。

正值清晨，兰州笼罩在一片晨光中。整个城市处于一种奇异的宛若睡醒之前的最后的安静中，街道上唯有两行路灯矗立，杳无人迹和车辆。龙哥开车带着我穿行在城市中，经过清真大教堂，经过黄河大桥，天空仍然一片昏暗，远处晨曦浮现，天光一点点地亮了。

我看着一座城市正在醒来，是那样神奇而又宁静，令人欣喜而又静默，这种感动直到多年以后我从酒店去往北京西站的路上时才再次体验到。

从那时我就意识到，如果你想见识一个城市的美，不要在它清醒、喧腾、浮华的时候。因为，每个城市的繁华看起来都一样，人山人海，车水马龙。而只有清晨的时候，无人打扰，无人喧宾夺主，你所看到的城市才是城市，也只有在这时，你才能感受到这座城市的气质与美丽。

兰州城依黄河两岸而建，地势狭长，黄河两旁的道路称作滨河路，龙哥将车停在路边一个拉面馆前，带着我走了进去。

在兰州，起得最早的一定是拉面馆的老板，拉面之于兰州人民如同每日必饮之水，我来兰州，毋庸置疑，早餐必须要先吃一碗热乎的兰州拉面。

大学四年中不知吃了多少兰州拉面，早已经是爱入骨髓。自从毕业离开兰州之后，我在别的很多地方吃过兰州拉面，但没有一家的味道像兰州拉面。说起来也真是奇怪，有些东西，离了本土就失去那个地方的味道了。

我看了一下招牌，是一个我从没听过的店名。不等我开口，龙哥解释说："现在这家拉面馆是兰州最好吃的，也是生意最火爆的。"

兰州拉面要早晨的那一顿最好吃，刚熬出来的骨头汤汤鲜味美，那些名气大的店坚持只做早餐，以显示自己的正宗。不过大多数的饭店还是一日三餐都做生意，不然中午或者晚上想吃拉面却吃不到的兰州人的怒火会把黄河水烧干。

对于龙哥的推荐，我充满了期待。拉面被端了上来，一红二白三红四绿，牛肉切成丁撒在面上，香气四溢，令人食指大动。我悄悄地咽了口口水，迫不及待地端起碗吃了起来。面入口筋道，面汤鲜美，切成丁的牛肉大小适中，入口即化。

确实好吃。

然而，我觉得最好吃的是大学公寓门前的那条马路尽头的"马有布牛肉面馆"，因为，那是我最怀念的味道。无数个清晨，我们在旁边的网吧包完夜之后，一大早从网吧走出来，就会拐进那家牛肉面馆点上一碗牛肉面吃。

饭后，我继续坐着龙哥霸气的"陆地巡洋舰"，一路到了他的住所。他毕业以后进入了中国石油兰州分公司的后勤部门，住的房子是单位分的宿舍，一套两室一厅的房子住了他和另外一个男生。

房间内一看就是两个男生生活的地方，东西丢得乱七八糟，房间很凌乱，客厅里最醒目的就是一台笨重的、大约四十英寸的 CRT 电视——这可是个老家伙，现在的电视都是 LED，这种笨重的电视当初可是价值不菲呢。电视旁边放了一个 XBOX360 的主机，电视上方是游戏主机的配件 Kinect 体感摄像头。

我兴奋地拿起手柄说："嗨，你还真的整了一套这玩意儿！"

男生们天生都很爱玩游戏，龙哥尤其热爱，而且很有天分。

大一刚刚入学报到的第一个夜晚，我们宿舍四个人中的三个就在网吧包夜，我那个时候上网还只知道听听歌、看看电影、逛逛网页、聊聊 QQ，龙哥却在那里打 CS，打完 CS 打《星际争霸》，打完《星际争霸》打《魔兽争霸》。

就算我没打过游戏，也知道他打得很好，因为他通常是获胜的那一方。

而我只会拿电脑当播放器，实在是太 LOW 了。我也想玩游戏，但是……我不会。

"余言，要不要一起打游戏？"他在局域网内建了一个房间，邀请我进去打 CS，手把手地教我怎么打。从此，我才算跟上了同龄人的步伐。

对于男生而言，一起打游戏的乐趣女生们是不会了解的，作为队友一起并肩战斗，彼此配合、信任，分享自己发现的新秘籍，胜利之后一起欢呼，那种激动、兴奋的心情，如同一群起于草莽之中的伙伴，一起纵横沙场征战天下，在无数次的血与火中生死相依、彼此信任，直到最终大功告成。

大学时代，我们玩得最多的就是《魔兽争霸》。每逢有重大赛事时，我们就会一起观看。第一次看见 MOON 使用乱矿流的时候，我们惊叹得无以复加，觉得这简直是神一般的男人。

龙哥在我们心目中，是手速超快、意识超前、操作一流又具有良好大局观的人，他经常在《魔兽争霸》中 1V2，甚至 1V3，虐我们如疾风吹劲草，是我们在现实中所能接触到的神一般的男人。

我们都很渴望有一台游戏主机，觉得如果可以在宿舍里面放一台 XBOX360 打游戏，那才叫一个爽啊。可是……身为学生，我们很穷。没想到毕业之后，龙哥终于买了一台游戏主机放在宿舍。

我迫不及待地打开了它，招呼着他和我一起玩一把《三国无双》。打完了《三国无双》我还觉得有些意犹未尽，提议道："哎，我们晚上一起去网吧玩 DOTA 吧。"

他欣然同意。

实际上，从大二我成为一名写手开始，我就把大部分的时间和精力都放在了写作上。那个时候我已经很少打游戏了，也基本不和大家一起打游戏了。大三的时候我就来到长沙做杂志主编，很少再待在校园里。因此，大学四年下来，我在校园里的时间也许只有一年半。

看看一众每天待在校园里上学或悠闲度日的同学，已经忙着写作和工作的我，内心还是沾沾自喜的。

直到毕业之后，我才意识到失去了什么。每个人都终将会工作，但大学的时光只有四年。而每错失的一秒钟，也将一去不返。

人生最正确的事，就是在恰当的年纪做当做的事。在该读书的时候好好读书，在该工作的时候工作，该结婚的时候结婚。只有这样，才不会有遗憾。

放下行李之后，我对龙哥说："你去上班吧，不用管我了，我去校园里面逛逛。"

"好。"他笑笑说，"我从毕业到工作这些年一直都是在我们学校周围转啊。"毕业之后他进入了兰州石油工作，他们公司建的这栋楼就在母校附近。

我问他："那你经常会去校园里转转吗？"

他一低头："没有呢。已经离开了啊……"

我拿了相机，沿着马路一路走过去，学校的大门渐渐出现在眼前。几年过去了，那座大门依旧是灰扑扑的，没有任何变化。

学校已经放暑假了，校园里空荡荡的。我沿着小道走进去，左侧是学校的宾馆，右侧是行政大楼，而路的尽头是逸夫图书馆。

从我踏入校门的这一刻，深藏在脑海中的记忆，随着我所看到的不同的风景被一一激活。那座钟楼是大家约会时最喜欢的见面地点，所以常常可以在钟楼下看见等待的人。

右手边新建的教学楼，我们习惯称之为八教，是离我们公寓最远的一栋教学楼。第一次来这里上课的时候，大多数人都找错教室，去了那栋老的第八教学楼。每逢到八教上课，早晨都可以看到我和龙哥一路狂奔的身影——因为我们总在上课前十分钟起床，如果不一路狂奔就无法在上课前赶到教室。

不知不觉走到了八教旁边，我发现旁边建了一个火车主题公园，里面摆着几列火车，还建有一座站台，以此彰显学校的光辉历史。

这座公园应该是我们毕业之后某年校庆的时候修建的，早有同学拍了照发在班级的 QQ 群中。所以，我倒也不会有第一眼见到的新奇，有的只是"终于见到你了"的欣慰感。

一路走到艺术设计院的办公楼，身为艺术设计学院广告专业的学生，我当年没少在学院的办公楼出没，找老师、交作业、做实验等。

教学楼两侧的走廊里一向挂满了优秀的学生作品，当年我在这里看到过不少学长学姐们的作品。毕业的时候，我设计的汶川地震公益海报也挂在了这里。现在我走在走廊里，看到的是学弟学妹们的作品。

我一张一张地看过去，学弟学妹们的作品有广告设计、工业设计、服装设计，剪纸、蜡染、拼贴画……表现形式丰富多样，比起我们当年的艺术水平要高多了。

我的心中有些忐忑，担心如果这个时候有老师忽然出现，我该如何应对，因为……我觉得自己一无所成，所以无法光鲜地、底气十足地站在老师的面前。然而，两侧的办公室门窗紧闭，直到我离开也并未见到哪位老师，我心里又不禁有些失落。

这种矛盾的心情啊，莫可名状，只有经历过的人才会懂。

最后一程，我去了东方公寓，大学时入住的学生公寓。

站在公寓的门前，我又一次感觉到时间的洪流扑面而来。我仿佛看见曾经的我，是青涩而张扬的少年，我曾因为一场游戏的胜利而在窗前欢呼呐喊，也曾因为失恋而坐在门前的台阶上哭泣。

沿着马路北上，在马路的尽头就是我学生时代最常去的"马有布牛肉面馆"，那里以前是一片村子，一片平房，如今已经全部拆迁推平。一条宽阔的马路向北笔直地延伸，一片废墟上是一个个待开工的工地。

从我踏入学校开始，我以为什么都没有变，然而，直到现在我才突然意识到，其实一切都已经变了。

夕阳一片灿烂，光芒轰轰烈烈地铺洒，目之所及，向前是连绵不断的山峰，向后也是连绵不断的山峰。

由于地处西北，这里太阳升起的时间比东部的城市要晚一些，而落下去的时间也会晚一些，昼长十二个小时以上。已经是晚上八点半，在东部的夏天天已经黑了，但是在兰州，阳光依旧灼人，仿佛黑夜永不会到来。

远山静默无言地耸立，我迎着漫天的霞光，竟忍不住想要落泪。

那些你以为会永不磨灭的青春，在时光的流转中，只能成为一段遥远的记忆。

电话响起，是龙哥打来的，他下班过来找我一起去吃晚饭。

吃晚饭的短短三十分钟时间里，龙哥接了好几个电话，每个电话的内容都无一例外地是喊他去喝酒，他客气地拒绝："领导，我这儿还有点事，过不去……"

挂了电话他抬头苦笑："你看我现在身材发福了，这都是每天喝酒喝的啊。"

"那你可以选择不喝嘛！"

"没办法啊，单位作风如此，天天晚上都是喝酒吃饭，不喝不行。前段时间我还喝得胃出血了。"

我默然无语，看啊，这就是社会的残酷，我心目中那个神一般的少年啊，如今也成了一个发福的男人，曾经的意气风发都被官场所磨平。

饭后我们两个人进了网吧，在 QQ 群里喊了一声："我来兰州了，和龙哥在一起，兄弟们上线一起打 DOTA 啊。"这句话犹如一个炸弹，丢下去立刻炸出了一群人。

老单、明哥和班长在群里面说："余言，你居然到兰州了！"话语里是完完全全的羡慕嫉妒恨。离校几年，他们也挺想回学校再看看，但各有各的牵绊，能够成行的只有我一个。

感谢网络，让我们可以消除地域之间的距离，再聚在一起共同玩大学时代最熟悉的游戏。团战的时候有人在耳麦中大喊："冲啊冲啊！"

卡住不动的时候有人就会开始抱怨："……这什么破网络！"

在等待网络连接的间隙，大家会相互聊聊天，问问各自的近况。

老单在银行里上班，说自己的揽储任务完成不了，嚷嚷着让我们到他那里存点钱。

"滚蛋，我们才毕业多久，哪里有钱存！"我们一起义正词严地拒绝了他。

班长成功地从一名广告设计师跨界转行成为建筑设计师。

"班长，你这半路出家的建筑设计师设计的房子能住人吗？"我们一群人聚在一起，不改毒舌风范，抓住任何能损人的机会损人。检验两个人是不是好朋友的标准，就是能否毫无负担地互损。

"滚蛋！我设计的建筑都成了我们这里的地标，还得了奖！我的设计公司马上就要开张了！"班长用他的奖杯"咚咚咚"地敲着桌子，有力地回击了我们的调侃。

明哥正在准备考雅思，打算去澳大利亚投奔他哥哥。

"明哥，你英语这么渣，需不需要我们去帮你替考？"

"少来！你们都几年没摸英语书了，现在我的英语水平可以轻松秒杀尔等！"

依稀间回到了大学时代，夜间我们一群男生到网吧集体包夜，五个人坐成一排，一边打着 DOTA2，一边相互吐槽。

夜里十二点，大家陆续下线，相约着什么时候可以再次相聚，再坐在一起玩游戏。

走出网吧的时候，夜风吹在身上，冷得让人打了一个哆嗦。

兰州地处西北高原，昼夜温差颇大。

我提议道："我们吃个夜宵吧。"如果是深夜从网吧出来，我们通常会吃顿夜宵。

我们两个找了一个烧烤店准备吃点夜宵，这里的烧烤店和别处的又有不同，只烤牛肉和羊肉，至于土豆片、韭菜、鱿鱼之类的菜是没有的。

"干杯！"我们举杯相碰，泡沫中翻涌的是无尽的情意。

晚风习习，吹出了心里的万千感慨，朋友间最绕不过的话题是感情话题。从早晨见面至今，他从未提过一句他的女朋友秦妤，秦妤是我们同班同学，我这么大老远来一趟，于情于理他都应该带上和我见面的。

"你和秦妤怎么样？还在一起吗？"我终于抛出了心中的疑问。

龙哥将杯中的酒一饮而尽，目光投向夜色中，良久才说："没……没呢。我们已经分手了。"

我感到有些意外，我曾经感受过他们勇敢坚定地在一起的决心，以至于我相信他们一定会走进教堂。

"为什么啊？"

回应我的只有一声叹息。

"你们俩谁提的分手？"

"她。"

他的面色忽然变得郁郁，显然不想多谈。我的心中也有些后悔，开启了一个破坏气氛的话题。虽说他不愿多讲，但我想我知道他们为何要分开，因为，我曾亲眼见证他们如何走到一起的。

大一开学军训，又瘦又高的龙哥站在人群中如鹤立鸡群般引人注目，他打篮球的时候，在球场上身形飘逸，纵横如风，无人能挡，就连对手班级的女生都会为他喝彩。

作为一个耀眼的男生，龙哥开学不久就已经是学院公认的风云人物。明里暗里喜欢他的女生挺多，但是大家很快就听说他有个初恋女友，两人并没有考入同一所大学，成了异地恋。毕竟刚刚分别没多久，两个人依然难分难舍，每天电话一打就是一个小时，打到电话发烫。

听说他有女朋友之后，众多有想法的女生们，也就识趣地主动退却了。只有一个人——江蓠，依然锲而不舍。金牛座的女生，喜欢上一个人就认定了一个人，默默地关怀，不计回报地付出。

江蓠个子高、骨骼大，微胖，性格大大咧咧，女生柔美的气质在她身上是看不到的。那个时候，她经常拍着龙哥的肩膀称兄道弟。她根本不敢将真实的心意向他告白，因为她怕自己没机会，而一旦说出口可能会被疏远，连朋友都做不成。

龙哥打球，她就在旁边等着，等他中场休息的时候递上早已准备好的毛巾和矿泉水。他没钱吃饭的时候，她不好主动借钱给他，便每天变着法子送饭、送水果。他旷课被老师点名了，她主动站出来帮他请假……

一年后的大二，终究是熬不过异地恋的辛苦，电话中女孩对龙哥说："我们分手吧。我喜欢上了别人。"

挂了电话，龙哥悲痛欲绝。那段时间他异常颓废，整天旷课，白天疯狂打游戏，夜晚疯狂喝酒，那个曾经如风的少年落魄如草寇。

治疗失恋最好的方法是重新开始一段感情，如果不能，那就交给时间。时间是一剂最好的良药，可以抚平所有的伤痛，其中的差别，无非是时间的长短而已。

好在龙哥是个乐观豁达的人，经过一两个月的时间也就恢复了正常。当龙哥不再把全部的精力放到曾经的女朋友时，他才总算正常了一些，可以注意到别的女生对他的好感，尤其是江蓠，他终于明白她喜欢他。当他明白这一点时，再见江蓠时就不能像以前那样大大咧咧地拿她当朋友看，她关怀他的时候，他心中也就不可能无动于衷。

龙哥生日的时候，江蓠向他表白了。龙哥略作犹豫，她为自己默默付出了那么多，是对自己最好的女孩了，那一刻他终于被感动了，接受了江蓠。

每个人都看到江蓠为爱所做的付出和努力，坚持了这么久，付出了那么多终于修成正果，大家都觉得欣喜并祝福他们。连曾经喜欢过龙哥的女生也觉得，江蓠应该和龙哥在一起。

从此以后，他们俩出双入对，成了我们班级内部唯一的一对情侣。他喜欢打游戏，江蓠也去打游戏——尽管她明明不喜欢打；他喜欢看恐怖片，她不喜欢看也会强自镇定地陪他看；他喜欢吃辣，她从不吃辣，但江蓠辣得流泪还是要坚持吃带辣味的菜。

在相处的过程中，江蓠是不断付出和迎合的一方，她为龙哥做了很多的改变。龙哥并不喜欢她强迫自己的样子，他终于想明白了一件事，他并不是因为喜欢江蓠才和她在一起，而是一时的感动。他并不喜欢江蓠。而她对他的爱，像一张巨大的网，将他越缠越紧，使他几乎不能呼吸。

江蓠很要好的闺蜜秦好经常和他们一起玩，三个人在一起的时候，聊得最欢的是龙哥和秦好，他们彼此吸引，但是龙哥碍于秦好是江蓠的闺蜜不好开口，秦好也碍于龙哥是江蓠的男朋友不好开口，两个人都各自把情感埋藏在内心深处。

直到……大四，情况有了转变。

大四的下半学期，即将毕业，毕业生都有一种"再不疯狂青春就过去了"的念头。龙哥想：都快要毕业了，如果再不迈出这一步，毕业之后挥手道别，从此以后天南海北怕是永生难见。

在毕业前的最后两个月，同学们经常聚会，一起吃饭、喝酒、

K 歌。那天一起 K 歌的时候，大家都已经喝醉得东倒西歪，仍然还能坐着不倒的只剩下龙哥和秦好了。江蓠那天不在，他们两个人挨着坐在一起，不知谁点了一首《爱很简单》，都没有人唱，音乐的前奏响起，龙哥拿起话筒跟着音乐唱了起来：

忘了是怎么开始

也许就是对你一种感觉

忽然间发现自己

已深深爱上你……

龙哥的嗓音低沉很有磁性，唱起歌来也是一把好嗓子，这首歌触动了龙哥的内心，因此身心投入唱得深情款款的歌，更具有感染力。

"I love you，无法不爱你 baby……"唱到这里的时候，他情不自禁地回望着秦好，秦好也望着他，两个人目光对视。

是酒太醉，是歌声太动人，也是深藏心底的情意再也压抑不住，他直愣愣地盯着秦好唱："I love you……"他在用歌声告白。

一曲唱完，秦好泪如如下，点头说："Yes，I do."

两个人紧紧相拥在一起。

第二天，龙哥和江蓠分手，他说："有些事你明明不喜欢，为什么要因为我而改变？你这样的爱，我无法承受。"

哪怕江蓠哭得梨花带雨，万般挽留，他也决不回头，然后毅然决然地和秦好在一起了。

一片错愕，一片哗然。

龙哥被大家骂为"渣男"，大学四年积累的好名声毁于一旦。秦好被女生们集体孤立，大家纷纷指责她是抢闺蜜男友的"小三"。

最后一个月，每次聚餐只要秦好出现大家就会纷纷离席，如果秦好没来龙哥来了，江蓠也会避而不见。也会有人为江蓠抱不平指责龙哥，到最后也会闹到不欢而散。

他们不被大家所祝福，很多人在背后的议论都是"这对狗男女一定长久不了"。很多人都等着看他们的笑话，觉得他们一定无法得到幸福的结局。

为了对抗这些流言蜚语，龙哥和秦好将手更紧地握在一起，怀着一腔孤勇对抗世俗。那些诅咒我们要分开的人哪，所以我们要努力地好好在一起，一直幸福地天长地久下去。

大学毕业的时候，龙哥的家中本来给他在老家安排好了工作，但是由于秦好要留在兰州，龙哥为了不和她分开也选择留在兰州。

刚毕业的那年，总会有同学相互打听："龙哥和秦好怎么样了？"

得到的答案是："在一起。"

当初在大学里面的情侣，毕业之后也都渐渐地分了，只有他们两个，一年又一年，大家也渐渐地接受了他们在一起的事实，相信他们是真的爱彼此，才能不离不弃。就在所有的人以为他们会走向幸福的结局时，今天，却忽然从他口中听到他们分手的消息，我的震惊可想而知。

我不解，问他："为什么？"

他干了杯中的酒，许久才长叹一声："太累了。"只有三个字，但却包含着无限的惆怅和一言难尽。

除此之外，他不再多说一言。我随之默然良久，脑海里面反复回荡着那句"太累了"，渐渐想明白了。

"太累了"是指两方面：他们两个人坚持在一起这么多年，早已不是因为爱了，而是在赌那口气，不想让别人看笑话，哪怕明明不合适，也绝不分手，所以"累"；再者就是这段不被祝福的感情备受指责，他们相处在一起是心怀愧疚的，这些年来心中的不安和其他人的责骂无时无刻不在折磨着他们，他们也感到心累。

现在，他们终于决定分手。哪怕是被别人再一次嘲笑——"就说吧，他们两个肯定不会长久。"但内心终于解脱了。

我想要说一句安慰的话，却根本不知从何说起，只能拍了拍他的肩膀，和他一起干了这杯酒。

去你的！爱情是个人的事，爱谁或不爱谁不是应该由自己来决定吗？凭什么一帮人站在道德制高点指指点点，以捍卫爱情之名摧毁别人的爱情？！

青春啊，不就是应该疯狂吗？

不就是应该喜欢谁就勇敢地告诉她，爱她就勇敢地和她在一起吗？

青春不就是谁告诉我该怎么怎么做的时候，我可以理直气壮、肆无忌惮地回一句"滚你丫的，我想要怎样就怎样"吗？

那曾经以为永不败落的青春，永不可分的爱情都已经物是人非，青春啊，留不住。

第二天一大早我踏上了旅途，挥手向龙哥道别，我说："别绝望，我相信你一定会等到你生命中合适的人出现。"

飞机腾空而起，我向着天空下越来越小的兰州挥挥手：再见，我的青春。

自此一别，又是经年未见。偶尔通一通电话，了解下他的近况。

由于单位狠抓作风，他现在可以不用再喝酒了，经常打球，身材恢复了，在周边的几所大学球技威名赫赫。他依然受欢迎，依然单身，给他介绍相亲的人都足以踏破门槛。

他被逼无奈硬着头皮见了一个又一个，但始终再未心动过。

不久前的夜晚，我忽然接到他的电话，他问："在干吗呢？"

我说："在玩 DOTA2。"

"你也是的，大学的时候大家一起玩你不玩，非要忙着工作，现在毕业了我们都不玩了，只有你一个人，你却在玩。"

是啊，每次登录的时候，看到游戏好友列表里，其他人的头像都是暗的，DOTA 也已经从 1 发展到了 2，只剩下我一个人在默默地战斗。并不是这个游戏多么好玩，而是它之于我，不再是一款游戏，而是青春的回忆，我在里面寻找我错失的时光。

　　我不止一次在想，如果可以重回大学时代，我一定不会为了写作搬出宿舍，在外租房子；不会在大三的时候接受一份做主编的工作邀约，以致大学四年有将近两年的时间不在学校，错失了青春中最珍贵的校园时光。而时光啊，一旦错过，也就只能是遗憾，再也无法弥补。

　　接个电话被打岔的工夫，我控制的游戏中的英雄死了，我把鼠标一摔："快说，找我什么事？别耽误我拯救世界！"

　　电话那边一阵沉默，龙哥深深地吸了两口气，才气定神闲地说："我要结婚了。"

　　我差点从椅子上跌了下来："什么什么？都没听说你有女朋友，你怎么就要结婚了？"

　　在我的夺命连环追问下，他终于道出了原委：原来他再次被逼相亲，本打算去随便应付下，对中间人有个交代，哪知却对那女孩一见钟情。

　　他说："你相信吗？原来世间真的有一见钟情这件事。就像你走在黑暗无垠的旷野中，漫无目的，你的身边同样是漫无目的走动的人群，一片黑暗中，你根本看不见任何一个面孔。忽然出现一个人，像发着光一样，你能看见她，眼睛里只有她，被吸引着向她走去。而你对她而言，也是一个发着光的人，她也只能看见你，你们穿过时间的荒野，穿过人群走到了一起。那一刻，你会无比地确信，她就是你要等的人，仿佛之前所经历的一切，都是为了让你等待这一刻的相遇。"

我欣喜地大笑："相信相信！婚期定在什么时候，我一定会去！"

"五月。不过……你不是五月要办签售会吗？"

"龙哥，你是我最好的哥们儿，你结婚的那天，哪怕是签售会也要让道！"

因为，我想见证你的幸福！

青春已经远去，而青春中如风的少年啊，你的幸福，是青春最好的注脚。

六 指 理 发 师

生活给了我们糟糕的开始，
我们不应该糟糕地将它过下去，
比如现在，
我们也可以过得很好。

阿飞本来不叫阿飞，只是他要求大家叫他阿飞，到后来大家几乎都忘记了他原来的名字。阿飞想要用这个名字，是因为喜欢《多情剑客无情剑》里的阿飞，那个很冷酷、只有李寻欢一个朋友，但剑使得非常快的阿飞。

阿飞和别人不一样，其他人一只手都是五根手指，但他的右手长了六根手指。大拇指一侧多长了一个小小的指头，属于先天性畸形，所以他总会被其他的小朋友嘲笑。小孩子不分是非，可以是最善良的，也可以是最恶毒的。对于阿飞而言，他感受到的则是满满的恶意。

阿飞放学回家的时候，一群小孩跟在他的身后，那群小孩里面有个漂亮的小女孩叫白飞飞，她刚刚从外地转学到班上。阿凯凑到她的身边，一脸讨好地说："告诉你哦，阿飞右手有六根手指头！"

白飞飞一脸吃惊："你骗人，哪有人右手长六根手指头的？"

阿飞听到他们的对话，一边低着头快步赶路，一边将右手往袖子里缩了缩。袖子有些短了，他用左手用力地往下拽着，遮住手不让人看见。

阿凯却上前快跑了两步，一把抓住了阿飞的右手，将他的袖子撸了上去，露出了他藏着的右手。在他右手的大拇指外侧，分明额外长了一根丑陋的、畸形小手指头，现在就那样突兀地暴露在众人的目光中。

"看吧，就说他右手是六根手指头啦。"阿凯扬扬得意地看着白飞飞。白飞飞面无表情，似乎被吓蒙了。

　　长久以来遭受屈辱蓄积的愤怒爆发了，阿飞用力将胳膊从阿凯的手中挣脱，向他狠狠推去。阿凯也被激怒了——你这个小残废居然还敢推我！是的，大家都没有想到，这个平时看起来温顺的、任由别人欺负的阿飞居然敢推人！阿凯觉得自己的尊严受到了极大的挑战，两个人互不相让地推搡在一起。阿凯仗着自己胖，将阿飞压在地上，阿飞依然毫不放弃地试图将他从身上掀翻，状若疯魔。

　　阿凯嘀咕着："这人疯了。"他也被折腾得筋疲力尽，思忖着再闹下去也占不到便宜，便一溜烟儿地跑了。

　　阿飞站了起来，一双眼睛冷冷地扫过围观的众人，每个被他目光扫到的人都不禁心中一颤，当他的目光扫过白飞飞的时候，却看见她睁大的眼睛中含着泪水。

　　阿飞的妈妈在自家楼下临街的门面开了一家理发店，生意不好也不坏，刚刚够维持生活。阿飞回到家，忙了一天的妈妈看见他早晨出门穿的新衣服居然破了，心中顿时冒起一股无名火，扬手就给了他一个耳光："你看看你，我让你去上学，是让你去闹事的吗？"

　　阿飞一声不吭，只是目光倔强地盯着妈妈，心中满是愤怒、伤心和失望。

　　他跑过街角，发现街角新搬来的那户人家正是白飞飞家。他坐在街道尽头的台阶上，空气中随着炊烟飘起了饭香，阿飞的肚子早就咕咕叫了，但他一点都不想回去。

　　白飞飞隔着马路看着他，拿了一个馒头走了过去，递给了他。

阿飞看了一眼冒着热气的馒头，咽了咽口水，但一想到打架是因她而起，便冷冷地扭过头说："拿开，我不吃！"

白飞飞低着头，声音里满是委屈和愧疚："阿飞哥哥，我并没有想嘲笑你，阿凯说你右手有六根手指，我不信……他才那样。对……对不起。"

阿飞低着头不搭理她，自顾自地伤心。

白飞飞天生情商高，她略略一想就知道大致是怎么回事，立刻向着街头另一端阿飞的家跑去。

阿飞妈妈还在生闷气，就见一个明眸皓齿的美丽女孩走了进来，向她讲述了事情经过。

阿飞妈妈心中后悔不已，跟着白飞飞向着街角跑去，一把将阿飞紧紧拥在怀里，连声说"对不起"。

到了高中，每年阿飞总要闹上几场事儿，开始妈妈以为他是为了回击别人对他的嘲笑才不依不饶的，但后来才发现他闹事儿的频率越来越高。直到有一天她看到一群流里流气的小伙儿在家门不远处等着阿飞，然后他们一起勾肩搭背去上学，她这才发现她的儿子竟然和小混混们混在了一起。

后来阿飞和小混混们混久了，居然还做了小混混们的头儿，得了一个"六指琴魔"的外号。当然了，没有人敢当面叫他这个外号，因为怕他闹事。从此以后，学校里再也没有人明里暗里嘲笑他了。

阿飞真的成了阿飞，阿飞觉得当个阿飞挺好的。

妈妈和阿飞之间则免不了频繁地争吵，她的丈夫嫌弃她生了一个残疾的儿子，于是动不动就和她吵架。她以人生中莫大的决心和勇气与他分开，只身带着孩子来到这个陌生的小县城开始新的生活——阿飞是她生活的全部，但阿飞处处惹是生非，这令她感到万分沮丧。

直到有一次阿飞闹事出了意外，一个学生受伤了，对方的家长上门来讨要医药费。

妈妈伤心地痛哭："我到底是造了什么孽？生了你这么一个儿子！"

阿飞暴怒地喊道："我就知道，你后悔生了我！如果不是我，你就不会和爸爸分开！你就不该生我，我出生的时候，你看见我是个六指，你就应该把我弄死！看看我这个样子，宁愿你没有把我生下来！"

妈妈愣住了，她这才意识到这么多年来儿子内心承受了怎样的痛苦。但更令她伤心的是，她的儿子竟然宁愿不被她生下来。

此后，两个人的关系降至冰点，在家里都不会说一句话。

阿飞妈妈将太多的话埋在心里，她憔悴得厉害，老得更快了。

而白飞飞在这个时候却成了"女神"，追她的人特别多，送花、送信、送礼物。在感受到危机的瞬间，阿飞的心里就有点酸溜溜的感觉。他忽然意识到，他也不知不觉喜欢上了白飞飞。

那天夜自习放学后，阿飞像往常一样送她到了街口，白飞飞向他挥手说再见，他站在那里犹犹豫豫，似乎有话要说。

那句话在阿飞的心里像一团火，烧得他心神不宁却不敢开口，眼看着白飞飞要走了，他狠了狠心，想自己连死都不怕，怎么讲句话就怕成这样。他说："白飞飞，我喜欢你。"

白飞飞的脸慢慢地红了，婆娑的树影遮住了她的脸庞，她看着阿飞期盼的眼神，坚定地拒绝："不，一直以来我都是把你当作哥哥。"

阿飞眼睛里充满期待的光芒瞬间暗淡了，他哽咽地说道："飞飞，你是不是因为我是残疾看不上我？"

白飞飞慌忙否认，她还想说话，阿飞却已经伤心地离去了。

那段时间，阿飞整日里不去上学，和那帮所谓的兄弟们混在一起。半个月后，白飞飞在游戏机厅里找到阿飞的时候，他正在醉醺醺地打着《拳皇》，整个人萎靡不振。

白飞飞心中一酸，话还没说出口，眼泪已经夺眶而出："阿飞，你这个样子让我怎么喜欢你！"

如同晴天霹雳，阿飞霍然惊醒，痴痴地看着白飞飞，反复追问："那么说，其实你是喜欢我？"

白飞飞点点头说："是"。之前她拒绝他，是想等到高考结束再和他坦白，但是没有想到他伤心至此，完全无心学业。

坦白心迹之后，他俩决定和好如初，先做好朋友，两个人一起努力通过高考。可经历了最初的甜蜜期之后，阿飞有时会忽然陷入焦虑和自我怀疑之中，他追问道："你是不是因为同情我才喜欢我的？"

白飞飞坚定地给予否定答案。

阿飞又会惶恐无助地追问："你会不会因为嫌弃我残疾而离开我？"

白飞飞反身抱住阿飞，泪流满面，喃喃地说道："不会。"

爱情是脆弱的，容不下怀疑、自卑，甚至哪怕一点点瑕疵，何况他们之间有着这么大的瑕疵呢！

这样的问题问多了，白飞飞感觉筋疲力尽，似乎耗完了对于爱情的全部耐心。

高考最后一场考试结束后，早早赶到校门口的阿飞耐心地等着白飞飞。周围是人头攒动的考生和家长，他们热烈地讨论着考试题目的难易和将要报考的学校。

阿飞兴冲冲地说："飞飞，我要和你报同一所学校。"

白飞飞说："阿飞，我觉得我们还是不适合。"这句话她说得极为平静，似乎等待这一刻已久了。

阿飞顿时愣住了，一脸惊愕。

"你不是说过不会因为嫌弃我而离开我吗？"

"我不是因为嫌弃你而离开你。"白飞飞突然有些烦躁了。她已经很厌烦了，她想离开他就会担上嫌弃他的"罪名"，仿佛被道德绑架一般。

"那是因为什么？"

"我累了。不喜欢你。"

白飞飞转身就走，阿飞不甘心地在身后喊道："你是不是因为同情我说喜欢我的？"

白飞飞并没有回头，她静默了几秒钟，然后说道："是的。"既然要离开，那就伤得彻底一些吧，断了所有的念想。

"果然如此。"阿飞如释重负，想哭却笑了起来。

整个假期，阿飞几乎都待在自己的房间里发呆，沉浸在悲伤中。

收到录取通知书的时候，妈妈高兴极了，跑到阿飞的房间里，絮絮叨叨地和他聊天。这么多年来她只身抚养儿子，阿飞虽说叛逆，常常惹得她生气，但如今他还是考上了大学，她所付出的辛苦终于有了回报。

阿飞却忽然抬头看着妈妈："妈妈，大学入学会有体检，到时候怎么办？我不想让别人发现我是六指。"

妈妈面如死灰。尽管她是阿飞的母亲，但她不是他，也就永远无法感同身受，真切地知道六指在他的内心造成了多大的阴影。

"妈妈，为什么只有我是六指，为什么我这么倒霉呢？有的时候，我真的希望世上所有的人都是六指，这样，就不会有人再用异样的眼光看我了。"

妈妈忧郁地看着自己的儿子，泪水默默地流了下来。

"妈妈，我不想去上大学了。"他拼命读书的动力是和白飞飞一起读大学，如今她和他分手了，再读大学已经没有了任何意义，只是让更多的人认识他这个怪胎，让更多的人来嘲笑他而已。

"不行！"阿飞妈妈含辛茹苦多年，就只盼着阿飞将来能够考上一所好大学，然后功成名就，因此她的反对格外激烈。

两个人之间刚刚出现的温情瞬间被冰冻了，再次陷入了僵持和对峙中，争吵到最后，谁也无法说服谁。

直到大学开学阿飞都没出门的打算，妈妈才最终确定，阿飞是真的不想去读书了。她知道坚持无望，只有无奈地放弃。谁让他是自己的儿子呢，这些年来她不得不对他不断地让步。

只是不上学之后阿飞整天游手好闲也不是个办法，留在这里和以前的那帮人混在一起，他只会学坏，她要送他脱离这里的环境，和之前的那帮人断了联系。

妈妈找到阿飞，说："不上学也可以，总得学个手艺找个事情做。妈妈一辈子都在理发，希望你以后可以接下这个店子。我打算送你去上海学习理发。

阿飞没有反对，他去了上海，一年以后回来了。

阿飞学艺归来的第一天，店里来了第一位客人，阿飞妈妈热情地对着客人说："我儿子刚从上海学艺回来，今天就让他给你理吧。"

客人心里有些期待："那就给我剪个现在最时尚的发型吧。"

阿飞熟练地给客人洗头，拿着剪刀的手上下翻飞，动作娴熟流畅。头发正剪到一半，一群人出现了，依然是在学校一起混的那帮人，只是现在变成了在社会上混，领头的男生说道："飞哥，东城的彭黑子趁着你不在，这段时间尽欺负我们，你总算回来了，一定要帮我们出气。"

见到这么多期待的目光，阿飞心中顿时一阵血气上涌，他将手中的剪刀一丢，怒吼道："走！"

时隔一年，妈妈以为他和他们关系早已疏远，会渐渐地走上正途，但此时此刻她最担心的事情还是发生了。她声嘶力竭地喊着让阿飞回来，他却头也不回，身姿决然如拯救世界的英雄。

生活再糟糕，日子总得继续。

阿飞妈妈正在店里帮一个老街坊理发，两个人还聊着天。

"看见我脖子上的这条金链子没？是我儿子送我的，他现在在上海的一家投资公司工作，每个月工资说有几万块呢，这链子是他去国外出差的时候专门给我买的！"老街坊的话里满是炫耀之意。

阿飞妈妈手上的剪刀稍微停顿了下，她配合地看了看那人脖子上的链子："好粗的一条链子，怕是值不少钱吧？你儿子真是又能干又孝顺啊。"虽说只是顺着那人的话夸几句哄客人开心，但是心里想起自己的儿子，她仍然忍不住幽幽地叹了一口气。

就在这时，门外过来一群年轻人，领头的人看了一眼招牌"秀美理发店"，喊道："就是这里，大家给我把这里砸了。"

那群人冲进来，不管三七二十一一通乱砸。阿飞妈妈上前阻拦，却被一把推倒在地上，理发的客人高喊着"不关我的事"跑掉了。

等到这伙人终于走了之后，理发店已经被完全砸烂了。镜子碎了一地，洗头台也破了，吹风机被踩扁了，梳子被掰断了，椅子也被拆了……

阿飞妈妈愣愣地坐在冰冷的地上，她一生的心血，都被毁掉了，泪水缓缓地流了下来，她一个女人，只身抚养孩子，处处与人为善，委曲求全从未得罪过人，遭此横祸，只能是因为阿飞而起。

阿飞回家的时候，看到满屋的狼藉和坐在地上悲痛万分的妈妈，拳头攥得"咯咯"直响，心中不停地怒骂着："彭黑子，我要找你报仇！"

他低声蹲下安抚着妈妈："妈，别哭了，我为你报仇。"

阿飞妈妈紧紧拉住阿飞的手："别去！阿飞，咱不混了，听妈一句劝，回头安安生生地过日子，好不好？"

阿飞说："妈，我的事情你别管了。"他转身扭头而去。

无助地盯着儿子远去的背影，阿飞妈妈眼眸中的光芒瞬间熄灭了。在这一刻，她内心觉得无比地绝望，对这个儿子，她已无计可施。这一刻她心如死灰，只觉得心痛得仿佛要裂成千片万片一样。然而上天似乎还嫌让她感受到的疼痛不够强烈，她只觉得肚子一阵绞痛，疼痛感越来越烈，完全盖过了心痛的感觉。阿飞妈妈额头上冒出阵阵冷汗，她的手颤抖得几乎抓不住手机，手指在键盘上拨号，输入了阿飞的号码，在拨出的前一刻她犹豫了一下，然后将号码删掉，输入了"120"。

阿飞闻讯赶到医院，看到妈妈躺在病床上睡着了。

他去办公室找医生询问病情，医生一脸凝重地看着他，阿飞的心里升起不祥的预感。

"子宫癌晚期。情况不容乐观，如果进行手术的话，也只不过是多活几个月。你考虑一下，到底要不要做手术？"

阿飞呆立在当场，似乎还不能接受这个消息。他从没有想过会失去妈妈，和妈妈在一起生活了这么多年，他已经习惯了她的存在，就像她是他生命中的一部分一样，她会一直在。

他心中对妈妈多年的怨气在一瞬间失去了着落，仿佛忽然泄了气脱了力一样。他一度怨恨妈妈，给他一个并不完整的身体，但在这一刻，他只感觉到无尽的悔恨。哪怕就是他们两个人继续相互怨恨着，伤害着，只要妈妈可以一直活下去也好啊。

阿飞抬起头，看着医生，在泪水夺眶而出前，坚定地说道："做。必须做！我要妈妈活着，能多活一天就是一天。"

他擦干眼泪走进了病房。病房里面，妈妈已经醒过来了，看见阿飞她心里顿觉安定。

阿飞故作庆幸地笑道："子宫癌，不过医生说了，幸亏发现得早，做了手术之后就没什么事了。"

手术颇为成功，但意义也只在于让阿飞妈妈多活半年的时间。

出院那一天，出租车停在理发店门前，阿飞刚刚开门，抱着妈妈下车，一群人等候已久地围了上来。

当先的那个人，额头上还绑着绷带，脸黑如墨，凶神恶煞一般，他说："你那几个不够义气的兄弟喊你出头，结果怕吃亏都跑了，你们家几天没开门，我还以为你也跑了呢，想不到你还够胆回来！"

"阿飞……"妈妈有些担忧地喊道，后面的话还没说出口就被阿飞制止了。

"妈妈，我答应你，从今天起，我会浪子回头。"他抱着妈妈上楼，将她安顿在床上，然后下楼，独自上前面对一群虎视眈眈的人。

阿飞平静地注视着彭黑子，拿起了理发台上的剪刀，一阵血光闪过，竟然是剪掉了一根手指头——那是第六指，长在拇指一侧的手指。

十指连心，他痛得倒吸一口冷气，眉头却皱也不皱，他说："彭哥，得罪之处我用一根手指抵了，从此以后，你我各不相欠，互不相犯。"

彭黑子被突如其来的一幕震惊了，这完全出乎他的意料，他冷笑一声："果然是个人物！可惜！"说完他转身领着一群人走了。

从此，阿飞右手只有五根手指了。

伤口愈合之后，你若仔细看去，仍会注意到阿飞右手大拇指一侧的骨头向外突出一些。

阿飞将被砸烂的店铺重新进行装修，老旧的风格被时尚现代的风格取代，焕然一新，招牌也换了，名字叫做"六指美发"。

当他自己能够自称"六指"时，心里那如影随形的自卑，随着那凌厉的一刀烟消云散了。

有的时候，始终放不下的事，其实也并不难放下。

阿飞接替了妈妈，正式成为这个理发店的理发师。

有的顾客不明就里，会问他："老板，你们店为什么叫'六指'

啊，好奇怪的名字，你明明只有五根手指。"他云淡风轻地笑笑，并不说话，手上却不做任何停顿，剪刀上下翻飞，不见剪刀影，只见头发飞。他神情专注，似乎进入了忘我的境界，眼中只有剪刀与头发。

他反问道："你说是电视里阿飞的剑快还是我的刀快？"

客人满意地看着镜子里自己的发型，说："你快！"

理发店的生意在客人们的口口相传下，日渐好起来，很多客人慕名而来。在他的快剪之下，再多的客人他都能从容应对。

理发并不是阿飞最主要的工作，他最主要的工作是照顾妈妈，定时为她翻身，锅里随时煮着妈妈爱吃的食物，每天背她下楼晒太阳。

手术之后，妈妈的身体迅速消瘦下来，只有一层皮包着骨头。那天他背着妈妈下楼的时候，清晰地感觉到妈妈的骨头硌得他生疼。阿飞忽然在楼梯上停住脚步，一阵心酸，眼泪几乎要落下来。

"阿飞，你累了吗？放我下来，我自己慢慢走。"妈妈在他的背后看不到他的眼泪。

"妈，我不累。"阿飞背紧了妈妈，来到一楼，阳光正好，他将妈妈放在门口的躺椅上，在店门口挂了一块"暂不营业"的牌子，陪着妈妈一起晒太阳。太阳晒在身上暖洋洋的，他们闭着眼睛都不说话。阿飞的内心中充满难得的静谧与安详。他记忆中竟然完全没有和妈妈宁静相处的时光，可当他意识到这一点的时候，妈妈已经时日无多了。

阿飞的手忽然被握住了，被一只粗糙的枯瘦的手握住了，那是妈妈的手。刹那间，他脑海中跳出了久远的被遗忘的记忆：在他蹒跚学步的时候，妈妈牵着他的手一步步地走着，小心翼翼，满怀关切。

那双手停留在他右手大拇指外侧，颤抖着摩挲着那道伤疤。

"阿飞，为什么那帮人回来，你就跟着他们走了？"阿飞妈妈开始说话了。

阿飞闭着眼睛不敢睁开。

"义气啊。"

"义气？"

"是啊。我在同龄人中一直被当作一个怪胎，处处被人排挤，而他们也是被大家疏远的群体，和他们在一起，他们并没有因为我的特殊而轻视我，而是很正常地看待我，平等地对待我，在他们那里我得到了认同感。对我而言，能够碰见认同我的人太难了，所以我才会珍视他们，愿意为他们两肋插刀。"

"傻孩子，你太善良了。"阿飞妈妈的声音很低，"妈妈对不起你，在你出生的时候没有给你正常人的身体，让你这么多年因此而困惑痛苦。你每一分困惑与痛苦，我都比你更加倍地承受。生活给了我们糟糕的开始，我们不应该糟糕地将它过下去，比如现在，我们也可以过得很好。

"阿飞，我从未后悔生下你，也不后悔为你付出的一切，能够生你养你是我最大的幸福，我只是内疚没有教好你……不！不是说没有把你教好，我的阿飞是好孩子，而是妈妈是个没什么文化的女人，不懂得在你成长的过程中用合适的教育手段帮助你健康地成长，抛弃内心的自卑。但你要相信，妈妈爱你，就像爱我的生命。"

"妈妈，除了你之外，还会有人爱我吗？"

一阵静默。

阿飞等了很久都没有等到答案，妈妈握着他的手的温度一点点地凉了下来。

阿飞不敢睁开眼睛，眼泪无声无息地顺着脸庞流了下来。

谢谢你曾经陪伴我

一人、一狗、
一杯茶、一本书，
阳光和煦温暖，
时光悠闲而缓慢。

　　我有不少朋友都养有宠物，嗯……我说的宠物是指那种常见的宠物，猫或者狗。每次去他们家的时候，我就会带上猫粮或者狗粮作为见面礼。见到猫呢，我就会摸摸它的头，挠挠它的身子并抱在怀里；见到狗呢，我也是摸摸它的头，挠挠它的身子，至于抱在怀里嘛，狗体型太大我就不会抱了。

　　有时候散步，遇见别人在遛狗，我都会去逗一会儿。那天在楼下第一次碰见隔壁楼的邻居时，我吓了一大跳——他的手上牵着七八条不同品种的狗。我挨个和每条狗打了一声招呼，博美、斗牛、萨摩耶……然后用崇敬的目光看着狗的主人，我觉得我遇到了传说中的爱狗达人。

　　我问："你怎么养了这么多的狗啊？"

　　"哦，养了卖的。"他倒挺坦然。

　　熟了以后，只要我碰到他在遛狗，都会和他那群狗玩上一会儿。那几条狗的性格脾气，我也渐渐摸清了。比如博美是条特别臭美的狗，每次从一楼电梯出来时，它都要趴在大厅的玻璃幕墙上自恋半天；哈士奇特别好吃，看见什么东西都想尝一尝，所以遛狗的时候需要看紧它，免得它在地上乱捡东西吃。

　　那天遛狗的时候，我忽然发现少了一条博美，问了之后才知道已经卖掉了，我心中有些惆怅。邻居看出我情绪低落，问我："你这么喜欢狗，为什么不养一条呢？那条博美，如果你想要，我可以要回来再卖给你。"

　　我愣了片刻，摇了摇头拒绝了。

　　邻居疑惑地看着我，我说："我养过一条狗，它在我的心底一辈子，所以我不可能再养第二条了。"

他微笑地看着我说："我明白了。"

他也是爱狗的人，所以不用我多说。如果你也曾用心地养过一条狗，那么就会明白我所说的话。

用心养过的狗不再是你的宠物，而是你的朋友、伙伴和家人，在你的生命中有着不可替代的地位。如同你深深地爱着一个人，所以你永远不会再找一个人来替代他（她）一样。

我的心中也有着这样一条狗，它的名字叫狼牙。

在我还是个调皮的孩子的时候，我是我们村的"孩子王"，领着一群孩子上树摸鸟，下河捉鱼，东村打枣，西村偷瓜。鸡看见我扑棱着翅膀躲，狗看见我立刻夹住尾巴溜到一边去，大人一看见我就头痛，说我惹人嫌的程度到了狗嫌猫不爱的地步。

对此我深表反对，猫和狗不是嫌弃我，而是……怕我好吗！

那是一个夏日的中午，毒辣的太阳挂在天空，大人们都午睡了，整个村子里静悄悄的。我们一群孩子哪能是安安静静午睡的主，各自从家里溜出来聚到一起玩。

你能体会我领着一帮小屁孩从东头走到西头那种雄起赳、气昂昂的感觉吗？那就如同一个皇帝在巡视他的疆土。

谁敢不服，揍他！

也就是在那个时候，我一个远房的叔叔来了，他骑着一辆自行车，一条狗跟在旁边，撒腿跑得挺欢。它身姿矫健，一身油亮的黑色皮毛，在阳光下显得精神抖擞，一双黑目顾盼之间威武十足。

那是一条狼狗。

它看见我们这群小孩挡在路中间，"汪"地叫了一声，佯装向我们飞速冲过来，吓得我们作鸟兽散。见我们鬼哭狼嚎地逃开之后，它耀武扬威地斜睨了我们一眼，也就不再追赶，反身跑到主人的身后，继续忠实地跟随着。

我们就眼睁睁地看着那条狗侵入了我的领地，大家心服口服，而我也被它折服了。

那是我第一次见到狼狗，比起农村常见的土狗，它实在是太威武帅气了。

不久之后我在电视上看了一部电影《狼牙公主》，这部电影加深了我对狼狗的喜爱之情。鉴于这部电影比较老，可能很少有人看过，我简单地复述下剧情：

> 小学生张蚂蚱家毗邻公安警犬训练基地，他没事同表弟二秃爬上树看公安训练警犬，两人爱上了凶猛、聪明的狼犬黑狮，并想法令它与家犬山虎配种。不久，黑狮在执行任务中死亡，山虎产下公主、狼牙一雌一雄两条狼犬，被蚂蚱视作珍宝。渐渐长大的两只狼犬威风堪比父亲。暑假到来，蚂蚱带上两条狼犬进城看姐姐张菊，准备顺便给它们领犬证。公交车上，售票员偷走某乘客现金若干，塞进蚂蚱的书包，张菊发现蚂蚱书包里的钱后，将蚂蚱盘问一番，没问出个所以然，拿去私用。不久，张菊遭遇祸事，被盗窃集团头目段飞威逼。在蚂蚱找寻姐姐的过程中，两条狼犬智斗恶人大显神威，配合潜伏的公安终

于将盗窃集团一网打尽，但公主却在货场被勒死了，蚂蚱万分悲痛，决定将狼牙送给警犬队……

这部电影看得我如痴如醉。我真的好羡慕男孩有那样一条狗，上学忘了戴红领巾可以去帮他拿，遇到了坏蛋可以救他。从那个时候起，我就天天缠着我爸爸要一条狼狗。

那个时候，狼狗稀少，主要用作警犬，爸爸一脸无奈地看着我说："我到哪里去给你找啊！"

一年后的某一天，爸爸回到家中，笑容满面地招呼我到他身前，他的怀里藏着一坨东西，鼓鼓的，还动来动去。爸爸掀开大衣，于是我看到了它，一身黑色的绒毛，趴在爸爸的手心里眯着眼睛睡觉，黑黑的鼻头湿润润的。我轻轻地摸了一下它的头，它睁开蒙眬的小眼睛看着我，我的心一下子被融化了！

是小狼狗！我惊喜地跳了起来，将它抱在手里，它低着头眯着眼往我的怀里蹭。

"哎哎哎……我今天新买的衣服不要蹭哎。"

但它可不管，依旧往我怀里蹭。当它蹭到我的胸口，我感受到它温暖而又弱小的身体时一下子被打败了。好吧好吧，就待在我的怀里吧。

这是我叔叔家的狼狗产下的一窝狗崽之一，由于想要的人太多，爸爸好不容易才讨回来一条给我。

从此，这条小狗就在我们家安家了。

妹妹问我："这条小狗叫什么名字呢？"

我几乎是不假思索地说："狼牙，就叫狼牙吧。"等着吧，很快我就会有一条像电影中狼牙一样厉害的狗！

每天早晨上学之前，我就会端着一个铁盆，盛着装满的温热的牛奶，"狼牙狼牙"喊个不停。狼牙还小，并不熟悉这个新名字，它通常都是趴在窝里睡觉，偶尔抬下眼皮，直到闻到牛奶的香味，才会爬起来跑到我面前，然后一头扎进盆里，伸出舌头一口一口地舔着吃。时间久了，它听到我唤"狼牙"时就会立刻跑到我的面前，眼巴巴地看着我。我的手上没有吃的，只好蹲下身轻轻地摸摸它的头夸它乖，它闭上眼睛露出一副乖乖享受的样子。

不多久，妈妈遭遇了车祸，腰部受伤，从医院回来之后，她按照医生的嘱咐只能平躺在床上，一动也不能动，只有这样才能确保腰伤恢复。

妈妈的恢复期很长，需要好几个月。白天爸爸要忙工作，我和妹妹要去上学。家里只有妈妈一个人躺在床上，孤单而又无聊，幸好有狼牙在家陪伴着她。圆滚滚的它在床上爬来爬去，累了就会依偎着我妈妈睡觉。它睡着的时候格外乖巧，肚皮轻轻地起伏，妈妈伸出手轻轻地摩挲着它的头，嘴角露出一抹温柔的笑。妈妈有了狼牙的陪伴，难熬的时光也就过得格外快一些。

妈妈康复之后，重新操持整个家，给狗狗喂饭的重任也揽下了。我毕竟是个孩子，连自己都还照顾不好，又怎么可能照顾好一只宠物呢。

　　狼牙长大一些的时候，我开始每天训练它，比如叫它坐下，或者丢瓶子让它去捡。大概是我的训练方法不得法吧，我只能让它坐下，至于丢了瓶子让它捡，它却只是坐在地上伸长舌头茫然地看着我，不明所以。

　　看来让狼牙像电视里的狼牙那样帮我拿东西的美梦是没法实现了，我叹了一口气："笨狼牙。"

　　但就算它成不了电影中那条神勇的狼牙，也每天忠心地陪伴我、守护我。

　　每当我背着书包上学的时候，狼牙总会跟在我的身后，一路默默地护送着我，一直走到村口。我会不停地赶它回去，怕它跟得我太远，找不到回家的路。它就会坐在那里，目送着我的身影渐渐远去，才转身小跑着回家。

　　我放学了，只要听到我的声音，它就会立刻从家里冲出来扑上来迎接我。有时我走在去学校的路上，它正在村口玩耍，也会立刻向着我冲过来，围着我来回跑，摇头摆尾，特别欢乐。

　　到了夜晚，它就趴在院子里睡觉，一有风吹草动，耳朵会立刻竖起来。黑夜中它双目如电，迈着轻盈的脚步巡逻。看家护院，它一向尽职尽责。

　　我大伯家也养了一条狗，是和狼牙一窝出生的，在我的强烈建议下，那条狗的名字叫做公主。

如果说电影里的"公主"是长得帅气的话，那么公主的长相就是凶恶，让人望而生畏。经常有人被它吓得哇哇大哭，因此它只好长年被拴着。养过狗的人都知道，一条狗长年拴着，脾气反而会愈发暴烈。公主见人就吠，吓得我们每次去大伯家都必须站在门外大声喊人，要有人出来接我们才行。而我们一往屋里走，院子里的狗就会猛扑过来，把链子绷得笔直，冲着我们狂吠，主人走在我们身前会大声地训斥公主："去！"而实际上我们心里都害怕那条狗突然挣脱了那条链子扑上来。

狼牙是条自由自在、无拘无束的狗，为了安全起见，我们也给它拴过链子。随着它日渐成长，我们发现它放出去也不乱咬人，就渐渐地拴得少了，乃至于它成了一条完全放养的狗，可以一天到晚自由自在的，想去哪儿去哪儿。

虽说它俩刚出生不久便被分开，但是大概由于血缘的关系，狼牙常常找公主玩耍，公主虽说拴在家里，倒也不孤单。

有次我去大伯家，狼牙刚好跟在我身边，公主对着我狂吠，狼牙立刻前身微微下俯，摆出进攻的姿势，冲着公主凶狠地叫了起来。

"汪汪！"

"汪汪汪！"

我认真地倾听了下，觉得它们之间的对话如下：

狼牙：公主，你瞎了吗？这是我的主人！你怎么可以凶他！吓到了我的主人怎么办！小样儿，我以后再也不来找你玩了！

公主：对不起，我错了！是我狗眼不识泰山！我保证以后一定对你的主人礼遇有加，再也不凶你的主人。

狼牙这才满意地走到公主的身边，用鼻子蹭了蹭它，那架势仿佛在说："不愧是我兄弟。"

从那以后公主再见到我，摇头摆尾，乖巧如见自家的主人。小伙伴们看见了都觉得不可思议，我故作神秘，笑而不语。

狼牙刚来我们家的时候，我还在读初一，转眼初中毕业，我要去市内读高中。由于离家较远，我开始了寄宿生活，学校只在每月底集中放四天假。从那个时候起，我能够见到狼牙的时间，间隔得越来越长了。

每次我放假了要回家，爸妈会念叨我要回来了，尤其是妈妈，她会在路口等我。狼牙也跟着妈妈一起等，如果妈妈有事先回去了，它会自己继续等，一直等到客车停在路口，我从车上走下来为止。

一见到我从车上下来，狼牙会热情地扑过来。我蹲下身摸摸它的头，它伸出舌头舔舔我的手掌——这是我俩之间见面打招呼的方式。然后它就一路跟着我，前后左右跑来跑去地护送我回家。狼牙身姿矫健，凛凛神威，它终于长成了那个夏日我第一眼见到叔叔领的那条狗的威武样子。

所谓的长大，其实是离家的距离越来越远，回家的间隔越来越长。

高考的时候我特别抗拒家里的意愿选一所省内的大学，只想选一所省外的大学，离家越远越好，似乎只有这样，我才能真正挣脱束缚，脱离家的牵绊，获得不被管束的自由。为了证明自己长大了，独立了，不再依赖家人，我连放假的时候都不愿意回家。暑假的时候，我待在学校里找工作，只有寒假快要过年的时候才会回家。渐渐地，我回家的频率从一月一次，变成了一年一次。

我读大学的那一年，狼牙来我们家已经是第七年了，狗平均具有十二年的寿命，一只狗在一岁之前是幼犬，一岁到七岁是成年犬，而七岁以后的狗则进入了老年期。

那天我乘坐公共汽车到达小镇的时候，天色已经黑了，我刚从车上走下来，蹲坐在路口的狼牙忽然扑到了我的怀里。

我一边摸着它的头一边高兴地大笑："想不到你还可以认出我来呢。"身为艺术设计学院的学生，刚进大一我就开始玩乐队，留了一头披头士一样的披肩长发，衣着打扮也很特立独行，估计我爸妈见到我都难以认出来。

我姑姑住在镇口，我进了她家门，我姑姑愣了一下，那表情如同看到一个陌生人一样。她打量了我半天，直到我叫了一声"小姑"她才反应过来，一拍着大腿说："原来是余言啊，你怎么头发这么长，打扮得跟个傻子一样！"

她说的那个傻子我知道，是街头一个有点痴呆的流浪汉，以乞讨为生，一头凌乱的长发和胡须，穿着一身胡乱搭配的衣服，我们都习惯称呼他为"傻子"。

　　我翻了一个白眼，心想：你们这些长辈，哪里会懂得我们年轻人的世界？这叫艺术，这才是现代的审美观，你们那一套已经OUT了！

　　我到小姑家是为了借一辆自行车，从镇口到我家还有差不多一公里的距离，天黑了，我不是很想走路了。

　　我骑着自行车向家中走去，狼牙身姿矫健地跟在我的身后。这么多年过去了，狗从稀缺的宠物，变成了满大街都是。大部分狗都是放养的，它们在街头上游荡，见惯了人来人往，所以不怕人，也不咬人，顶多见到陌生人冲着吠两声。

　　我刚走上街道，一条小哈巴狗就从路边冲了过来狂叫。我长时间不在家，这几年街头新增的狗并不认识我。那条小狗冲我叫不要紧，关键是它一叫，街头其他的狗也闻风而动，纷纷加入了进来，德牧、金毛，以及一些土狗……一条条冲了上来。整条街的狗都被惊动了，于是一群狗此起彼伏地冲着我狂吠，跟在我身后追着我，那架势好像要随时扑上来撕咬我一般。

　　它们一定是把我当成那个傻子了，再加上夜间狗狗们都进入了看家模式，特别警惕经过的陌生人。

　　于是前所未有的壮观场面发生了，几十条狗聚集、追逐、奔跑在我的身后，那些平日温顺善良的狗，在相互的煽动下变得疯狂起来，追逐着，怒吼着。从它们的叫声中，我知道这并不是虚张声势，它们亮出长长的狗牙，是真的想要撕咬我。

　　我被吓得肝胆俱裂。如果一条狗把我扑倒，我就会从自行车上掉下来被一群狗撕咬，这样的画面想一想都会觉得不寒而栗。

　　我拼命蹬着自行车，想要快一些，再快一些，但是这群狗奔跑起来迅捷无比，依然紧追不放。狼牙紧紧地跟在我的身后，同样不停地怒吼着追逐在我身后的那群狗，它想以自己的威势斥退那群疯狂的狗，然而，没有任何一条狗理会。

　　突然，一条狗腾空蹿起，张嘴向我的脚扑来，千钧一发之际，狼牙凌空撞开并反咬了那条狗一口。狗群被激怒了，狼牙立刻成为众矢之的，它们开始围攻狼牙，狼牙一边躲闪一边跟在我身后。如果它停下来跟它们打架的话，整条街上没有任何一条狗会是它的对手，但它为了跟随在我的身边保护我，遭受攻击无法回身应战。而只要有狗试图攻击我，狼牙就会悍勇地扑上去攻击它。

　　群狗们的狂吠吸引了街道两旁的人家出门查看，结果他们看到了一个震撼的场景——一个人在前面拼命地骑着自行车逃命，身后一群狗发疯一样地追逐着他，而有一条狗拦着身后的狗群，不停地相互撕咬着。

　　那个场景实在是太过骇人，街坊们纷纷呵斥自己的狗，想要将自己的狗唤回来，然而那些陷入乱战状态的狗都发狂了，置若罔闻。

　　那是我一生中唯一经历的一次逃命的时刻，宛如生死时速一般，我用尽全力蹬着自行车，恨不得飞起来。在狼牙的保护下，我终于冲到了我家门口。我爸爸见状怒喝一声，一阵乱棍和砖头下去，那群狗顿时意识到进入我家的地盘了。狗只敢站在自己家门口吠陌生人，再嚣张也不敢在别人家门口乱吠，见我进了门，它们都夹着尾巴悻悻地散了。

我妈惊疑不定地说："发生了什么事，怎么这么多狗啊？你没事吧……哎，你怎么头发这么长，穿成这样啊？"

我爸看了我一眼，鼻子都要气歪了，丢下一句"流里流气"就进屋去了。

我一言不发地回身去看狼牙，它已经遍体鳞伤，皮被咬破了，毛被扯掉了，全身上下遍布伤口和血污。它伸着舌头"呼哧呼哧"地喘着气，依然默默地站在我身后。

我蹲下身，抱住它的脖子，喉咙一阵哽咽。狼牙，我的狼牙，从现在起，你是我心目中的英雄，你不再是《狼牙公主》中狼牙的影子，你是我的无可取代、独一无二的狼牙。

只有你，无论我们多久没见，无论我变成什么模样，你都能一眼认出我，待我如初，不带丝毫偏见。在最危急的时刻，也是你不顾自身的安危挺身而出。

狼牙，你是我最忠诚的伙伴。

我拿着红药水为狼牙清理伤口，当我的手放在它的身上时，我才感觉到，它皮肤松弛，毛发黯淡，身上的皮包着骨头。我才忽然意识到，它已经老了，身体不再像以前一样充满活力。尽管它的战斗力衰退，但它依然会为我挺身而出，它为我受的每一道伤，都深深地烙在了我心里。

我妈听说我差点被狗咬了，又看见狼牙一身的伤，心疼得不得了，第二天气急败坏地去找街坊邻居理论，让他们管好自己家的狗，别再放出来免得咬伤人。从此以后，入夜之后大家都把狗关在院子里，免得再放出去乱跑发生伤人的事件。

那个冬天我很少再放狼牙出门，勒令它在家养伤。天气好的时候，我就捧着书坐在走廊上，狼牙躺在我的脚上，闭着眼睛懒洋洋地晒着冬日的暖阳。

一人、一狗、一杯茶、一本书，阳光和煦温暖，时光悠闲而缓慢。

至今想来，那都是我和狼牙在一起最美好的画面了。

后来，我大学毕业了。

在外工作，回家的次数更少了。一晃有几年没有再见到狼牙，有的时候和爸妈通电话，会在电话中问问狼牙的近况。

我妈妈都会唏嘘地说："狼牙老了啊。"

它已经是一条十几岁的狗了，按照狗的寿命来算，它已经是垂垂老矣，但好在仍然健康。我们都开始意识到，狼牙的生命有限了。我们全家共同的愿望是它可以安然地度过余生，而我们也会尽力照顾它直到它生命的最后一刻，然后将它葬在我们家的后院里，这样它依然可以时时看着它度过一生的家，这是它最好的归宿。

由于我工作繁忙，经年不回家，父母也就只好来长沙看我。长途坐车不可能带上狼牙，他们每次来的时候都是留下奶奶和狼牙在家中。奶奶虽说年纪大了，但仍手脚利落；而狼牙除了变得嗜睡和行动迟缓以外，也仍是健康。我甚至在心中侥幸地想，也许狼牙还可以再活很多年。

2013年的冬季，我接爸妈来长沙住一段时间。妈妈才住了一个月，就开始每天念叨着想要回家。

我问她："马上就要过年了，住到我放假一起回老家啊，现在回去干吗？再说了，我们老家又没什么贵重的东西，有什么好惦记的。"

"狼牙在家里啊。"妈妈说。她有点放心不下狼牙，最终，她还是提前回了家。

火车在第二天凌晨抵达县城，我打电话给她问候家里的状况。

妈妈开口的第一句话是："狼牙不见了。"

我呆了一下，脑海中"嗡"的一声作响。

"什么叫不见了？"

"就是已经好几天没回家了。"妈妈说奶奶发现狼牙有几天没回来了，出去找也没有找到。狼牙不回家的情况比较反常，只能说明有意外发生了。

"那……它会去哪儿呢？"我竭力排除头脑中不好的想法，带着希望去问。

"应该是被偷狗的抓走了吧。"妈妈长叹一声，声音颤抖，继而怒骂起来，"该死的偷狗贼！"

是了，这些年来，很多人越来越爱吃狗肉，不少人专门偷了狗去卖，尤其是到了冬季，正是吃狗肉的季节，所以偷狗事件频发。小镇上曾经蔚为壮观的狗群，如今也只剩下寥寥几条了。

　　在外地工作的妹妹，闻讯之后伤心得大哭。而我身为一个男人，少小离家摸爬滚打多年，信奉男儿有泪不轻弹，我早已经不会再流泪。挂了电话之后，我的心中却空落落的，像是空缺了最最重要的一角，一口沉郁之气堵在胸口，说不上来的难过。

　　爸爸捧着它第一次送到我手上时毛茸茸的模样，它为了保护我大战群狗伤痕累累的模样，它每天风雨无阻地送我上学，它陪我一起安详地晒着太阳……那些记忆清晰地在脑海中涌现。我人生中最重要的一段时光，是你在陪我成长，而这，用尽了你一生的时间。

　　谢谢你的守护，谢谢你的陪伴，谢谢你的忠诚。

　　谢谢你，狼牙。

　　愿天堂里，没有杀害。

失踪一百八十八天

他打开车门跳了下去，
在拥挤的人群中狂奔，
如一条逆流的鱼，
奋力地向上游，撞开了人群……

如果你不懂得珍惜，那是因为你没有经历失去。

大雨瓢泼，雷声轰隆隆作响。空阔无人的马路上，两个男人在大雨中扭打着。

大舅对小舅怒吼着："都怪你，没有照顾好妈妈！"

小舅甩开大舅揪住其衣领的手，狠狠地一拳砸在他的脸上，咆哮着说："你在外打工，一天到晚不沾家，照顾妈妈还没我多，你还好意思说我！"

大舅颓然地垂下了双臂，全身的力气仿佛一下子被抽空了，大舅跪倒在地，宛如一头绝望的困兽，声音哽咽地喊了一声："妈——"

小舅怔了怔，脸上分不清是雨水还是泪水，喃喃地呼唤道："妈妈，妈妈……"

这是外婆失踪的第三十天，在精疲力尽、漫长的寻找后还是一无所获，他们终于绝望了，找了附近所有能找到的地方，然而外婆像是从人间蒸发一样，彻底地失去了踪迹。

外婆在的时候，他们并不珍惜外婆，然而当外婆离开之后，他们才发现心里空洞洞的，原来那个人对自己是如此重要。子欲养而亲不待，果然是人生最大的遗憾啊。

舅舅们一直以来身为成年男人所维持的稳重形象，在这一刻土崩瓦解。

外婆出生于二十世纪三四十年代，乱世的女人命贱如蚁，老一辈人，总是有着太多的颠沛流离。外婆先嫁了一个人，生下一女，那个男人嫌弃我外婆太笨，把她赶走了。在洪灾的那一年，外婆只身一人乞讨流浪，直到遇见自幼父母双亡、和姐姐相依为命的外公，从此结为连理，又生下了一女二子，分别是我的妈妈和两位舅舅。

在那个比拼能干的年代，外婆无疑是出了名最笨的那个，在人民公社时期，每个人每天定额八个工分，干完八个工分的活之后另外再做的就算多挣的工分。外婆一天下来连定额的八个公分都做不完，大家嘲笑她，喊她"烂菜"。

所幸，外公不像她的前夫一样嫌弃她没用，他乐呵呵地照顾她，宠着她，让她过得像个幸福的小女人。

外公腰受过伤，干活也不行，所以外婆一家一直是村里最贫困的家庭，所幸三个孩子都很能干，十几岁的时候就开始在公社里帮忙出工。妈妈出嫁之后，两个舅舅各自凭借着自己的努力，挣钱盖房娶媳妇。

外公比外婆大上几岁，在六十岁那一年撒手人寰，从此只剩下我外婆独自一个人生活。

外婆年轻的时候就啰唆，年纪大了更加啰唆。两个舅舅相互推诿着，不愿意把外婆接去一起生活。大舅一家长年在外打工，每年给点生活费；小舅负担米面粮油和生活用品，外婆一个人生活。

只是年纪大了，外婆的记性渐渐不好了，有时候连人都认不清了。有时候我去看她，她都要眯着眼睛仔细地瞅半天，才能认出我是谁。

那一天她像平时一样出门上街买盐，回家时走错了方向找不到回家的路，就此失踪了。消息传来，大舅风尘仆仆从外地赶了回来，我也被妈妈打电话叫回了家。那个平时被大家所遗忘的并不为人所在意的外婆，在她失踪之后，每个忽略她的人才忽然意识到她的存在。于是全家出动，到处搜寻，贴寻人启事，在县城的电视台登广告……用尽了一切办法，却一无所获。

整整持续了一个月，大舅和小舅再也承受不住，终于爆发了，大打出手。

从那一天以后，对外婆的寻找暂时告一个段落。

生活还要继续，大舅妈和表弟继续出门打工，我也返回了长沙。大舅留在了家中，空了时，就和小舅一南一北出趟门寻找下外婆，顺便沿路张贴寻人启事。我们每家各出了一万赏金，总共三万，不时会接到有人打电话过来提供消息。刚开始时，两位舅舅听到消息都会兴奋地赶过去，却发现流浪的老人并不是外婆。

如果是以前，在路上碰到那些流浪乞讨的老人，大舅和小舅也和大多数见惯不惊的人一样漠然地经过；自从外婆失踪后，他们一想到外婆也许也是这样孤身一个人不知在哪里受苦，同样渴望别人的帮助时，他们就会力所能及地送些食物或钱给这些流浪的老人，甚至带着老人去公安局或者民政局，试图联系他们的家人，然而根本没有他们的家人报案寻找的消息。后来去公安局多了，和民警熟识了，民警就说："也就是你们热心，街上会有那么多流浪老人，有的确实是自己走丢的，但家人没有寻找，有的甚至……故意遗弃老人。这样就能少了赡养老人的负担，如果老人死在外面，甚至连丧礼都省了。所以啊，你们这样费力地帮助这些流浪老人，如果家人不报案不想寻找回去，我们也根本没办法帮他们。"

大舅和小舅心神震惊地从公安局出来，虽然他们以前并不喜欢外婆，但外婆走丢了之后，他们并没有像警察所说的那些家庭一样，放任老人走失，心里反而更沉重，这意味着想要找回走丢的老人更难了。

人老了啊，没太大用处了，果然也就不再那么受社会重视了。社会那么多机构和民众关心失踪的儿童，也有大大小小各种寻人的网站平台，但是从来没有一个帮助寻找走失老人的平台。无法借助社会上更多的力量，所能依靠的就只有自己了。

在接下来的几个月，不管何时何地，只要接到提供线索的电话，不管多远舅舅们都会立刻动身前往，尽管一次次失望，却依然一次次怀抱希望。

时间就这样一天天过去了，炎热的夏天过去了，凉爽的秋天过去了，已经到了冬天，那是一个冷冬，白天的气温都在零度以下。

大舅端着小板凳，坐在老房子的院子里，冬天的阳光晒在身上，却没有多少暖意。

他目光环视着院子里的一角一落，小的时候一家人就生活在这座用土砖建成的房子，现在整个村子里的人都搬迁到街上去了，盖上了楼房，这是整个村子留存的唯一一座土屋，外婆孤身一个人住在这里。

忽然，小舅走进了院子，看见大舅坐在那里，他愣了一下。大舅深深地吸了一口烟，拍了拍身前一个矮小的破板凳，示意小舅坐下。小舅坐在凳子上，凳子吱吱作响，像是随时要歪倒一样。

两个人默默地相对无言。

大舅的目光落在了院子前一圃菜地，外婆最大的爱好就是打理菜地，对着一小块地，每天弯腰精耕细作，松土，浇水施肥。那片小小的菜地在物质最匮乏的时候，给小时候的妈妈和舅舅提供了甘甜的西瓜和营养丰富的青菜。

外婆尽心尽力地侍弄那个小小的菜园子，确保家人每个季节都能吃到最新鲜的时令蔬菜，这在小时候让我的同龄人羡慕得不行。后来整个村子几乎家家户户都种了菜园，却没有一个人的菜园像外婆种的那样欣欣向荣，赏心悦目。

后来生活条件渐渐好了，想吃什么菜市场都能买得到，品种丰富又新鲜，大家都搬到镇上去了，已经没有多少人种菜了。只有外婆依旧坚持侍弄着菜园，哪怕年事已高腿脚不便，她每天依然蹲在菜地里面侍弄，平时有什么新鲜蔬菜，总是摘了第一时间送到大舅或者小舅家去。

小舅妈向来不待见外婆，通常一抬眼皮子："放那吧，家里买的菜都吃不完的。"

外婆在那里碎碎念地说，自己家种了菜，就别在外面买了浪费钱，而且外面的菜打了农药，吃着不放心。

小舅妈不耐烦听她絮絮叨叨，一甩脸直接进屋了，丢下一句："啰唆！"

外婆依旧笑呵呵的，丝毫不以为意。

大舅的儿子在外婆的小院疯玩，把菜地踩得一片狼藉，外婆碎碎念了好久，大舅听得烦了："妈，你怎么这么啰唆，不就是踩了几颗青菜吗，有什么大不了的。"说完也是转身气咻咻地走了。

平时去小舅家，看见院落的砖缝里面长了草，外婆就会絮叨："院子里都长草啦，怎么也不收拾下？院子里长草，让外面的人看到，会说主人不勤快。"她一边说，一边把长出的杂草清理掉。

小舅妈的脸上一会儿青一会儿白，不那么好看。

看见什么外婆就会念叨什么，停不下话匣子，比如：猪圈该修啦，孙子的衣服穿得有点少，窗户别忘了关……

大家向我妈妈抱怨外婆像《大话西游》里面的唐僧一样啰唆，让我妈劝劝外婆。

妈妈遵从大家的意见，去劝外婆说："妈，你以后别那么啰唆了啊，大家都不喜欢。"

外婆沉默了半晌，神色怅然，下定决心："好好好，我以后少说点儿话。"

外婆接连好几天都不出门，后来即使出门也是尽量闭口少言，每次见到什么状况想说些什么又忍住了。

那是一次雨后，她一个人走在乡村的小路上，看到路边一个废弃用来蓄肥施田的粪池里面集满了水，由于土壤肥沃，池底和四周都长满了茂密的长草，如果不注意看根本不会有人注意到。外婆停下了脚步，蹙着眉自言自语地说："这个粪池怎么还没回填，太危险了！"

她颠着小脚去了小舅家，小舅家做家具生意，院子里堆着很多木板，她要求小舅拉点儿木板去把粪池封住。小舅挺不乐意地说："妈，那个粪池又不是我们家挖的，以前生产队挖的，你管它干什么，这不是多管闲事吗？"

外婆不依不饶："不行啊，必须要去填上，要是有人不注意掉进去多危险啊，大人还好，要是小孩子乱跑掉进去了，那可是要出人命的！"

外婆大概是憋了好多天没啰唆了，所以今天一旦开口，就像火力威猛的机关枪一样突突突突地扫射。小舅被她在耳边反复念叨得没办法，骑上电动三轮，拉了几块木板架在粪池上，又在上面盖了一大块完整的板材，从上面走了一下确定很稳固，外婆才点头表示满意。

小舅如闻大赦般跑了。

从那天起，外婆又恢复了日常啰唆的那种状态。大家一致认识到，要求外婆不要啰唆最多只能坚持一段时间，而压抑之后的反弹更加让人恐怖，所以也就没人敢要求她少说了，由着她像平时一样啰唆，虽说有点儿烦，但只要忽略她的话就好了。

没有人意识到，当忽略一个人讲的话的时候，其实就是在忽略这个人。有时候外婆讲了半天话，大家依旧各忙各的事，根本没有人听她讲，她的脸上总会涌起一些失落的神情。

但根本没有人在乎。

大舅和小舅相对无言地坐了片刻，看着空落落的院子，轻轻地说了一句："真安静啊……"

小舅眼眶一红，往日总是嫌吵闹，然而当这个房子安静下来，却又是那么空阔，仿佛心里也空落落了一大片。

原来那些细细碎碎的叨叨都是关爱。生活本就是由各种琐碎的小事组成，只有最关爱你的人，才会关注生活中那些微不足道的小事。

小舅喃喃自语，不知道是说给大舅听还是说给自个听："妈，你最近不在，我们耳边清静了不少，可是你不在，我们家的院子里又长草了，也没人提醒我们关门窗，结果晚上家里进了小偷。还好你平时总是念叨我不要把钱放家里，所以也没损失什么。这段时间，你的孙子小五最近有点顽皮，每天放学之后疯玩，打打闹闹弄得一身泥巴，作业也不好好写，老师都打电话来批评我们家长了。那孩子不怕我们，也就是你数落着他教育着他。以前我觉得你又啰唆又爱多管闲事，就在前两天，我们邻村有个废弃的粪池，平时没人管，结果一个小孩不小心掉进去淹死了。幸好前年你强行要求我去封了那个废弃的粪池，所以邻里的小孩打闹的时候从那里飞快地跑过才没有出过事故……妈，以前小的时候不懂事，大家都说你下地干活不行，是个'烂菜'，我们总觉得很丢脸，也跟着觉得你'烂菜'；但是这么多年，从小到大，我们一家人的生活，事无巨细都被你操持得很好。小时候有次冬天下大雪，我半夜发高烧，爸爸向来粗心不以为意，以为我只是普通感冒，是你半夜里辗转难安。你身体那么瘦弱，平时下地干活都不行，却一个人背着我走了十几里路，敲开了医院的门，硬生生把我救了回来。在那个食物匮乏的年代，很多同龄的小朋友每天吃的是猪油拌饭和馒头，你却让我们一日三餐都能吃到蔬菜。那时候我们家里虽说不富裕，却是生活过得最丰盛的一家。因为当时年纪小，才总觉得你不会干活，现在才明白，能够打理好这个家，照顾好全家人的生活，才是世上最难的活啊……你啊，一点都不'烂菜'，妈，你在哪呢，回来吧，我想听你啰唆了……"

泪水从小舅的眼眸中滚落在地上。

大舅听着小舅的喃喃自语，也陷入了久远的回忆中，只有袅袅的烟雾飘散在空中。

院子的木门"吱呀"响了一声，小舅妈走了进来，看见两个男人蹲在这里，说道："哎，找了你们半天没找到，原来在这，都什么时候啦，饭好了赶紧回家吃饭。"

小舅"嗯"了一声，依然沉浸在伤感的情绪中没有起身。

小舅妈有些不悦："人都不在了，你还在这房子里面待什么待！就你哥俩每天费着劲地想找人，家里也不管，也不看看日子都过成什么样了！要我说，她走丢了更好！省得每天啰唆烦人，还不用伺候她养老送终！"

"闭嘴！"小舅怒吼一声站了起来，抽了小舅妈一个耳光。

小舅妈捂着半边脸，五道鲜红的指印慢慢浮现，她呆呆傻傻地看着小舅，一时间有些蒙了。自从嫁给我小舅以来，小舅一直对她言听计从，从来不敢大声呵斥她，平时她嫌弃外婆，不给外婆好脸色看，小舅也不怎么管，现在他居然动手打她了。

"那是我妈！我只盼着她还活着！你要是再敢说这种没心没肺的话，就给我滚！"小舅丢下这句话，摔门而出。

小舅妈从最初被打的震惊中回过神来，发出惊天动地的哭声。

大舅摇头叹息一声，从小舅妈身前经过走出去了。

每个人都是那么渺小，世界少了谁都能够继续运转，生活还需要继续，经历了最初的激烈和动荡之后，日子也渐渐地平淡下来。

大年三十的晚上，一家人坐在一起准备吃年夜饭，饭菜热气腾腾，但是没有人动筷子，大家都在等着大舅。

就在一大早，有人给他打了电话，说是在靠山集那里发现了老太太，大过年的街上商铺都关门了，只有她一个人孤零零的特别醒目，他们在电视上看到了寻人启事的广告，打了电话过来。

那个地方离这里一百多公里，大舅接到电话立刻出门了，现在一家人都在等着大舅归来。

大家的心情又激动又忐忑，这一天应该是一家人团圆的日子，在今天接到这样的电话，自然而然都期待美好的结果。

天色渐渐暗了下来，此起彼伏的鞭炮声响起。

门外大雪纷飞寒风呼号，大舅出门在外一天手机已经没电了，根本联系不上，大家只有耐心地等着，最开始的期待渐渐冷了下来，为了减弱内心的不安，每个人都在没话找话地说着。

"我妈在外面待了几个月也不知道现在变成什么样了？"小舅说。

"奶奶不知道还能不能认出我呢？"小舅的女儿煞有介事地担忧着。

"我得去烧锅热水，回来好好给咱妈洗个澡……"我妈搓着手说。

渐渐地话都说完了，屋里再次沉寂下来，每一瞬间都仿佛格外漫长。

忽然，门被推开了，风雪挟裹而入，一个高大的人影走了进来，大舅身上落满了雪。

"怎么只有你一个人？咱妈呢？"我妈上前拍落大舅身上的雪问。

一群人的目光都落在他身上，其实见到他一个人回来都已经知道结果了，但仍然有些不死心。

"去看了，那个老太太不是咱妈，我把她送到当地的收容所了。"大舅不去看大家失落的神色，低着头坐到饭桌前，伸手在炉子上烤着冻僵的手指，招呼大家说："都坐吧，开始吃饭吧。"

"对对对！吃饭！"短暂的寒暄过后，大家落座吃饭，门外的那挂鞭炮，没有任何人提起要点。

大家都有些忧心忡忡，进入了隆冬时节，白天气温都在零度以下，夜晚更冷。这样寒冷的天气，一个流浪在外的老人能不能挺过严冬呢？

每年过年的时候有外婆在，一家人在一起都热热闹闹的。她会主厨烧一大桌拿手的好菜，记得我们每个人的口味；大人在一起打牌时一伸手杯子里的热茶是满的；到处追打疯玩的孩子她会看护着制止着纷争；同时还陪着妈妈、大姨、舅妈们聊着天，她总是有那么多的话可以讲，整个家的氛围就跟着热闹起来。

然而，今年过年，大家围着热气腾腾的火锅，却没有人说话，只能听到锅里汤烧开之后咕噜咕噜的声音。

年夜饭是前所未有的冷清。

小舅妈动手去收拾碗筷，房间里沉默得只有碗盘碰撞到一起的清脆声回荡着，听起来是那样孤寂。

忽然，小舅妈停下了洗碗的动作，眼泪扑簌簌地落在了水槽里，溅落在杯碟上，溅落在泡沫上。

春节过后，虽说仍是春寒料峭，但地上的冻土已经渐渐融化了，枝头上的树枝也已经抽出了新芽。

那天小舅接了一单生意，要送货去临县一个小镇，小舅自己开车去送货。

农村的小镇隔一天赶一次集，本地的农民挑着新鲜采摘的蔬菜，别处的商人们带着自己的货物在道路的两旁摆摊。每逢赶集的时候，整个乡村的人都来到了街上，挤得人山人海摩肩接踵。

小舅的小货车陷在人群中走不动，他坐在车上，视线开阔，百无聊赖地看着街头的景色和人群。

这个小镇很少来，半年前为了寻找外婆，小舅来过这里。他扫了一眼街口的电线杆，当初贴的寻人启事早已经在雨打风吹中不见了踪影，心头一阵慨叹。

他眺望了一眼前方的人群尽头，车辆依然排成长龙堵着一动不动，街上的男女老少泰然自若地逛着街，一点都不着急。

街道的尽头，一个老人拄着拐杖沿着街边一路走来，身上穿着不知道从哪找来的棉衣棉裤，外面还套着层层叠叠的衣服，明显比周围的人穿得厚多了，手上端着一个碗，每经过一个商摊的时候就会伸出碗乞讨，大多数摊贩都会随手给她一些东西。那个粗瓷大碗里面有着零散的钱、馒头、零食，甚至青菜。经过一个早餐摊的时候，老板给了她两根刚刚出锅的热腾腾的油条，她一根放在碗上，一根拿在手上吃，仰着头看着太阳，绚烂的阳光洒在她的脸上。她十分享受地微微眯上了眼睛，光芒落在她苍老的面庞上，是那样温暖和清晰。

小舅看清她的脸的那一刻，浑身巨震——那是他的妈妈，他寻找了半年之久的妈妈！

他打开车门跳了下去，在拥挤的人群中狂奔，如一条逆流的鱼，奋力地向上游，撞开了人群，碰翻了路边摊。周围的人不满地叫骂着，看见小舅不但不停下来道歉还要向前跑，身后一群人追着想要拦下他，刹那间街上乱成一片，但小舅根本看不到身边的任何人任何事，他的眼里只有外婆，他怕一旦让她从视线中消失就再也找不到她了。

"妈——妈——"他竭力地大声疾呼。

外婆听到了熟悉的声音，茫然地四顾，忽然一个身影冲到了她的身前，紧紧地抱住了她。

身后一群追着喊打的人也愣住了，那个老太婆在这条街上乞讨有段时间了，大家都知道也都认识她，看她年纪大了可怜，多多少少都施舍过东西给她，本来以为她是个年老丧失劳动能力出来乞讨的老人，现在这架势看起来却像是走丢了终于被家人找到了。于是先前还在愤愤不平喊打喊杀的人都不再计较，围在旁边看起了热闹。

良久，小舅才松开了外婆。外婆抬起脸庞，茫然地看着眼前的身影，脑海中最顽强抵抗着衰老的记忆涌起，她终于认出了自己的儿子，哆嗦着嘴唇喊出了他的乳名："大桥……"

"是我，妈，是我……"小舅泪流满面。

"妈，我们回家。"小舅牵着外婆的手，一如小时候外婆牵着蹒跚学步的小舅的手。

那一天，是外婆失踪的第一百八十八天。

听说外婆找到之后，分散在天南海北的家人们赶回来聚到了一起。

妈妈帮外婆剪去凌乱的长发，洗完澡换了一身干净的衣服出来，院子里已经挤满了闻讯赶来的亲朋好友、远亲近邻。

外婆笑得温暖而慈祥，眯着眼睛一个个辨认来的人打着招呼。

"这是小宁啊，好长时间不见长高了啊……"

"老威的妈妈呀，你也来了……"

但是更多的面孔她实在想不起来了，便自嘲地笑笑说："哎，瞧我这记性。年纪大了，老了，不中用了……"

外婆不在的时候，他们才想起这个啰唆的老人的善良，见到她平安无事大家都觉得很惊奇，一个老人在外迷失了大半年，度过了一个寒冬，依然健健康康，都为她感到由衷的高兴。

外婆在院子里转了一圈，和来人打完招呼之后，来到了菜园旁。她不在的这段时间，菜园根本没人打理，已经长满了杂草，她低声地念叨："菜地里长满了草啊，种的小青菜是大桥喜欢吃的，草太多，菜都没长起来……"

说着就走了进去开始拔草去了，大家拦都拦不住，为了让外婆停下来，索性大家一起动手把草都拔了。

为了避免外婆再走丢，舅舅们不再让外婆独自居住了，外婆舍不得她侍弄了一辈子的小菜园，不肯搬到舅舅家去。最终拗不过她，小舅把自己院子里种的花花草草拔了，建了一个小菜园，才哄得外婆搬了过去。

两个舅舅又去了一趟那个小镇，挨家挨户感谢了那条街上的人家，谢谢他们在过去寒冷的冬天，对一个老人的施舍和关照，也正是那些一个一个不经意的善举，才让外婆吃饱穿暖，挨过那个寒冷的冬季。

今年过年的时候，我去给外婆拜年。她坐在走廊的躺椅上晒着太阳，暖洋洋的光线落在身上，膝旁两个调皮的孙子在追逐打闹，欢声笑语响遍院落。

"外婆，过年好。"我向她拜年。

她微笑地看着我，没有叫我的小名，很明显是没有认出我，但回应着我说："过年好。"

小舅妈从菜园里走出来，手上抓了一把刚拔出来的小青菜，对我说道："自家种的小青菜，新鲜翠绿，煮火锅可好吃了，中午你就留在这里吃饭吧！"

她转头向外婆说道："妈，这是小言啊，小言来看你了。"

"啊……"外婆一脸的茫然，"小言……"

小舅妈微笑着解释说："你外婆啊现在年纪大了，已经完全记不起来人啦…… 不过啊，她心里啊其实一直记挂着你们呢。"我看着舅妈，她脸上笑容平和，温柔大方，一点儿找不到以前对待外婆百般嫌弃尖酸刻薄的感觉了。

我心里有些不解，人都认不出来了又怎会记挂着呢？太阳很好，我搬了一把椅子坐在外婆的身旁，陪着她晒太阳。

阳光照在身上暖暖的，让人昏昏欲睡，半梦半醒间，忽然我听到了喃喃的像自语一般的声音，那样的轻而温柔。

"小言，小言不知道好不好呢？小言的妈妈呢？"

我睁开眼睛，原来是外婆在自言自语，她依然是一个啰唆的老太太，念叨的却是我们的名字。就算她老得已经记不清我们的模样了，但依然在心里记着我们。

这是一个老人最深沉的爱。

不知不觉间，我已经泪流满面。

谢谢上苍，你让她离开我们一段时间，让我们意识到她的重要，在我们懂得珍惜之后又将她还给了我们，让我们看见这世上的善良、美好，以及历经时间消磨依然坚韧的爱。

你 这 么 好，
值得我等你到老

那些痛苦、委屈、心酸的时刻，
只有自己知道，
别人都看不见，
能看见的只是最后幸福的结果。

　　从小到大，我特别羡慕这样一些人：他们人缘极好，交游广阔，永远是人群中的焦点，无论做什么都一呼百应。

　　无论什么时候，你的身边总有这样的人，吸引着大家都愿意和他交朋友。

　　小学时，我的身边也有一个这样的人，他叫老豹。一个小学生能有多老，还要在名字前加一个"老"字？其实这只是我们当地的风俗，如同港台地区在名字前加一个"阿"字一样，比如我的小名其实叫"威威"（好烂大街的名字），大家称呼我的小名就成了"老威"，如果在香港大概会被叫做"阿威"。

　　那个时候，大家都很愿意和老豹做朋友。放学后大家跟着他一起走，浩浩荡荡一大群，非常拉风。我害怕一个人走时的孤单，又很羡慕一群人走时的阵势，于是我也成为这群人中的一个。之后我成了他的朋友，也是最好的朋友。

　　我们一起上树捉鸟，下河摸虾，还一起去冰棍厂里偷过冰棍……不要谴责我们是一群坏孩子，我们只是在顽皮的年纪做顽皮的事的小男孩。我们在一起，不光做"坏事"，还会做"好事"——一起学习！

　　我们放学后疯够了，该各回各家各找各妈了，但是玩得太开心不舍得分开，这个时候我们最好的借口就是写作业。由于一起到老豹家写作业的人太多，他家的书桌趴不了那么多人，我们就去集市上。白天那里露天的长条石台用来卖菜，夜里我们齐刷刷地趴一排，就着路灯的光在那里写作业，场面蔚为壮观。

　　家长们从那里经过看见，都会回家教训自己的孩子——看看别人家的小孩，多勤奋！不好意思，让那些小伙伴受委屈了。事实上，我们是协同作战，老师布置的作业大家各自分几道做，然后换着抄。

男生心中大哥般的人是老豹，男生心中女神般的人是萍萍。

萍萍最大的特点是上学的时候走路极快，背挺得很直，双臂摆动如风，目不斜视，绝不回头，宛如竞走运动员，不断超越路上一拨又一拨慢悠悠地走着、打打闹闹的同学们，看起来身姿飒爽，凛然不可侵犯。

少年时代的男生，遇见漂亮的女生都会不由自主地拘谨。无论我们玩闹得多疯，只要在路上遇到了萍萍，大家都会不约而同地停下打闹，瞬间变了性子一样安安静静地走路。

那是一个夏夜，我们一群人仍然趴在路灯下写作业。忽然，大家你戳我，我戳他，提醒还在埋头写作业的人抬头。

只见萍萍从街道上走过，大概是上街买东西，由于是课余时间不需要赶着去学校，难得地见她漫不经心地走着。只见她平时扎起来的头发，由于刚刚洗过披散在肩头。她穿着白色的棉布裙，啃着一根冰棍。夜晚的凉风吹来，她的裙摆随风摆动，打在光洁的小腿上，橘黄色的路灯下，她看起来散发着暖暖的光芒。我们一起停下了笔，看着她从我们身前经过。她也注意到了我们这群男生，冲我们微微一笑算是打招呼。那笑容如清风徐来，带走了夏夜的燥热，我们目送着她的背影远去，仿佛心神都被她带走了，一时间大家都忘了写作业。

"我喜欢她，我要娶她做老婆。"老豹咬着铅笔，铿锵有力的声音打破了安静。

我们哄笑，抓住这个八卦的话题调侃老豹。

我们谁也不相信这句话，才多大人啊，一群小学生哪里知道什么喜欢和不喜欢。

后来，上了初中了，青春期的少男少女情窦初开，开始明白喜欢和不喜欢。

我们也都看出来了，老豹喜欢萍萍，可是呢，也就仅仅是默默地喜欢，没有采取任何行动。在我们那个年纪，恋爱是不被允许的，作为一个乖乖女，萍萍对早恋更是深恶痛绝。

我们常常玩的恶作剧是和老豹一起经过萍萍的座位时，突然把老豹向她推去，老豹讪笑着道歉然后追打我们，萍萍则是一脸的气急败坏。教室里鸡飞狗跳，直到上课铃声响起才会恢复安静。想起来，那还真是少年时代一段无忧无虑的快乐时光。

但是——我真的不想用这个转折词，我宁愿快乐时光可以一直延续下去，可生活毕竟是真实而不可回避的。

初二那年，老豹的妈妈因为和他爸爸发生口角，服农药自杀了。那是我人生中第一次有认识的人自杀，身为一个旁观者，我身心受到巨大的震撼，至今都心悸，而老豹所遭受的痛苦更是超越常人的想象。老豹无法原谅爸爸，父子反目，一个曾经令人羡慕的家庭瞬间分崩离析。

现在的家，对他而言是一块伤心地。他辍学了，随着外出务工的人出去打工去了。

独在异乡，遭遇过多少辛酸与困苦，不用问都能够想得到。

他也有意和我们疏远，从此以后，很少再听到他的消息。

我和萍萍考入了同一所高中，不同班，但是相邻。

喜欢她、追她的男生不少，但是她总是冷冷地回应，渐渐地大家都退却了，只有一个男生小Ａ，坚持得最久。高中整整三年，他都是坚定的追求者，以至大家都以为他们在一起了。

高考前夕，老豹忽然来到了我们学校。从他离家外出，已经五年过去了，他已经变了模样，那个曾经天真勇敢、一呼百应的如风少年，竟已经有了成熟的风霜。

五年过去了，在夜晚露宿在天桥下瑟瑟发抖的时候，在没钱吃饭饿到晕倒的时候，在人生绝望和艰难的时刻，他活下去的唯一的勇气和动力就是那个夏夜说出的誓言——"我喜欢她，我要娶她做老婆。"

无论他多么思念她，这五年来，他都忍住了。因为他觉得自己不能这样贫穷落魄、一无所有地站到她的面前。

直到现在，直到他熬过千辛万苦，终于成了工地上的一个小头目，能够养活自己；直到他听说萍萍的身边出现了一个同样默默地、坚定地喜欢她的人，他终于鼓起勇气，再次出现在了萍萍的面前。

来之前他给自己打了无数的气，要勇敢地向她告白。然而见到她之后，他忽然泄了气，哈哈笑着说："我来找余言玩，这么巧居然碰到了你。"同时他向她身边的那个男生点头示意。

那么多汹涌的情绪，竟克制成云淡风轻的问好。

教学楼的天台上，只有我和他两个人。他看向远方，仰起头叹了一口气："希望她高考成功，可以念自己想上的大学。如果高考落榜，她不再读书，我一定会向她告白。但是啊，她考上大学，也就会离我越来越远啊。"他说那句话的时候，满脸的悲伤。

萍萍考上了大学，小 A 和她考入了同一所学校。老豹闻讯之后，立刻辞去了打拼多年的工作，义无反顾地去了她就读的城市打工，一个初中没有毕业的人，来到一个陌生的城市，意味着一切从零开始。

这些事，萍萍都不知道。

没有文凭，又想工作离萍萍所在的大学近些，辗转两个月，老豹终于找到了一份工作，成了一名车床学徒。车床是一项危险的工作，机器开动时刀头旋转，铁屑飞溅，火光四射，小作坊里防护措施不到位，偶有事故发生。他能够找到这个工作，也是因为之前的工人被削到了手指走人了，用人单位不得不把他招了进来。

老豹也不挑剔，踏踏实实地留下工作，只因为这里离学校近，当他想去看萍萍的时候，就可以进去看一看。而萍萍终于被那个高中开始一直追她的男生所感动，两个人在一起了。

学徒的工资很少，老豹每天省吃俭用，每到周末的时候，他就脱去一身油污的工服，换上一身干净的衣服，有时候给萍萍买点水果，有时候是一箱牛奶，有时候是请她吃一顿饭。

萍萍客气地表示拒绝。

老豹说："大家都是老乡，又在外地，相互走动关照下也是应该的啊。再说，我已经上班了有收入，你还是个穷学生。"

次数多了，小 A 见到老豹也生出了警戒心理，他将萍萍拉到一旁不耐地问："这人谁啊？"

萍萍解释："我的小学同学和老乡，一个村的，他刚好在这边打工，所以经常来看看我。"

男生"哦"了一声，如释重担，接过萍萍递过去的水果，冲到网吧打游戏去了。

他每天大手大脚地吃喝玩乐，花钱极快，自己的钱花完了就花萍萍的钱。萍萍家庭条件一般，生活费也不多，钱早早地花完了她也不好意思问家里要。萍萍在那里发愁着明天的早餐，他却满不在乎地说："你不刚好有个老乡吗，他都上班了，肯定有钱，找他借点呗。"

萍萍纠结了半天，打了一个电话给老豹，一个小时后，老豹出现在她面前。

老豹拿了一千块钱给她，叮嘱她有需要再找他，然后匆匆地走了。

小 A 打游戏买装备，在游戏世界中一身神装，纵横无敌，耀武扬威，但在现实世界中，他再一次连吃饭的钱都没有。萍萍和小 A 吵也吵了，但是吵完之后还是要想办法解决钱的问题，总不能不吃饭吧。

小 A 催促他找老豹借钱，萍萍犹豫了很久，上次借的钱还没还又要借，她脸皮薄，始终开不了口。小 A 却毫不客气地拿萍萍的电话打过去："萍萍现在没钱了，想先找你借点钱用下。"

电话另一端的老豹立刻说"好"。这一次，他说自己忙没时间亲自送，托了一位同事替他把钱交给了萍萍。

钱花得飞快，萍萍只好找份兼职做。萍萍和小A之间，争吵渐多。那一天，萍萍在学校附近的肯德基值夜班，下班的时候已经是半夜了，大雨倾盆，她打电话给小A，叫他带伞去接她一下。电话里她听得到键盘的敲打声，以及周围的嘈杂——他正在网吧打游戏。然而，他听了她的话之后却不耐烦地说："不过是下个雨而已啦，我这边在打团战，正要紧的时刻，没法去接你，你找同事借把伞，或者等雨小的时候再回来啊。"

萍萍站在门口，看着雨幕，心也一寸寸地凉了下来。

有的人会苦苦地追求不曾拥有的，而一旦拥有之后呢，却再也不珍惜了。

她枯坐到天明，终于发了一条短信给小A，只有两个字——"分手"。那一刻，她觉得如释重负。

领到工资的第一个月，萍萍拿着手上不多的钱，决定先还一部分给老豹，想着借了那么久多少也应该还一些，不然心里过意不去。

也就是在那时，她才突然意识到，老豹好久没有来看她了，她更意识到每次都是老豹来看她，而她从来没有去看过他。

萍萍买了一些水果，决定主动去看下老豹。凭着老豹曾经说过的上班的地点，她一路摸索问过去，终于在一个看起来像是废弃的厂房里找到了老豹。

那家厂房破旧，只有一台轰隆隆作响的机床，机床周围堆着等待加工的材料。厂房的中间摆着一张桌子，上面摆着一碗咸菜和没吃完的馒头。

而老豹穿着蓝色的工服，身上和脸上满是油污，正在操作机床，他的大拇指上缠着醒目的白色绷带。

她忽然明白了老豹的用心，他每次穿得干干净净去见她，就是不想让她看到他这样的一面，她不想让他难堪，所以默默地退了出来。

在门口碰到了那个送钱给她的同事，萍萍向他打听老豹的手是不是受伤了。

从老豹同事的口中，她知道了事情的始末：因为她需要用钱，老豹想要加班多挣点钱，结果没休息好，操作机床的时候有些疲惫，然后就被刀头削去了半截大拇指。

萍萍哭得稀里哗啦。

老豹是我见过为爱最坚持的人，所以理应得到一个圆满的结局。

萍萍大学毕业之后，他已经是一个车床技工了，他亲自用车床车了一个戒指向她求婚。萍萍的父母膝下无子，只有两个女儿，他主动要求成为上门女婿，承诺给萍萍幸福的生活，并发誓以后绝不会和她吵架。少年时妈妈和爸爸吵架之后一气之下自杀在他的心头是永远的痛。

萍萍眼含热泪答应了。老豹终于实现了从小在心里许下的誓言。

再后来呢，老豹已经是一个工厂的老板，手下好几台车床。如今他们已经有了两个孩子，生活得幸福而美满。在一起多年，两个人连一场架都没有吵过。

这似乎是个平淡的故事，但其实每对能够走到一起的人，都一直在为爱坚持和等待，经历了很多不为人知的曲折。那些痛苦、委屈、心酸的时刻，只有自己知道，别人都看不见，能看见的只是最后幸福的结果。

因为曾经为爱付出和坚持，才实现了最初的誓言。

+

爱情里没有誓言

因为她总能笑着擦掉脸上的污泥，
对自己说，没关系，
我相信明天一定会好起来。

认识彭慧是我高三追女友颜晴的意外收获。

彭慧是颜晴的好朋友，她俩不在一个班，关系却很好，每天上下课一起走。她那个时候留着短发，身材瘦弱，最有特点的是那双细长的眼睛。当她看着你时，有种冷漠疏离的距离感；当她笑起来的时候，眼睛弯弯却又温柔地击中你的内心。她的个子并不是很高，却能感觉到她小小的身体里面蕴藏着巨大的能量。

每天早晨上下课时，都可以看到一群体育特长生在操场上跑步，她一个小女生在一群男生中特别醒目。

知道她也是体育特长生让我很惊讶。大家印象中的体育特长生都是一些成绩不怎么好，头脑简单、四肢发达的男生，为了考上大学才走体育特长生这条路。而她一个小女生，无论怎么看，都和体育特长生不搭。

本着要追求目标女生必先从她的朋友入手的原则，我先接近了彭慧。

她倒不像外表看起来那样冷漠，挺爽朗大方的一个女孩，笑的时候扬起脸庞，眼神灿烂。我发誓，我从未见过这样阳光灿烂的笑容，仿佛她的心头从未有过任何阴翳，生活中没有任何烦恼。

她说："余言啊，我认识你呀，全校有名的风云人物！"

我内心暗喜，这下好了，认识我就好办了，省下了很多套近乎的工夫。

我们就读的学校是位于市内的一所私立学校，高中生的招生更是来自全市所有的八县两区，大部分都是没有考上当地重点高中才进入这所学校的，来自农村的同学比较多，县城和市区的比较少。

　　一般两个同学认识之后，常用的打招呼方式就是："你是哪的啊？"

　　如果恰好同县，顿时就会觉得多了几分亲近；不是同县呢，也可以相互吐槽下对方的家乡。不管怎样，都可以有个很好的可供共同展开的话题。

　　所以，我们互通姓名后，接下来展开例行的对话。

　　"哎，你老家哪儿的啊？"她问。

　　"潢川。"我说了我们县城的名字。除非别人追问，我才会说我是某某乡，这样大家就会以为我是城里人而不是乡里人。

　　"你呢？"

　　"信阳。"信阳就是我们学校所在的地方，也是我们地级市。因此在少年时的我的心里，对信阳是格外仰望。

　　"信阳周边的？"言下之意是问是否信阳周边的农村。

　　"就是信阳市的呀。"她说。

　　我是乡里人，她是城里人。

　　必须要承认，那个时候的我，还带着乡里人的自卑，总觉得城里人特富裕，而我们乡里人特别穷。

　　认识之后，有事没事和她说说话，我不好意思把目的表现得太明显，刚认识她就让她立刻帮忙。

　　接触下来之后，发现她交游广阔，尤其对我们高三的人认识挺多，我认识的、不认识的，她都认识，所以不愁和她没有话题聊。

　　等到我们关系熟到一定阶段，我终于开口和她讲："你能帮我把这封信递给颜晴吗？"

她的眼神暗了一下，但旋即扬眉一笑，笑容一如既往灿烂："好啊。"

后来，她才和我讲，那一瞬间她内心的失落是因为我认识她，就是为了让她带情书给颜晴。

她之所以认识那么多的男生，正是因为那些人也是为了找她送情书才认识。她以为我和他们不一样，我却恰恰和他们怀着一样的目的。她以为和我可以做真正的朋友，我却让她失望了。

她还是决定帮我，尽心尽职地帮我，不光是帮我送信，还时不时在颜晴那里帮我讲好话。

如果你追一个姑娘，她的闺蜜时不时帮你讲几句好话，这事基本就成了一半。所以，那个全校闻名的校花，最终成了我的女朋友。我能够牵着她的手，承受着全校男生羡慕的目光，趾高气扬地走在校园里，彭慧是最大的功臣。所以，很多时候我们三个人都会在一起，吃饭的时候却很少能够看见她。叫她一起吃饭的时候，她就会说"你们先去吧，我还有事，等会儿再去"，或者"你们俩一起去吃饭吧，我就不当电灯泡了""我家里送了一些菜给我，我去宿舍吃，就不和你们一起吃啦"诸如此类的话。

和颜晴两个人走在去往食堂的路上时，我会忍不住八卦："一定是家里送了什么好吃的，她要一个人独自躲到宿舍里吃。"

颜晴白我一眼："她是那种人吗？"

想到她大方爽朗的样子，我立刻否决了："不是！"

至于她为什么不和我们一起吃饭，我想不明白就不去想了。

那天中午，由于老师找我谈话，故意拖着饭点不让我去吃饭，等他放我出来的时候早就过了饭点，只剩我一个人孤零零地拿着饭盒去食堂。食堂空荡荡的，和刚放学时人群攒动的情景形成了鲜明的对比。窗口里打饭的大妈和食堂的师傅在那里闲聊着学校里的八卦。

我忽然发现前面有一个熟悉的身影——彭慧！

她掏出了五毛钱的饭票给了食堂阿姨，只打了一碗白米饭，手上拿着一包海带丝，超市里只卖五毛钱一包的海带丝！

原来……这就是她每天吃的饭。

她转身的时候看见我，然后愣住了，神色慌乱，她招呼也不和我打一声就落荒而逃，好像自己一直以来保守的秘密被人撞破了一般。

我终于明白了她每天躲着我们不和我们一起吃饭的原因了，她不想让我们看见她的窘迫。

我一直觉得她是城里人，生活条件比我这种来自农村的孩子不知道要好多少。

那个时候我们流行的生活标准，一般一个月两百元，我花钱比较大手大脚，家庭条件还不错，每个月可以有四百元。有的同学来自贫困县，生活条件差点儿，但是我从未想过，来自信阳市的同学，也会生活如此困窘。原来，贫穷和地域无关，无论在哪里，哪怕是天堂，都会有穷人。

这件事我放在了心里和谁也没有提。她不想让大家知道，我自然也会替她保守秘密。

　　她吃饭的时候依然独自一个人，躲开大家。这并非什么不好，这只是一个正常的女生维护自己小小的自尊和面子，不想成为被别人议论的话题。

　　高考结束之后，我回到了老家，一直到去学校查阅高考成绩时才回到了学校。

　　我认识的信阳的人也就彭慧一个，身为好朋友，自然要见上一面。我和她压马路，她带着我在市区闲逛。我们聊高考，聊未来。聊起高考和未来的时候，她的眼神瞬间黯淡了。

　　她低着头沉默良久，回过头来对我说："我的高考只有一次机会，如果我考不上大学，就会辍学，家里也不会让我上大学了。"

　　我有些震惊："为什么啊？"

　　"因为……"她忽然抬头看向远方，拖着长长的声音，良久，才回过头看着我说："我家很穷啊。"

　　第一次，她和我聊起她的家庭。

　　在她很小的时候，妈妈就生病了，爸爸是个火车司机，常年不在家，是妈妈照顾他们姐弟俩。她家住在铁路附近，每天傍晚，妈妈都会骑着自行车沿着铁轨旁边的道路去医院看病。

　　路上会有一段上坡路，最开始，妈妈每天带着她从那里经过时，会语调轻松地回头对她讲："慧慧，我们要爬坡了哦！"然后轻松地飞快骑了过去，而她则在后座夸张地大叫，那真是一段开心的时光和记忆。

　　然而……随着妈妈的病情加重，妈妈上坡越来越吃力。直到有一天她坐在后座上，看见妈妈骑着骑着已是满头大汗，虚弱得连气都喘不过来。车子在上坡的路上行驶缓慢，一个人在用尽全力对抗世界的地心引力和摩擦力，却显得那么弱小和于事无补。彭慧从后座上跳了下来，在后方推着车子，妈妈终于顺利地踩着自行车上坡了。以后，妈妈每次骑自行车到这里时，彭慧都主动下车，推着车子缓步向着坡上走去。

妈妈艰难地骑着自行车的一幕深深地烙在了她的脑海中，从此以后她再也没忘记过。她年纪如此之小，却深刻地感受了人生的无力，也清楚地明白妈妈的身体每况愈下，时日无多。她的内心充满了恐惧，害怕有一天妈妈会离开她。

但不管怎样恐惧，妈妈还是去世了。妈妈病逝的那一天，爸爸不在妈妈的身边，还在开着火车远在千里之外。

那个时候，她就暗暗发誓，长大以后一定不要再嫁给司机，火车司机、货车司机、出租车司机……通通都不行。

料理完妈妈的后事，父亲再娶了，彭慧有了一个后妈，很快也添了一个弟弟。她在新家中并未受到虐待，却缺乏关爱。爸爸经常不在家不管她，后妈忙着照顾弟弟也不怎么管她。被忽视的结果就是她永远是那个无足轻重的人，没有人在意她衣服旧了需不需要买新的，身上有没有钱够不够花。

每个月后妈只给她一百元生活费，这一百元她要用来生活，还要从中省钱买衣服和生活用品。所以，她花得异常节省。通常她去超市买一包海带丝，打一份白米饭就着吃。在来自农村的孩子的眼中，她也是来自市区的城里人，为了怕被人看见非议，她从不在食堂吃饭，总是最后一个去。反正去晚了只会没菜，但米饭一定有，她悄悄躲在宿舍或者别的角落里吃。

她爸爸和后妈已经和她讲过，如果这次高考考不上大学，就不能复读了。他们给过她机会，如果没考上就怨不得他们。

以她的成绩，在我们这所三流的学校里想要考上大学只能依靠奇迹了，所以她才选择去做体育生，这样才更有希望一些。

讲到这里，她忽然回头看我，眼神依然是乐观的，她的笑容那样灿烂，纯净得像未曾染过任何尘埃。她明明应该是沾满了尘埃的人，讲述这些悲痛的过往，不是应该眉目紧结吗？

"其实，我觉得就算真的考不上大学也不要紧，我可以早一点出来工作也挺好，这样我就可以赚钱，早日独立。"

你相信吗？这世上真的有一种人，哪怕备受挫折，也依然对生活和未来充满希望。她根本不需要安慰，但我还是安慰她说："你一定会考上大学的。"

第一年高考我失利之后，转学去了我们当地一所重点中学复读，而她也步入了高三。

我们在不同的城市，很难再见面。那个时候我已经和颜晴走到一起了，颜晴继续在那所学校读高三。作为美术特长生的她，大部分时间在校外的美术培训班上课。我会一两个月去一次信阳看望她，偶尔也会见着彭慧，在清晨和傍晚的校园，总能看见她在操场上挥洒汗水。

她小小的个子奔跑在操场上，在体格健壮的体育生中，她的瘦弱显得近乎营养不良。她真拼啊，用尽所有的努力，只是为了可以改变自己的命运。

有时候想一想，你不得不承认，很多人的命运在一出生的时候就已经注定，而能改变自己命运的人，是少数的。

有的时候，你觉得自己很悲惨，是因为你觉得别人比你幸运，但也许实际上别人甚至比你还悲惨。相比之下，你才是那个幸运的人。

高三的时间总是过得特别快，复读之后，我每天泡在书山题海中，看不完的书，做不完的试卷，听不完的教导，时间飞快地过去了。

很快高考再次来临。

考完后，我填报志愿时选择了和颜晴同一个城市，但是不同大学。我们三个人里面，我的成绩向来不错，颜晴专业成绩第一更是毫无悬念，唯一令人担心的就是彭慧。

成绩公布后，她落榜了，因为专业成绩不达标。

她个子小比较适合做体操运动员，但起步又晚了；篮球之类的运动，她身高不够就更不适合了。

去读大学的前夕，她来为我送行。

那个时候我们很穷，无法在环境舒适的咖啡厅点一杯咖啡，只能在奶茶店坐着聊天。问候几句之后我们问了各自的近况，陷入了短暂的沉默。这样的时刻，对我来说是值得高兴的时刻，对她而言却是悲伤的。

她忽然开口打破沉默："你为她报考一所普通的大学，将来会后悔吗？"

"不会后悔。"我毫不迟疑。

她看着我笑了笑，直到我历经世事，才明白早早历经世事的她当时的笑是意味着不相信。

我转移话题："接下来你有什么打算？"

她说："还有什么打算？只有打工一条路啊。"话里有一些怅然，但旋即她抬头冲着我再次露出灿烂的笑容，"别担心，我一定会过得很好。"

有的人努力地拼命改变自己的命运，我也希望她的努力可以改变自己的命运。

大一刚开始，不出意料，我和颜晴就分手了。

整个大一我都沉浸在悲伤的情绪中，大一结束的暑假，我打算去看望彭慧，和她聊聊愁绪。然而一问之下，才知道她在一个县城的啤酒厂做工人。

我很诧异，为什么她不在市里找个工作，而要到下面的小县城的啤酒厂做工人。我去看望她，从汽车站下车的时候，迎面而来的是尘土飞扬。与其说这是一个县城，更像是一个大工地——拆掉的破旧的房子和新建楼房的建筑工地交错。

她在车站外等我，时隔一年再见，似乎有什么改变了，又似乎什么都没变。她见到我之后格外热情，她很开心我一直当她是朋友。

她带我去她租住的房子，房子是破旧的农房，整栋房子住了不少人，都是啤酒厂的员工。

她交了一个男朋友，在公共厨房里准备饭菜，看起来倒是蛮老实的一个人，见到我来只是打了一声招呼，就不再多说一句话。

　　她进厨房帮忙，很快端出了几盘热腾腾的菜。我对她的男友挺有兴趣，所以不免留心。

　　他比她大上几岁，几年前辍学后就来到啤酒厂打工，从他的身上看不到朝气，似乎单调重复而又机械的工作，早已将他的激情埋没。

　　吃完饭后，他去上班，她送我去车站坐回程的车。

　　人生中的朋友，一旦身处两地，剩下的也就是不停的离别和相逢。匆匆见一面，互叙近况，然后再匆匆一别。

　　走在路上，她忽然和我说："我要和他分手了，我也要离开这家啤酒厂了。"

　　"啊，为什么啊？"面对她，我总有那么多的为什么。

　　"和他在一起，是因为两个身在异乡的人寂寞；离开这家啤酒厂，是我不想过一眼就能看到头的生活啊。"她悲伤地说道。她把感情看得如此之透，很难爱上一个人，和一个人在一起只是想给自己找个伴。

　　我也进一步了解到她家中的生活状况，父亲酗酒，继母生病，就连继母所生的宝贝弟弟，如今为了生计也混迹夜场拉皮条。

　　有些人所过的再平常不过的生活，竟是很多人想象不到的奢侈。有的时候不得不承认，人与人之间是有差异的，这种差异从出生的时候就已经决定。

　　我和她同龄，她却比我历经更多生活的艰辛。但是啊，她从不对生活绝望，因为她深知只有自己才能改变自己的命运。

挥手道别以后，我读大学，工作，回老家的时间越来越少，和她也是再未见面，只是偶尔通通电话，知道她的近况。

她去超市做收银员，在饭店做过服务生，摆过地摊……这个世界的残酷是，很多时候你的命运并不是你努力就可以改变的，你的出身和环境决定了你的命运。所以，即便她很努力，也不过是可以让自己一个人在城市里活下去。

电话越来越少，中间已是有几年不联系。那天我刚从三亚旅游回长沙，刚下机场，我突然接到一个陌生号码的电话。

她说："我要结婚了，我想邀请你参加我的婚礼。"

我愣了一下，才从熟悉的声音中反应过来——是彭慧。

她终于找到可以依靠的人了，那一刻我心中也很激动。

"好。"我说。

婚礼那天，我如期赶到。

男方家在一个农村的小镇上，我转了几趟车才抵达。

在当地，农村的姑娘都想要嫁到县城或者市里去，而他家娶了市里的姑娘，家中二老喜笑颜开，每个来客都特别热情地招待。

不用问当事人，我从大家的闲聊八卦中就已知道这个男人和她认识的大概过程。

彭慧去杭州进货，返程时，钱在车站被小偷偷了。她一个人拖着大大的装满货物的箱子站在高速入口附近，想要拦一辆往信阳方向的车，但司机一听说她没钱付车费，都一溜烟地走了。

她站在马路边，孤独无助，急得都要哭了。

忽然，一辆大货车停在了她的面前。车门打开，从里面跳下来一个高高瘦瘦的小伙子，宛如从天而降，他温柔地问她："发生了什么事，你怎么在这里哭？"

彭慧一听哭得更加大声了，很多年来她都没有被人这样关心过。在这一刻，这些年来一个人生活的艰辛与委屈一瞬间都涌了出来，眼泪溃堤成河。

他手足无措，只是默默地陪在她身边，等了很久，直到她把所有的心酸哭完。

彭慧抬起满是泪痕的眼睛："我的钱包被偷了，没法回去了。"

"你要去哪？"

"信阳。"

他爽朗地笑了："我也是信阳的呀，我正要回信阳呢，你要不嫌弃，可以搭我的车回去。"

彭慧看过去，那是一辆货车，车头霸气如威震天。她没有坐过货车，也没有想过要坐货车，她在新闻上看到货车司机劫财劫色，所以半天下来，她只敢拦很多人坐的长途客车。但不知道为什么，她一见到他，心中就无端信任这个货车司机。

她确认地问道："可以吗？"

"可以啊。"他点点头，上前帮她拎起行李放到车上，带着她上车坐在副驾驶位置上。

彭慧坐在副驾驶位置上，视野开阔，看到平时看不到的风景。

一路上两人谈笑风生，八个小时的车程下来，他知道她叫彭慧，她知道他叫郑多，他知道她喜欢吃辣，而他也嗜辣。她最爱做的事是赚钱花钱，刚好，他几乎只赚钱不花钱……他们几乎知道了对方所有的事，并发现双方是如此契合。

她说："你知道吗，其实我爸爸也是个司机，不过是火车司机。"

"火车司机？"郑多饶有兴致，"听起来挺神秘，有个当火车司机的爸爸一定很骄傲吧。"

天色已经黑了，彭慧头扭向车窗看向外面，幽幽地出神："我并不觉得有个火车司机的爸爸会有什么好，他长年不在家，家里总是我妈妈一个人，妈妈去世的时候他都不在身边，所以从那时起，我就发誓长大以后不要嫁给司机。"

驾驶室陷入了沉默，彭慧从久远的回忆中回过神来，看向郑多坚毅的侧脸，他手握着方向盘，目光专注地看着前方。车头的灯光划破茫茫的黑夜，汽车飞驰在高速公路上，那一刻的他看起来是那样帅气。

"你……为什么要做货车司机呢？"彭慧打破沉默问道。

"我啊，不太喜欢在一个地方很拘束地待着，天性喜欢自由，想去看看不同的地方和风景，又喜欢开车，后来就觉得当个货车司机不错，可以去不同的地方，开车走遍大江南北，同时收入也不错。"

"唔……原来是这样。"

这就是他们之间的故事的开始。

他送她到她家楼下时，已经是凌晨时分了。彭慧下车之后，笑着冲驾驶室上的郑多挥了挥手，潇洒利落地说一声："谢谢！再见！"

"等等。"郑多打开车门跳了下来。

彭慧停住了脚步，转身静静地看着郑多，等着他说话。

树影婆娑，夏夜微凉的风轻轻地穿过两个人，温柔得让人心醉。她歪着头，眼眸中仿佛含着漫天的星辉，笑容清澈。

"那……那个……没什么……"他无比确定，他喜欢上了这个姑娘。他们在茫茫人海中相遇，同行过一段旅程，如果就这样挥手道别，可能再难遇见，所以他心中突然萌发出勇气，从车上跳下来留住了她。然而面对如此美好的她，他却紧张得连话都说不清楚，他不由得想起了她说的那句誓言，给了自己一个退缩的理由，说出口的却是轻轻的两个字："再见。"

"再见。"彭慧点了点头，转身走了。在那一瞬间，她内心深处涌起了万千情绪，是这些年来从未有过的心动的感觉，然而在那句"再见"之后又如潮水一般退去了。

身后的货车轰隆隆地远去了，地面被碾压而过的颤抖也渐渐平息了。

彭慧有些遗憾，又有些庆幸，哪怕心中有再多的情绪涌动，自己却不像曾经一样勇敢无畏。毕竟他俩只是刚刚认识的第一天。最重要的是，他是一个司机——货车司机，她曾经发过誓，绝不嫁给司机。

第二天一大早，彭慧还在睡梦中，突然被一阵刺耳的鸣笛声吵醒。整栋楼的居民都怨气冲冲地开窗，向着楼下怒骂。

但是鸣笛声还是不停，吵得人死活没法睡懒觉。彭慧走到窗户边，打开窗户准备加入开骂的行列，却看见楼下停着那辆帅气的红色大货车。

看见她终于露面，他停止了按喇叭——他昨晚送她到这栋楼下，往一百多公里外的自家开，只觉得心头有一阵火在烧。他强烈地想念着她，他意识到自己爱上了这个女孩，于是立刻掉转车头回来了。

他并不知道她住在哪一间房子，只能静坐到天明。等到天一亮，就迫不及待地用鸣笛的方法吵醒众人，就算别人骂他是神经病他也不停。

他爬到车头顶上，大声地喊着："彭慧，我爱你！"

彭慧惊呆了，她等待一个她爱的、爱她的人很多年了。然而今天他真的出现了，她的心里却犹豫了：她妈妈嫁给了火车司机，她亲眼目睹父亲常年在外，母亲一个人在家的辛苦，所以她发誓不想再嫁给司机。

他在楼下等了很久，窗户再也没有打开。从朝阳初升到夕阳落山，从清风徐来到凉风乍起，整整一天没有任何回应，他低下头失落地准备转身离开。

"郑多。"身后传来一声呼唤。他转身回头，不知何时彭慧已经下楼站在了他的身后。

"你答应我，无论何时都要和我在一起。"

"我答应。"

彭慧轻轻地向前拥住了他，泪水再一次流了下来。爱一个人不就是愿意为他放弃自己吗？所以她决定为他放下当初的誓言。

郑多并不知道她在哭什么，他用力地拥抱着她，她的过去他未能分担，但她的将来他要和她共同面对。

以后每次他要长途拉货，去的时间比较久，她都跟在他身边和他一起。漫长的高速公路上，有她的陪伴不再无聊。从南到北，从西到东，曾看过的风景他和她一起再看，都成了世间的美景。即便夜里住在廉价的旅社，他俩也觉得幸福得仿佛住在五星级酒店。

虽说最终命运让她选择了货车司机，但她俩并没有像她曾经害怕的那样两地分居，她依然可以选择和心爱的人一起生活。那个人爱他，惜她，懂她，可以免她惊，免她苦，免她四下流离，免她无枝可依。

我向站在门前迎宾的新郎和新娘走去。

时隔多年未见，她变得更加漂亮了。哪怕她命运多舛，生活一再将她打落尘埃，可岁月仿佛并未给她留下任何伤痕，因为她总能笑着擦掉脸上的污泥，对自己说，没关系，我相信明天一定会好起来。那些曾受过的伤，她一一抚平。这样的人，值得拥有幸福。

她依然眼眸清亮，笑得灿若千阳。

我微笑着向她走过去——

祝你幸福。

后记

相信爱情才配拥有爱情

时寒是我为数不多的富二代朋友，有钱也就算了，关键是长得还挺帅，有点像韩国明星李敏镐。爸爸事业有成，妈妈美貌贤惠，父母恩爱，自恋爱到结婚，十年过去了，从没红过脸吵过架，在当地一直传为一段佳话。他以为自己会在父母的关爱中幸福地长大，但是在他六岁的时候，父母离婚了，他特别不懂也特别不理解，哭着喊着向父母追问为什么，爸爸的回答是：不爱了。妈妈的回答是：她爱上了别人。他童年的这段经历，对他的感情观造成了巨大的影响，不相信爱情。

自从他初中情窦初开早恋开始直到现在，十多年过去了，他主动追求的女生，或者倒追他的女生，成为他女友的人已经可以集齐十二星座和十二生肖，从御姐到萝莉，从龟毛的处女座到神经质的天秤女都经历过，但是他还没有一段可以维持超过一年的感情。从骨子里，他不相信爱情和天长地久。

那天下午阳光灿烂，我抱着电脑在咖啡馆的阳台晒着太阳码字。在长沙这样长年阴雨连绵的城市，天气晴好的日子十分少见，当这样的天气出现的时候，全城的人都会跑出来晒太阳。

忽然，我接到了他的电话，他的声音一听就是喝多了，在嘈杂的音乐声中，他嘟囔着让我去钱柜。这样好的天气不出来晒太阳散步，而是在 KTV 唱歌，简直是堕落以及糟蹋生命啊。我愤慨地挂断电话，出于对他的担心，赶了过去和他一起堕落和糟蹋生命。

偌大的包厢只有他一个人，他抱着话筒声势力竭荒腔走调地唱着陈小春的《没那种命》，"我没那种命啊，轮也不会轮到我"，面前的桌子上摆着一排空啤酒瓶，以我对他酒量的了解，他应该处于喝醉的边缘了。

一个人 K 歌喝酒，这架势一看就是失恋的样子。

我坐到他的身旁，问："和你女朋友分手了？"我有一个月没见到她了，如果在这一个月内他没换女朋友的话，那么他的女朋友我应该见过。那个女孩叫树树，在国外留学期间主修中西方文化史，身上有种既古典又时尚的气质，家庭条件不错，回国之后找不到相关专业的工作，就由着自己的喜好开了一家二十四小时的独立书店。一次聚会时，时寒认识了她，并主动追求，两个人在一起了。一个月前我和时寒见面的时候，他带她一起，席间聊天时我发现她是一个难得有貌又有趣的女生，有想法有见解，足以超过时寒所有的前任；但是以时寒的性格，过了最初的爱情保鲜期之后，恐怕也难以长久，因为他不相信爱情，所以也就不会长久地经营一段感情。

"嗯。"他点点头。看来意识还是清醒的。

一般都是他主动甩别人，所以我毫不留情地批评道："哦，你自己主动甩的别人，有什么可难过的。"

他抬起眼睛看着我，眼眶通红："不是我甩的她，是她甩的我。"

哈，难得！

在他的情史上，他当然也被女生甩过，不过次数屈指可数，印象最深的，是有个女生因为他和她一起逛街时看别的美女，一气之下和他说分手，他高兴地请我们喝酒，说："太好了，早就想和她分手了，一直没想到借口，没想到她主动提出来了。"但是第二天，那个女生居然主动认错，觉得是自己小题大做，想要和他复合。现在他被女生甩，还一副很痛苦的样子，我还是第一次见到。

我坐了下来，幸灾乐祸地问："哦，她为什么要和你分手？"

他拿起一瓶啤酒狠狠地灌了一口，眼神茫然："我说我不相信一个人能爱另一个人一辈子，她说无法和不相信爱情的人在一起。"

不相信爱情意味着对这段感情不认真，也意味着这段感情没有未来。像她这样思想独立的女生，和一个男人在一起，不是因为他有钱，也不是因为他长得有多帅，只能是因为他爱她。

"余言，真的有人会爱一个人一辈子吗？"他捂住了脸庞，声音哽咽。

我拍了拍他的肩膀，默默不语，看来他是真的失恋了，竟然能够体会到失恋的痛苦。他这样伤心，也许是因为在乎，也许是因为不甘，也许是因为自尊受挫；不管怎样，在朋友失恋痛苦的时刻，最好的安慰是陪伴，他喝酒我陪他，唱歌也陪他吼。

　　我点了一些歌，一首首唱过去。忽然熟悉的前奏响起，是每次K歌我必点的一首老歌，从小到大我都特别喜欢的《牵手》。第一次听这首歌的时候，印象深刻是因为歌词，当时觉得，这个歌词怎么那么怪呢，有一种独特的美感——

　　　　因为爱着你的爱

　　　　因为梦着你的梦

　　　　所以悲伤着你的悲伤

　　　　幸福着你的幸福

　　　　因为路过你的路

　　　　因为苦过你的苦

　　　　所以快乐着你的快乐

　　　　追逐着你的追逐

　　　　因为誓言不敢听

　　　　因为承诺不敢信

　　　　所以放心着你的沉默

　　　　去说服明天的命运

　　　　没有风雨躲得过

　　　　没有坎坷不必走

所以安心地牵你的手

不去想该不该回头

也许牵了手的手

前生不一定好走

也许有了伴的路

今生还要更忙碌

所以牵了手的手

来生还要一起走

所以有了伴的路

没有岁月可回头

　　那时年纪小，喜欢一首歌只是单纯被好听的旋律所吸引，年岁渐长，经历过人生的种种，也渐渐明白了歌中的意思。

　　人生大抵如此吧，少年时惑于形，爱那色彩浓烈，触目动人，如"少年听雨歌楼上"；经过跌宕，世间事，见过生与死，爱别离，求不得，才会"而今听雨僧庐下"，静坐一夜，听帘外雨声别有一番感触。如今年岁渐长，再听这首歌渐渐体会到歌词中所表达的含义。

　　一首歌唱完，他静默呆坐，良久才回过神来，对我说："我看你在朋友圈说你在写一部名为《愿无岁月可回首》的小说，标题应该是来自这歌词中的'没有岁月可回头吧'。'愿无岁月可回首'是什么意思呢？从字面意思理解，应该是希望过去的岁月中没有什么可供追忆，这也太奇怪了吧，过往的岁月中有美好的甜蜜的记忆，应该是'愿有岁月可回首'才对。人生最美好的愿望之一，不就是有美好的回忆可供追忆吗？"

　　我关掉了音乐声，包厢一时间安静了下来，因为我想和他认真谈谈我对于"愿无岁月可回首"的理解。

　　"没有岁月可回头"前面还有一句"所以有了伴的路"不能被忽略，前一句是因，后一句是果。

　　我们每个人生而孤独，在时光中成长，在通往未来的道路上独自前行，面对一切的孤独，彷徨，犹豫与恐惧。人的一生中苦难多过于幸福，大多数时候所经历的痛苦是你一个人在品尝，而历经艰辛所得来的片刻幸福也无人分享。直到有一天，你的生命中遇见这样一个人，如同在黑暗的原野上遇见光，像一个齿轮遇见另一个契合的齿轮，从此一路相依。你的孤单、彷徨、犹豫与恐惧，有人与你一起面对，那些痛苦的时刻因此消弭，而你们的幸福可以相互分享。这个人，可以坚定地陪着你走下去，一直走完这一生。有这样的人陪伴走过，现在是最好的时光，未来不会更好了，因为未来会一直在最好的时光中度过，曾经历的过往的岁月没有遗憾，只需一路看着当下和前方，所以不必回头。

　　这就是"愿无岁月可回首"的意义。

　　世上会有这样的爱情吗？一个人可以爱另外一个人一辈子？

　　在这个物欲横流的时代，有着太多的物质和欲望，我们每天遇见无数的人，经过无数的街道和转角，每一个新的邂逅都有可能比前一个相逢要好，乱花渐欲迷人眼，也许前一秒还在秀恩爱，信誓旦旦永不分离，下一秒身边就换了另一张面孔。

很长一段时间，我也不相信，会有人用一辈子爱另外一个人，情比金坚，历久弥新。但还好，在我不长不短的生命中，侥幸地遇见了那些可爱的人。

老豹、程杰、乌托、佟娅……是他们让我相信，原来世间真有这样的爱情，可以跨越千山，生死相许。

重新相信爱情，对我而言重要程度和相信地球是圆的一样，决定着你的世界观、人生观和价值观。

相信爱情的人，和不相信爱情的人，在本质上是两种不同的人。对相信爱情的人而言，看书的时候会为书中的情节感动，不经意间听到一首歌时会驻足，看电影时会为之落泪。

我们永远对这个世界心怀期待，也永远相信这个世界的美好。

"所以——"我摁灭了时寒手上的烟，一字一顿地说，"相信爱情，你才配拥有爱情。如果你连这世上的美好都不相信，又怎么配拥有那么美好的姑娘呢？"

时寒忽然起身，跟跟跄跄地向着门外走去，我立刻扶住他说："你要干吗？"

"扶我去找她。"他急吼吼地催促着我说，"快！快！"

他出门拦下一辆出租车，风驰电掣地赶往树树的书店。她正站在吧台后面调着一杯咖啡，时寒冲了进去，一把抱住了她。

　　树树一边挣扎，一边怒骂道："你这个流氓，快放手，我们已经分手了！你再这样我就叫保安了！"

　　"树树。"时寒在她的耳边呢喃，"我确信我可以爱你一辈子。"

　　树树身子一僵，停止了挣扎，一秒，两秒……时间在这一刻温柔地放慢了脚步，她抬起手轻轻地拥住了他。

　　"其实未来还很遥远，连我自己都不确定，我能否一直爱你一辈子。但是我觉得，当你爱一个人的时候，一定是全心全意，相信爱情并愿意经营爱情，有着'我可以爱你一辈子'的想法，才是真正拥有恋爱资格的人。所以，时寒，我们现在可以在一起了。因为，你确信可以爱我一辈子，我也确信可以爱你一辈子，这是我们在一起的基础。至于未来我们能否走完这一生，且凭心意与天意。"树树说完，两个分而复合的人拥抱得更紧了。

在这善变的世界里，我想和你看一看永远